許道軍——著

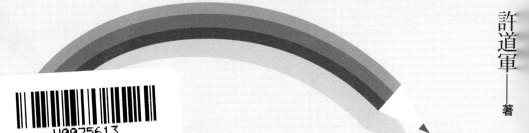

故事工坊

STORY WORKSHOP

創意寫作指導書

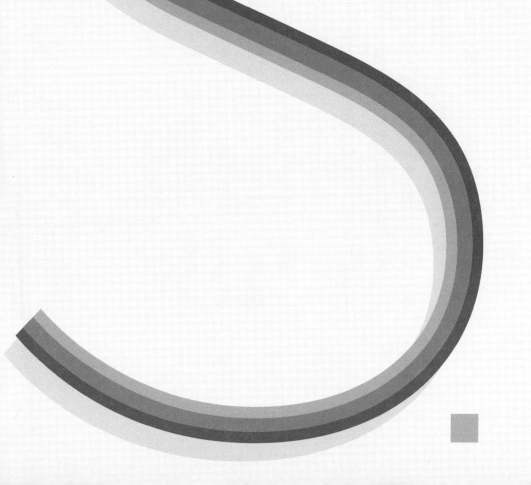

總序

二〇〇四年，我從英國劍橋大學回來，帶回兩個想法：一是中國文化產業化發展；二是高校文學教育會創意寫作化。當時很難，談「文化產業化發展」，誰都不理解，那個時候國內正興起「文化批評」，正批評西方的文化工業；談「高校要培養作家，要培養面向文化產業的寫作者」，誰都搖頭，那個時候，多數高校中文系是不培養作家的。

高校中文系要培養作家，同時要面向文化創意產業，培養文化創意產業基礎從業人員。創意寫作包含文學寫作，同時也包含面向創意產業的生產性文本的創作——策畫人，各式各樣的撰稿人，創意活動的組織者、領導者。高校的創意寫作學科要培養作家，就是我們傳統意義上的純文學作家，要培養類型小說作家、影視編劇，要培養文化產業的基礎從業人員——策畫編撰人員，培養創意策畫師。

創意寫作是實踐領域，但是，研究創意寫作的內在規律，研究創意寫作的教育教學規律，卻是「學科」。高校需要這樣的學科，需要有能研究、能在理論上說清楚它的人，以往創意策畫師不被承認，地位低於創意設計師，或者說，根本沒地位，用文稿寫出來的創意不值錢，不當真，為什麼？就是因為沒有這個學科。所以，我們要創建中國化的創意寫作學科。

其中，創意寫作教育教學方法的研究尤其重要，現在各地都在辦創意寫作，有一窩蜂的傾向，但是，我們的研究還沒有跟得上。一是作家教寫作的體制；二是工坊制培養的體制；三是面向實踐的強調實踐能力的教學體制；四是創意潛能激發的課程思維。這些和我們傳統的寫作教學完全不同。

傳統中文寫作學是教格式寫作、寫作技巧；而現代創意寫作是教創意思維，讓人成為有創造力的人，提升文化創造力，讓文化創造力也成為生產力要素。我有個說法：科技是生產力，文化也是生產力；高校要做科技發動機，也要做文化發動機；讓文化創新成為生產力，現在已經不是口號，而是正在發生的事實了。

要呼籲高校文學教育改革，創建本科創意寫作教育教學體系，要呼籲承認文學教育是藝術教育，創意寫作應該有自己的專業碩士方向。現在的問題，讓我很擔心，一哄而上創意寫作教育，將來會是什麼樣子？

（1）是否真的研究了創意寫作學科？本質認識、教學方法等，是否有根本改進？

（2）是否真的用實踐教學，用工坊制教學？是否能實現作家教寫作？

（3）是否會用純文學觀念束縛了學生？

（4）是否研究了下游文化產業、文化服務及文化消費？是否能培養有領導力的新一代文化產業從業人員及領導者、開拓者？

這幾本書的作者均為中國一線創意寫作研究專家，他們對這個學科的中國化創生做出了卓越的貢獻，這些專書有些經過高校相關課程的實證，用作教材，學生覺得有用，學生有好評，有些專書直接來自一線作者和工作者，它們緊貼寫作愛好者實踐、文化創意產業一線創意工作者的實際，上手快，能直接指導實踐，有些專書來自這個學科第一批博士研究生、碩士研究生的研究成果，他們是中國第一批「創意潛能激發」、「創意技能拓展」、「創意潛能量化評估」、「創意寫作教育教學方法」等方面的研究專家。

這些書是為寫作學習者、愛好者及創意產業從業人員而編撰的，希望它們是學習者的教科書，也是從業者的工作指南。

葛紅兵

二〇一五年元月於上海

前言

王安憶說，故事可以教／可以學，你信了；閻連科說，故事可以教／可以學，你信了；葛紅兵說，故事可以教／可以學，你也信了。我說故事可以教／可以學，你卻不信。這是什麼緣故呢？（我沒有那麼勢利）這是故事寫作理論不完備、訓練系統不發達的緣故。

《故事工坊》是試圖在理論上闡釋故事為什麼可以教／可以學、實踐上引導故事怎麼學／怎麼教的一本書，並在具體的章節安排中滲透了工坊教學方法。各章的第一節偏重理論，主要用於備課，兼以說服自己（包括你的學生）；第二節是寫作技巧探討，主要用於故事寫作借鑑；工坊活動用於自修，從開頭到結尾，一個環節一個環節地培育你的作品。但具體怎麼使用，你自己決定。在本書寫作過程中，不少作家朋友建議刪掉第一節，因為太囉唆，他們說：「你直接說該怎麼寫吧！」寫作教師朋友建議刪掉

第二節，因為他們認為故事寫作不可能、也不可以這麼簡單；編輯老師建議刪掉第三節，因為……不好看。但想必有經驗的創意寫作教師都知道，重點在第三節：「工坊活動」，因為「故事工坊」不是「故事概論」。

故事如果真的可以教／可以學的話，就像一加一等於二誰說你都相信那樣，那麼我們就會靜下心來仔細思索故事寫作的規律、技巧，而不必把精力花在抵觸「作家不可以培養」、「故事不可以教學」這些創意寫作理念上。實際上，關於「作家可不可以培養」、「故事可不可以教學」這樣的爭論，在有一百多年創意寫作歷史的英語國家，大約每隔二十年都要來一次，屢見不鮮，而每次衝進大辯論會場的，都是對創意寫作不瞭解也不願意瞭解的人。我想說的是，我們要把精力集中在具體探討創意寫作規律、教學規律、學習規律上，而不是盲目抵觸或空喊口號。

創意寫作工作坊（Creative Writing Workshop），簡稱「寫作工坊」或「作家工坊」，是以創意寫作實踐或創意寫作教育、研討等相關工做為導向，由若干參與者組合而成的活動組織。由於它是一個由作家領銜的組織或者是作家自身組建的團體、行會或「community」，因此這些工作坊的命名，大多與「作家」相關，更多的是被稱為「作家工作坊」。有的被命名為「『作家們的』工作坊」，比如愛荷華作家工作坊（Iowa Writer’s Workshop)、哥譚作家工作坊（Gotham Writer’s Workshop）等；有的被命名為「『作家的』工作坊」，比如米爾福德作家工作坊（Millford Writer’s Workshop）、梧桐山作家工作坊（Sycamore Hill Writer’s Workshop）等；有的被命名為「『作家們』工作坊」，比如特基城作家工作坊（Turkey City Writer’s Workshop）、克拉里恩作家工作坊（Clarion Writer’s Workshop）等；有的被命名為「作家群」，比如法典作家群（Codex Writer’s Group）等；還有很多沒有直接出現「作家」、但實際上是作家群組合的工作坊，比如瓦倫西亞八二六號（826 Valencia）、賴聲川表演工作坊、創意生活書坊、上海市華文創意寫作中心等。

　　創意寫作工作坊的雛形是「寫作實驗室」或「寫作實驗班」，最早出現於十九世紀八〇年代的美國高校。西元一八九六年愛荷華作家工作坊開始活動，一八九七年第一個教學工作坊「Verse-Making」成立，現在創意寫作工作坊已經成為創意寫作學科培養作家的基本教學單位與教學方法。當代美國作家當中，已經沒有多少人沒有經過創意寫作學科培訓了，而他們學習寫作（或者教學寫作）的主要方法是「寫作工坊」，正如創意寫作學科史權威專家麥爾斯所描述的那樣，「寫作工坊這一套流程，已經成為這段時期作家們的標準訓練和共同體驗。」

寫作工坊的神奇之處，《紐約客》的一位撰稿人露易絲・曼南德精彩描述為：「一群從未發表過詩歌的學生，能夠教會另一群從未發表過詩歌的學生，如何寫出一首可以發表的詩歌。」

寫作工坊不教你如何寫作，而是帶領你一起思考：我這個題目，如果是莫言，他會怎麼寫？如果是王安憶，她會怎麼寫？如果是李洱，他又會怎麼寫？而寫作工坊最後的結論是：你要像你一樣去寫，寫你知道的，發現你的聲音，成為你自己。正如美國寫作工坊專家湯姆・基利所說，工坊就是「一個關於學生作品的編輯會議」。在這裡，你既是作家，又是讀者；

你既與工坊夥伴一起研討經典作品，也與大家一起，像研究經典作品一樣，研究你自己的作品，指出不足，提出建議，發展優勢。

工坊有危險，使用需謹慎。

湯姆．基利說，他的一個在UMass的同事尼克．蒙泰馬拉諾，經常告訴他：當你是研討會上的作者時，就好比駕駛一輛後座上擠滿一群乘客的小汽車，他們告訴你將去向何方。他們都能提供好的方向和駕駛建議，但是你如果全聽他們的，你一定會把車開到翻掉。但我覺得對工坊理解最到位的是超級暢銷書作家寒川子（王月瑞），他曾經說，工坊就是這麼回事，大夥嘴裡說著A，心裡想著B，寫出來的卻是C。

做豆腐是最有趣的事：做硬了是豆腐乾；做稀了是豆腐腦；做薄了是豆腐皮；做沒了是豆漿；放餿了是豆汁；擱臭了，還可以做臭豆腐……寫作工坊有時候也如豆腐作坊：故事寫得有頭有尾，可以做小說；故事寫得有聲有色，可以做劇本；故事寫殘了，可以做散文；故事寫沒了，只剩下一些情緒，還可以做詩……

羅伯特・麥基說，戲劇、散文、電影、歌劇、默劇、詩歌、舞蹈都是故事儀式的輝煌形式，各有其悅人之處，只不過在不同的歷史時期，以不同的樣式走紅而已。故事，是所有文學的基礎。

創意寫作，從故事開始。在故事的寫作中，你總能找到屬於自己的題材，找到屬於自己的文體，找到自己的風格，發現自己的聲音。下筆有益。

要致力於創意寫作，你始終要做四件不同的事情。寫作，當然是核心部分，但僅僅是一部分。創意作家也需要知道如何閱讀，與其他作家一起工作，以及透過向聽眾高聲閱讀自己的作品或者提交出版以提高自己的寫作水準。

本書以上海大學「創意寫作夏令營」、「創意寫作本科實驗班」、「創意寫作研究生班」、「成為作家：潛能激發」、「成為作家：作家工坊課」、「創意寫作：故事工作坊」、「創意寫作：小說工作坊」、「創意寫作：編劇工作坊」、「創意寫作：散文工作坊」、「新疆作家創意寫作培訓班」等課程教學實踐為基本材料，以潛能激發、技能拓展、培育作品、培養作家為目標，探索面向中國文化發展、適合高校寫作教育實際的寫作訓練方案，為完整創生和深化創意寫作學科做出些許努力。

本書參閱了大量海外創意寫作和寫作工坊相關理論與教學實踐書籍，收錄了幾十個著名寫作工坊資訊和高校寫作課程資料，也可做為研究創意寫作與寫作工坊的資料書籍閱讀。

編輯序

故事工坊，讓故事成為最好的故事

天才不是教出來的，但寫故事的技巧是可以教會的。

有人說，寫作就是寫故事，這句話不免有些以偏概全，卻揭示了一個寫作常識：差不多每個經典敘事作品都有一個經典的故事。

閱讀小說自不必說，觀看話劇、歌劇、戲曲、電影、電視劇、小品、默劇等，最吸引我們的還是故事。

故事可以讓資訊快速傳播，八卦和段子就是最佳案例；故事可以讓事蹟流傳千古，路邊的攤販也許不會背誦《論語》，但對《白蛇傳》、《西遊記》，《三國演義》裡的情節耳熟能詳；故事可以讓說教變得更有影響力，佛經、《聖經》都是好的故事書……

毫不誇張地說，故事，是所有文學的基礎，也是讓作品增值的主要因素。

那麼，我們該如何去寫故事呢？有沒有一套講故事的模式，幫助我們學習寫作技巧、克服寫作障礙、創作出一個生動、鮮活、驚心動魄的故事呢？

其實，和萬物運動背後的規律一樣，寫故事也是有章可循的，而創意寫作工作坊，便能夠讓你按照你自己所期望的那樣，寫你所想的，寫你知道的，從而發出自己的聲音，真正成為你自己。

談到創意，大家都不陌生，它是文學創作的靈魂，可以將原本不相關事物的串聯，但究竟如何巧妙地串聯則是見仁見智的。因為每個人的靈感來源、寫作風格乃至寫作習慣都是不同的，這也就讓每一個故事都呈現出了萬花筒般的豐富多彩，就像世上沒有相同的兩片樹葉一樣。

關於靈感的尋找，有的人因為閱讀產生了創作衝動，更多的人則以回憶、恐懼、孤獨和夢境做為靈感的來源。當然，靈感不僅僅意味著靈光一現的想法，還是一個長期累積和醞釀的過程。想找到創作的靈感，有兩個工作必須要做，第一是煥發你的寫作興趣和熱情，第二是進行大量的閱讀，因為寫作能力雖然可以被「教」出來，但是要建立在「讀」和「悟」的基礎上才行。

有了寫故事的創意和靈感來源，接下來就要進入《故事工坊》學習寫作技巧了。

這是一部關於如何透過工坊學習「講故事」的書，在書中，許教授把講故事當成了一門「技術工作」，認為講一個好故事，是寫作的基礎手藝。這也不難理解，本書的書名為什麼叫「故事工坊」了。當然，這裡的講故事可是大有學問的，充滿了創意和技巧。

在書中，許教授不僅在理論上闡釋故事為什麼可以教、可以學，還在實踐上引導你故事怎麼學、怎麼教，並將教學方法滲透到每個章節中。

《故事工坊》全書共分為八章，沿著如何寫故事這一主題，一步步展開了「故事材質」、「從開頭到結尾」、「故事動力」、「懸念」、「講故事的人」、「故事邏輯」、「故事類型」、「故事馬甲」八個部分。各章的第一節偏重理論，主要用於備課，兼以說服自己（包括你的學生）；第二節是寫作技巧探討，主要用於故事寫作借鑑。值得注意的是，每章節後的「工坊活動」萬萬不可錯過，其中的問題設置和技巧練習無疑對寫作的提高會有很大的幫助。

時代在變化，讀者的口味也在變化。而本書的價值在於給讀者提供了一套放之四海皆準的寫故事規範與標準，使我們很輕鬆地對現代寫作的要求以不變應萬變。

當你掌握了讓嚴歌苓、卡佛等著名作家收穫良多的寫作工坊奧祕，如果有人拿來一篇文章對你說：你看它的腔調怎麼樣？恐怕你最好的回答就是：不重要，你的故事在哪裡？

沒有技術依託的故事，便沒有價值。

如果你心裡裝滿了故事，如果你在寫作中還想再進一步，但不知道如何透過文字去敘述，那麼，《故事工坊》絕對是你不能錯過的必讀之作。

目錄

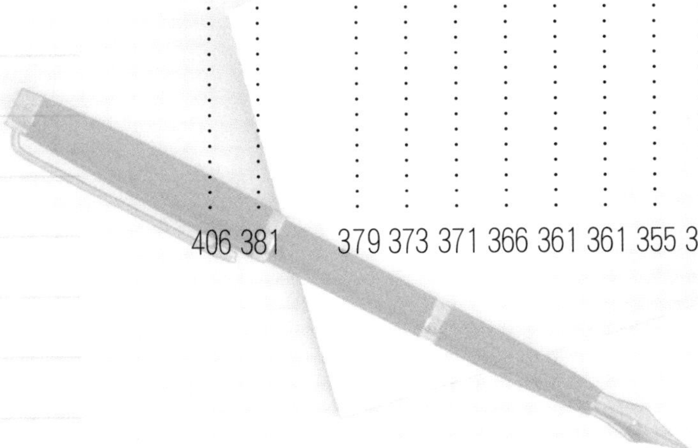

第一章

故事材質

SASAKI
PRACTICAL PEN
TRADE
MARK

第一章
故事材質

我們讀小說，讀傳記文學作品，雖然很在意作品的語言準確優美與否，但更在意作品中的故事。說一個敘事作品不好，往往是指：「故事不行。」評價一個作家不好，我們也會說：「他不會講故事。」相反，一部作品主題高深莫測、技巧眼花撩亂，但終卷下來發現故事平平，我們就會有上當的感覺，批評它「華而不實」、「故弄玄虛」。

蔣子龍（註1）說：「一個好故事可以涵蓋一切，它可以成全一部好小說。如果故事不能成立，立意蹩腳而陳舊，情節漏洞百出，人物就成了累贅，小說也必將成為災難。」仔細梳理一下自己的閱讀經驗，相信你有這樣的體會：差不多每個經典敘事作品都有一個經典的故事。

看話劇、歌劇、戲曲、電影、電視劇、小品、默劇等，我們很在意演員的表演、唱腔，作品的特技、布景，音響、鏡頭，也在意作品的主題、格調、境界、觀念，但最終讓我們緊張得喘不過氣來、捧腹大笑、潸然淚下、若有所思、欲罷不能的，還是故事。

欣賞一幅畫、一幀照片、一個雕塑，我們會緊盯作品的光影、色彩、線條、結構、虛實、對比等等，但是還不夠，我們想看到一些看不到的東西，比如作品中的故事、作品的故事，它們其實都是作品的一部分。珍貴的藝術品上總是做了無數的標記，這些標記為它們增值，因為每一個標記都是一個故事。

《創世記》在講開天闢地的故事；《2012》在講世界末日的故事；《格薩爾王》在講英雄的故事；一首詩中的典故在講故事；紀念碑在講故事；《薔薇園》用故事告訴君王、僧侶、少年、老年人，什麼是好的君王、好的僧侶、好的少年、好的老年，以及好的生活、好的愛情、好的行為、好的心態；哄小孩入睡的《兩隻老虎》也在講故事。在八百多年前的中國宋朝，汴京或臨安，下午或者晚上，瓦舍的勾欄裡，一群人凝神靜氣，無限崇拜地看著臺上的那個人，那個人在講故事：銀字兒、鐵騎兒、合生、參請……

創意寫作，從故事開始。

註1：蔣子龍，《說故事》，載《文學報》，2005-07。

第一節 故事材質

什麼是故事？什麼是好的故事？鑲嵌在變文、話本、史詩或散文、詩歌、小說、戲劇、小品、影視、回憶錄，再或繪畫、音樂、雕塑等藝術形式中的故事，或者獨立存在的故事，它們都有著什麼樣一致的要素，我們才稱之為「故事」？我們因為什麼而稱之為「好故事」？

什麼是故事

在創意寫作語境中，故事指「一系列事件」（註2）。然而，「故事」（story）這個術語卻來自敘事學，在最一般意義上指：一、「敘事文的內容，即事件與實存」，包括具體的事件、人物、背景，以及對它們的安排，即「由作者的文化代碼處理過的人和事」（註3）；二、「被講述的全部事件」，「真實或虛構的、做為話語對象的接連發生的事件，以及事件之間連貫、反襯、重複等等不同的關係」（註4）；三、「敘述的內容：人物、事件和背景都是故事的組成部分；以編年順序排列的事件構成了從話語中抽取出來的故事」（註5）；四、「敘述按照時間順序排列的事情」（註6）；五、「從作品文本的特定排列中抽取出來並按照時間順序重新構造的一些被敘述的事件，包括這些事件的參與者」（註7）。

這些敘事學經典的定義涉及了「事件」、「存在」、「真實」、「虛構」、「關係」、「順序」、「編排」等重要概念。故事是敘事的對象（敘事通俗叫「講故事」），以連續發生的事件及事件組合的關係為內容。在經典敘事學那裡，「故事」與「話語」、「故事」與「敘事」存在某種程度的分離（但是沒有「話語」、「敘事」，故事就無法呈現，它們其實保持了某種程度上的「同時性」），可以「從話語中抽取出來」並可以「按時間順序重新構造」，這顯示了「故事」與「小說」的重要區別。

做為小說的《百年孤寂》這樣開頭：

多年以後，奧雷良諾上校站在行刑隊面前，準會想起父親帶他去參觀冰塊的那個遙遠的下午。

開篇即採用預敘、回敘的方式，從奧雷良諾上校多年後行刑開始。然而，做為「故事」的《百年孤寂》，卻只能從布恩迪亞家族第一代何塞．阿爾卡蒂奧．布恩迪亞著眼，並按照時間順序講起，只有這樣，小說《百年孤寂》的故事方可理解。

何塞．阿爾卡蒂奧．布恩迪亞是西班牙人的後裔，住在遠離海濱的一個印第安人的村莊。他與烏爾蘇拉新婚時，由於害怕像姨母與叔父結婚那樣生出長尾巴的孩子，烏爾蘇拉每夜都穿上特製的緊身衣，拒絕與丈夫同房。因此，她遭到鄰居普魯鄧希奧．阿基拉爾的恥笑，一次比賽中何塞．阿爾卡蒂奧．布恩迪亞殺死了普魯鄧希奧．阿基拉爾。從此，死者的鬼魂經常出現在他眼前，那痛苦而淒涼的眼神，使他日夜不得安寧，他們只好離開村子，外出尋找安身之所。經過了兩年多的奔波，來到一片灘地上，受到夢的啟示決定定居下來。後來，又有許多人遷移至此，建立村鎮，這就是馬孔多。

布恩迪亞家族在馬孔多的歷史由此開始。

在小說中，奧雷良諾上校第一個出場，排在第一順位。但做為家庭成員之一、家族故事的一部分，他只能在「第二代」故事中才出現：

老二奧雷良諾生於馬孔多，在娘胎裡就會哭，睜著眼睛出世，從小就賦有預見事物的本領，少年時就像父親一樣沉默寡言，整天埋頭在父親的實驗室裡做小金魚。長大後愛上馬孔多裡正千金雷梅黛絲，在此之前，他與哥哥的情人生有一子，名叫奧雷良諾·何塞。後來，他參加了內戰，當上上校。

他一生遭遇過十四次暗殺、七十三次埋伏和一次槍決，均倖免於難，當他發覺到這場戰爭是毫無意義的時候，便與政府簽訂和約，停止戰爭，然後對準心窩開槍自殺，可是他卻奇蹟般地活了下來。

他與十七個外地女子姘居，生下十七個男孩。這些男孩以後不約而同回馬孔多尋根，卻被追殺，一星期後，只有老大活了下來。

奧雷良諾年老歸家，每日煉金子做小金魚，每天做兩條，達到二十五條時便放到坩堝裡熔化，重新再做。他像父親一樣過著與世隔絕、孤獨的日子，一直到死。（註8）

在法語裡，有兩個被譯為「故事」的術語，其一是「histoire」，它同時意味著「故事」和「歷史」。E·本維尼斯特用它指「過去事件的書面敘述」（註9）。這種觀念與中國傳統敘事學對故事的理解十分相似。在中國傳統敘事這裡，「故事」一般是指「舊事」、「舊業」、「先例」、「典故」、「花樣」等已經發生、「真實」存在的事件、事物，如《史記·太史公自序》中說：

「餘所謂述故事，整齊其世傳，非所謂作也。」中法兩種文化對故事本質化和實體化的理解，類似於熱拉爾．熱奈特的描述：「由處於時間和因果秩序之中的、尚未被形諸語言的事件構成。」由此看，做為「事件」，故事包括「真實發生」和「虛構」兩種情況，這就與現代小說觀念傾向於「虛構」有所區別。

綜上所述，我們傾向於這樣認為，故事即是真實或虛構的、做為話語對象的接連發生的事件，或者從已有作品文本中抽取出來並按照時間順序與邏輯關係重新構造的事件。

註2：Mart Morrison, Key Concepts in Creative Writing, New York：Palgrave Macmi-llan, 2010.

註3：（美）西摩．查特曼，《故事與話語——小說和電影的敘事結構》，12頁，北京，中國人民大學出版社，2013。

註4：（法）熱拉爾．熱奈特，《敘事話語 新敘事話語》，6、198頁，北京，中國社會科學出版社，1990。這裡，熱奈特是從「敘事」層面闡釋「故事」的，即敘事包括「故事」和對「故事的講述」。

註5：（美）詹姆斯．費倫，《做為修辭的敘事：技巧、讀者、倫理、意識形態》，173頁，北京，北京大學出版社，2002。

註6：（英）愛．福斯特，《小說面面觀》，選自（英）盧伯克等：《小說美學經典三種》，222頁，

上海，上海文藝出版社，1990。

註7：（以）施洛米斯·里蒙－肯南，《敘事虛構作品》，5～6頁，北京，三聯書店，1989。

註8：百度百科《百年孤寂》「故事梗概」，參閱http://baike.baidu.com/view/37227.htm?fr=aladdin。

註9：王先霈、王又平主編，《文學理論批評術語匯釋》，352頁，北京，高等教育出版社，2006。

故事的獨立性

後結構主義敘事學傾向於認為故事本身不是「存在之物」，在「講」之前並不存在，是話語創造了故事。但它似乎忽視了這個事實，一個故事改頭換面被不同的載體與文體演繹後，我們依舊識得它，知道這是同一個故事，它們只是換了一個「馬甲」而已，正如布雷蒙所說：「一個故事的題材可以充當一部芭蕾舞劇的劇情；一部長篇小說的題材可以搬到舞臺或銀幕上；一部電影可以講給沒有看過的人聽；一個人讀的是文字，看見的是形象，辨認的是姿勢，而透過這些，瞭解到的卻是一個故事，而且很可能是同一個故事。」（註10）

從敘述上講，故事透過許多媒介（符號系統）和話語類型來講述。故事的「語法」絲毫不反映這些差異，更不反映虛構敘事與歷史敘事的差異，它是一種普遍性模式。（註11）

申丹修正了施洛米斯・里蒙－肯南關於故事獨立性的論斷，認為：「一、故事獨立於不同作家、舞臺編導或電影攝製者的不同創作風格；二、故事獨立於表達故事所採用的語言種類（英文、法文、中文等）、舞蹈種類（芭蕾舞、民間舞等）和電影種類；三、故事獨立於不同的媒介或符號系統（語言、電影影像或舞蹈動作等）。」（註10）

羅伯特・麥基也說：「戲劇、散文、電影、歌劇、默劇、詩歌、舞蹈都是故事儀式的輝煌形式，各有其悅人之處。」（註12）

他們的話可以理解為，故事可以存在於不同的載體，也可以存在於不同的文體，被不同的方式講述，具有不依賴具體文體和載體的獨立性。

但實際情況是，穿梭於各種文體、載體，各個時代、語言、文化中的「故事」，其「獨立性」主要展現在故事的核心事件與核心動作上，至於故事的意義、價值，事件的起因、關聯，人物的形象、設定，都會在每一次講述中被豐富、被改變。「貞德的生活事實永遠是相同的，但是，她的生活『真實』的意義卻有待於作家來發現，整個樣式也因之而不斷改變。」（註13）假如「花木蘭從軍」是「獨立」、「客觀存在」的事件和動作的話，那麼詩歌《木蘭詞》、電視劇《花木蘭》、電影《花木蘭》對這個故事做了地方性與時代性的演繹，同一個故事呈現出不同的面貌，煥發出不同的光彩。

註10：申丹《敘述學與小說文體學研究》，19頁，北京，北京大學出版社，1998。

註11：參閱（美）盧波米爾·道勒齊爾：《虛構敘事與歷史敘事：迎接後現代主義的挑戰》，選自（美）戴衛·赫爾曼主編，《新敘事學》，177頁，北京，北京大學出版社，2002。

註12：申丹：《敘述學與小說文體學研究》，19頁，北京，北京大學出版社，1998。

註13：（美）羅伯特·麥基：《故事——材質、結構、風格和銀幕劇作的原理》，33頁，北京，中國電影出版社，2001。

故事材質

我們習慣上把《山海經》、《世說新語》、《瑣語》、《笑林》等這樣的著作稱作「小說集」，然後在「小說」基礎上進一步介紹說它們講了什麼「故事」。但必須要指出的兩個事實是：第一，中國傳統意義上的「小說」與我們來自敘事學語境中的「小說」不相同；第二，上述著作是文學類型、體裁，故事不發達時期的產物。我們稱之為「故事」的材料，絕大部分只是故事的雛形。我們稱之為「故事」，一是在中國語境下的緣故，二是這些故事多與其他材料形成互文，在這個故事中殘缺的部分能在其他材料中找到，比如《世說新語》中的許多「軼事」可以與歷史材料相互補充、互證。雖然這些故事只有某些人物的隻言片語，但絲毫不影響我們對它們的理解，因為他們是歷史人物。人們對事物的理解過程中，格式塔心理總是在發揮著作用，我們會自覺根據已有的知識和經驗的框架，補足不完整的部分。

完整的故事材質，應包括如下內容：

事件／行動

故事就是事件。什麼事件也沒發生，不是故事。什麼是「事件」？事件（event）是構成故事的最基本單位，故事的組成部分。《牛津英語辭典》給「事件」下的定義是「發生的事情」。

根據這一定義，施洛米斯·里蒙－肯南說：「一個事件就是一件發生的事情，一件能用一個動詞或動作名詞加以概括的事情。」（註14）西摩·查特曼進一步說：「事件同時是行動（動作）和事故（happenings）。二者都是狀態的改變。行動就是由一個行動原引發的或對一個被動者造成影響的一種狀態的改變。如果動作有情節意味，這一行動原或被動者就被稱作人物。」（註15）

最小故事

那麼，至少需要幾個事件才可以構成一個故事呢？也就是說「最小故事」是什麼樣子？「minimal story」（最小故事）又譯作「最基本故事」。G·普林斯說，最小故事由三個相互聯繫的事件組成。三個事件可以組成一個故事，這三個故事的關係應該是這樣：「第一和第三事件是靜態的，第二事件是動態的。進一步講，第三事件是第一事件的反面。最後，這三個事件是有某些連結性特徵並按以下方式連結起來：（1）第一事件在時間上先於第二事件，第二事件又先於第三事件，（2）第二事件是第三事件的起因。」例如：「他很富，後來虧了很多錢，結果他又窮了。」這裡包含了時間順序、因果關係、逆轉等三個構成原則。（註16）

核心事件

在所有的事件中，應有一個核心事件，它是故事的中心，相較於其他事件，它發揮著聚合目標和核心的作用，失去它，故事其他事件就失去了方向，俗稱「故事核」。

對一個故事而言，其重要性無異於「種子」，有經驗的作者一旦擁有了一顆種子，必精心培育，讓它生根、發芽，「長出」一棵好故事。它的位置，可能處於故事的起點，可能處於高潮，也可能處於結尾，視故事的類型和主題而定。比如，微型小說故事結尾的「翻轉」即是故事的核心，全部的鋪陳為此服務。《玩偶之家》娜拉的「出走」是故事的高潮，前面所有的家庭「幸福」與個人性格與此形成對照，於是故事的主題便彰顯出來。就小說而言，「核心事件是小說情節的『綱』，並跟小說的題旨直接相關，是小說情節的總樞紐，具有『牽一髮而動全身』之效。」（註17）

變化

故事由「事件」組成，但「『事件』意味著變化」（註18）。沒有引起變化的事件，或者發生了一系列事件之後，故事依舊沒有發生變化，這種事件就不是有效事件。即使是三個事件組成的「最小故事」，也包含著變化。

施洛米斯・里蒙－肯南說：「當一件事發生時，與此相關的局面通常會發生變化。這樣，一個『事件』就可以被看作是從一種事態向另一種事態的轉變。」米克．巴爾也在這個意義上把事件定義為「由行為者所引起或經歷的從一種狀況向另一種狀況的轉變」（註19）。

如果一個事件的發生與主要人物的外在生活或內心生活無關，那麼它就是偶然事件，故事不能建立在偶然事件之上。如果所有的事件都是如此，那麼我們說這個故事「什麼也沒有發生」。「有一條規律差不多是普遍有效而應當加以強調的，那就是：在一幕戲的結尾，不應當讓行動停留在這幕戲開始時它所停留的地方。觀眾有一種對『前進』的直感和希望。他們不願意把事情僅僅理解為時間推移的象徵，不願意在一幕戲結束時感到似乎什麼事情也沒有發生過，即使在這幕戲的進程中，時時刻刻都是饒有興趣的。」（註20）

熱拉爾．熱奈特說：「對我而言，只要有（即使是唯一的）行為，就有故事，因為有變化，有從前一個狀態到後一個狀態的過渡和結果。」（註21）

變化與價值觀

事件外在狀況的變化與內在情感的變化保持著密切關聯，好故事的事件都會引起內在情感與認知的變化。沒有引起價值觀變化的事件，說明發生的這些事情沒有觸及到人物的靈魂。

比如，一個人視財富為自己人生的全部，為了獲取更大的財富目標，他寧願犧牲親情與友情。後來，他竭盡全力也未實現這個目標，但此時他卻發覺，雖然沒有獲得更多的財富，卻擁有了更寶貴的親情與友情。沒有這筆財富，他反而更加富有（《人再囧途之泰囧》）。初始內在價值觀推動事件的發展，事件的發展和最後的結果又改變了他初始的價值觀，故事的兩段似乎都是平衡的，但這兩種平衡的性質完全不同。

行動

事件意味著變化，跟變化密切相關的是行動，是行動導致了變化。其重要性，亞里斯多德表述為：「人物不是為了表現性格才行動，而是為了行動才需要性格的配合。由此可見，事件，即情節是悲劇的目的，而目的是一切事物中最重要的。此外，沒有行動即沒有悲劇，但沒有性格，悲劇卻可能依然成立。」（註22）

在所有行動中有一個核心行動，故事緊扣核心行動展開。

一般而言，核心事件由人物尤其是主角的核心行動參與、完成。許多類型故事就建立在類型化的核心行動之上，比如「尋寶故事」、「復仇故事」、「學藝故事」、「成長故事」、「拯救故事」、「逃亡故事」等，數不勝數。具體故事往往圍繞核心行動展開，如《一九四二》是「逃荒」；《走向共和》是「尋路」；《雍正皇帝》是「改革（難）」；《活著》是「活著」（或「活下去」）；《神探狄仁傑》是「斷案」；《西遊記》是「取經」；《魔戒》是「銷毀」；《人在囧途》是「回家」等。

情節

格非認為，在小說中，「『故事』其實就是『情節』，『做為與「事件」相對應的一個概念，是由時間上的延續性與事件前後的因果聯繫而構成的。』（註23）他指出了一個事實，即『當故事走進了小說，它就演變成了情節』（註24），情節是故事的實現形式、結構化了的故事，人物、時間與空間諸因素的敘述安排都展現了作者的主觀意志。（註25）

我們在很多時候討論的故事，其實是故事情節。

情節與故事密不可分，但情節不等於故事。

其一，情節可以不按照事件順序出現。

其二，情節因為作者的參與，事件之間有或隱或顯的緊密聯繫，但故事可以鬆散、零碎。

其三，一個故事可以包括多個情節。

「一個故事包含了若干情節，若干情節組成了一個故事。易言之，故事大於情節，是若干情節之和；情節小於故事，由若干個情節段的連綴構成了故事。」「一個故事可以組成一部小說——也可以若干個故事組成一部小說，但一個情節卻不能構成一部小說。故事有獨立自主的面貌，情節則沒有獨立的形態，它只是故事的組成部分。」（註26）

戲劇性

我在一所外語學院任教／這你是知道的／我在我工作的地方／從不向教授們低頭／這你也是知道的／我曾向一位老保姆致敬／聞名全校的張常氏／在我眼裡／是一名真正的教授／係陝西省藍田縣下歸鄉農民／我一位同事的母親／她的成就是／把一名美國專家的孩子／帶了四年／並命名為狗蛋／那個金髮碧眼／一把鼻涕的崽子／隨其母離開中國時／滿口地道秦腔／滿臉中國農民式的／樸實與狡黠／真是可愛極了

——伊沙：《張常氏，你的保姆》

語言代表著權力，強勢的語言代表著強勢的權力，異語種的交流伴隨著文化、經濟、現代化等因素的較量。當「瘋狂英語」推廣者李陽發誓要讓「三億中國人」說一口流利的英語時，他沒有意識到外來語種大規模入侵對一個民族生活及心理的影響。

做為一個詩人，「我」為什麼「從不向教授們低頭」？因為很簡單，做為雙向交流的語言專家，他們從未成功地向外國人推廣過自己的民族語言。但是，一個幾乎無名無姓的保姆做到了，這頗具戲劇性。

「張常氏」是美國專家孩子的保姆，但是詩人卻在標題裡說：「張常氏，你的保姆」。這個非常突兀的標題，與詩歌事件的事實形成翻轉。為何是我們的保姆？因為，我們語言學

「教授」、「專家」，無法守護自己的語言和文化，由於處在「不成熟」、「幼稚」狀態，仍舊需要呵護。

戲劇性的提煉讓我們重新認識了這個人和這件事，迫使我們重新打量生活，反思自身。

經典故事多是有趣的，我們因為喜歡它，才願意交出自己，接受它的觀念和判斷。一個好人做了一件好事，在道德上值得讚揚，也鼓勵讀者自覺地去效仿，但是在趣味上，我們更願意聽到一個壞人因為某種原因開始做好事並且成為一個好人，或者他堅持做壞事最終人生沒有好結果的故事，而且那種「懲惡揚善」的教諭效果要遠比前者好得多，這就是為什麼人們更願閱讀「三言二拍」而非《太上感應篇》或其他各地方牌坊故事的原因。「好人做壞事」跟「壞人做好事」的故事，在材質上有共同點，那就是人物和事件存在反差，這種反差我們稱之為「戲劇性」。

一個故事是否有趣，取決於故事事件自身的戲劇性以及對故事事件戲劇性的發掘。比如：

人物身分與行為、行為與結果等之間的巨大反差

一個賊不去偷竊，反而阻止同夥對受害者實行偷竊（《天下無賊》）；一群強盜去剿滅

另一群強盜，其目標不是為了錢財，居然是「公平」（《讓子彈飛》）；一個和尚萬里迢迢去取經，途中要面對無數的妖魔鬼怪，他肉眼凡胎，毫無辨別危險的能力和自保能力，而他自身是妖魔鬼怪的首要攻擊目標（《西遊記》）；沒有槍、沒有經費、主張和平主義、具有「薩姆彈情結」的人，要去公開刺殺，完成「一樁事先張揚的謀殺案」（《借槍》）；妓女比貴婦更高貴（《羊脂球》）等等。試想，「老鬼當家」（《小鬼當家》）、「青年與海」（《老人與海》），這樣的故事又該如何講述呢？唐吉訶德生活在十七世紀，但腦子卻停留在騎士時代。他披掛整齊、騎驢遊俠天下的時候，我們就想知道：兩個世紀的碰撞會怎麼樣？（《唐吉訶德》）

中國有四大愛情故事：牛郎織女、董永與七仙女的故事講述的是貧窮的人間小伙子與貌美富足的天仙的故事；白娘子與許仙的故事是人與妖的故事；梁山伯與祝英台最後因變成了蝴蝶而獲得永久的幸福。國外也有許多屌絲與白富美（註27）的故事，比如貴族子弟與妓女（《魂斷藍橋》、《茶花女》）等，還有一些經典的偷情故事（《安娜．卡列尼娜》、《鐵達尼號》、《廊橋遺夢》、《查泰萊夫人的情人》）等。這些愛情故事，人物的行動與自己的身分形成了巨大的反差。

反差還存在於行為與結果之間。比如，反抗悲劇命運的行為卻導致悲劇命運的加速到來（《俄狄浦斯王》、《無極》等）；想要擺脫某種壞的東西，拋棄了之後卻發現是最寶貴的東西，因此而失落（《人生》、《黑駿馬》等），或者相反，沒有擺脫掉卻因此而受益（《瘋狂的石頭》等）；得到了一直想要的東西，最終卻發現不可能再擁有或者已經沒有價值（《兩杆大煙槍》等）。這些故事，有些是悲劇，有些是喜劇，有些是滑稽劇，但種種反差存在於其間。

戲劇性只關乎趣味，不關乎主題。

註14：（以）施洛米斯・里蒙－肯南，《敘事虛構作品》，4頁，北京，三聯書店，1989。

註15：（美）西摩・查特曼，《故事與話語——小說和電影的敘事結構》，29～30頁，北京，中國人民大學出版社，2013。

註16：參閱（以）施洛米斯・里蒙－肯南，《敘事虛構作品》，32頁，北京，三聯書店，1989。

註17：曹布拉，《金庸小說技巧》，129頁，杭州，杭州出版社，2006。核心事件與故事的核心行動相關，應有人物尤其是主角的參與。

註18：（美）羅伯特・麥基，《故事——材質、結構、風格和銀幕劇作的原理》，40頁，北京，中國電影出版社，2001。

註19：（荷）米克・巴爾，《敘述學：敘事理論導論》，2版，219頁，北京，中國社會科學出版社，2003。

註20：（英）威廉・阿契爾，《劇作法》，163頁，北京，中國戲劇出版社，1980。

註21：（法）熱拉爾・熱奈特，《敘事話語　新敘事話語》，201～202頁，北京，中國社會科學出版社，1990。

註22：（古希臘）亞里斯多德，《詩學》，64頁，北京，商務印書館，1996。

註23：格非，《小說敘事研究》，37頁，北京，清華大學出版社，2002。

註24：陳果安，《小說創作的藝術與智慧》，34頁，長沙，中南大學出版社，2004。

註25：參閱徐岱，《小說敘事學》，220頁，北京，中國社會科學出版社，1992。

註26：曹布拉，《金庸小說技巧》，60頁，杭州，杭州出版社，2006。

註27：屌絲，是中國網路文化興盛後產生的諷刺用語，通常用來稱呼「矮矬窮（形容男人沒背景，沒身材，長得還醜）」的人。白富美也是中國網路語言。指的是膚色白皙，經濟實力強，長得漂亮，身材好，氣質佳的女性。

超越日常生活

兩個相互仇視的人以匿名的形式交往後，反而都愛上了對方（《街角商店》、《電子情書》）；一個律師一下子喪失了說謊的能力（《大話王》）；幾個牙買加人決定以雪橇隊的名義參加奧運會，儘管牙買加這個地方連雪都沒有（《冰上輕馳》）；一個男人發現他被自己的複製人頂替了（《第六日》）等等，這些故事讓我們驚訝不已。

比如《太平廣記》、《世說新語》、《閱微草堂筆記》中的人物，他們來自生活，卻非凡、特立獨行、難以解釋。他們或有這樣的性格、這樣的癖好、這樣的經歷。英雄傳奇、歷史演義講述的是決定國家命運、歷史走向的大人物、大事件。

幾乎所有的幻想故事，比如：「從前，有一塊木頭，叫皮諾丘。這塊木頭落在木匠安東尼手裡，木匠用斧柄敲敲木頭，木頭竟然大喊：『很痛呀！』……葛培多將木頭刻成木偶，嘴巴刻好了，皮諾丘馬上伸出舌頭來做鬼臉。刻好了手臂，皮諾丘又立刻伸手把葛培多頭上的假髮拉掉。腳刻好了，皮諾丘拔腿就跑……」（《皮諾丘》）我們就想看看，在我們的生活之外，還有什麼樣的生活。

提供異質生命

他們或是來自偏遠的地方，或是遙遠的過去，比如《邊城》、《大淖記事》、《馬橋詞典》、

《商州》等故事。在現代化、全球化的今天，這樣的人與事件或許在「量」上處於絕對少數派，在影響力上處於絕對劣勢、邊緣化，不被理解，現實中並無多少人願意模仿，但是他們仍舊有自己的價值，比如「我太婆」，她不僅是「白石街唯一吸鴉片的人」，而且「天生孤老命」，死時沒有人為她送終，但她也絕不留一分錢給別人。

白石街唯一吸鴉片的人是我太婆，太婆的身世在我想像之外。她自己種罌粟，自己加工，自給自足……我外公一生送給他母親唯一的一件禮物就是這杆菸槍，菸鍋與咬嘴是銀子做的，杆是發黑的木頭。

——花如掌燈：《抽鴉片的太婆》

太婆死時，我外婆不得不盡到禮數，我看得出她如釋重負。太婆臨終沒有留下任何東西，自己梳洗乾淨，把一個包袱整好放在身邊，也沒有人送終，彷佛出門一般，只留下軀殼。有一種說法，死時把最後一分錢花完的人最幸福。還有一種說法，花完了最後一分錢但還活著的人最不幸福。但誰的打算能這麼好？這世上只有我太婆。

——花如掌燈：《天生的孤老命》

外婆不積福於現世，不留富於後人，幾乎與這個世界格格不入，遭人厭嫌，但是她也活了九十多歲，但是她也活得自給自足，但是她也活得強硬，但是我仍舊時時想起她，但是……這是一種什麼說法呢？這麼解釋行嗎？

現在，就在我回憶起半個世紀前這位太婆的時候，她給我的感覺是她不是一個自戀的人，她的與眾不同只是一種活法。

——花如掌燈：《天生的孤老命》

看來，白石街唯一抽鴉片的太婆與白石街所有不抽鴉片的人在生活方式及意義上，並不像數量上那樣處於以一敵眾的絕對劣勢，相反她具有獨特的「傳奇」價值：「一個人有一套這樣道理這樣想這樣做，另一個人卻有另一套道理那樣想那樣做，而竟然這樣也對，那樣也對。」（註28）太婆的生活讓我們不由得反思自己的生活是否真的那麼優越、正確。

傑里．克里弗將這類故事稱為「麻辣故事」，我們一般稱它們為「通俗故事」。它們一般講述在情節上「有衝突」的事件，或者講述超越日常生活的「小機率事件」，或者「少數人」的故事、「外地的故事」（例如本雅明所說的「故事是來自遠方的親身經歷」）等等。有許多人依舊認為「麻辣故事」、「通俗故事」不嚴肅，屬於低一級的藝術。其實，在藝術民主、文化產業化的今天，「趣味」比「強制性」更加重要。

見解／感情

一株植物在莽莽大森林中無聲無息地倒下，一塊石頭與天空對峙，我們這麼說，其實已經將它們物件化了，賦予了見解／感情。我們為什麼感嘆一株植物的死亡？是因為從它身上看到了我們自己平凡的人生和無可奈何的命運。為什麼欽佩一塊石頭？因為它有足夠的耐心和堅忍，抵抗無邊無際的無聊與寂寞，或者擁有這個世界稀有的鈍感力。

故事總是伴隨著見解與感情，小說、劇本故事讓見解與感情從故事中自動流露，散文或詩歌故事則要透過作者、詩人去揭示。但是每部成功的作品，都能給這個世界習以為常的世俗生活提供新的感悟。反過來說，這些新的感悟，構成了新故事的核。因為這個「核」，可以生長出新的故事。

《婚前試愛》表達了這樣一個見解：「你愛一個人，首先就要傷害他，因為內疚是維繫愛情最好的方法。」「內疚是維繫愛情最好的方法」，這句在現代都市迷狂狀態下的愛情感悟，似乎是長久以來類似愛情境遇的極端表達，雖然難以接受，但不無道理。在很多經典愛情故事中，深愛或者更愛，都是建立在「內疚」或「愧疚」的基礎之上，只不過話語表達方式不是這樣。「傷」了一個人，才更愛一個人；傷害至死，於是遺恨一世，才深愛一生。

李尋歡（《小李飛刀》）對林詩音的愛，其實建立在對林詩音無窮無盡的「悔恨」與「愧疚」之上。他親手將自己深愛，並深愛他的情人送給一個無賴，最後又親手殺死了自己情人的兒子。如果沒有那麼多的傷害，李尋歡會那麼「悔恨」與「愧疚」嗎？沒有那麼多的「悔恨」與「愧疚」，或許也就沒有那麼多的愛。

《肉蒲團》中未央生對鐵玉香的恩愛，也是建立在未央生為追求性愛而做出種種荒唐事，終於使鐵玉香做出極度的犧牲之上。若非未央生良心未泯，若非迷途知返，若非遭受彌天大禍，他會反悔，他會珍惜鐵玉香嗎？

《西遊降魔篇》中提出這樣的觀念：「大愛小愛都是愛，愛不分大小」，「你說佛祖不信你，但你相信佛祖了嗎？」。它似乎講了兩個故事：一是關於愛，二是關於信。因為「愛」，所以才捨生忘死；因為「信」，才峰迴路轉。「愛」分「大愛」和「小愛」，玄奘因為愛世人，所以捨生忘死去驅魔；驅魔人段小姐因為愛玄奘，所以捨生忘死去救他。玄奘因段小姐的犧牲，完成驅魔大任，西遊取經，因此說，「小愛」與「大愛」本就不分。玄奘知道與其他降魔人相比，百無一用，一度懷疑《兒歌三百首》。但是他相信佛祖，相信事業的正義性，信念驅使他「信」。也正由於他「信」，所以他才義無反顧。《兒歌三百首》蘊含至高佛理、至深神功，這其中的轉化當然是偶然的，我們不能認為最後孫悟空的降服，完全出自段小姐不識字，盲目拼湊詩集所然，這是偶然沒錯，但是這也是必然的一種。玄奘遲早會參透它，即使參不透，他師父也會告訴他，只是時間與機緣而已，前提是：玄奘會持續地「信」，如果不信，《兒歌三百首》的至深佛理是不可能得到的。

見解／感情可以集中在主題，也可以散落在情節與細節中；可以由故事的全部去演繹，也可以透過人物之口去闡述；可以由作品的題目點明，也可以深藏在敘述語言之中。許多經典故事留下了經典的見解，發人深省，包括反面人物對自己的辯護，比如「我想跟你分享一個心得，當我在母體內嘗試著為你們分類時有個領悟，我發現你們不是哺乳動物，地球上的哺乳動物都會和大自然維持生態平衡，你們人類卻不會，你們每到一處就拼命索取，直到耗盡所有的大自然資源。生存的唯一方法，就是侵佔別處，世界上只有另一種生物才會這麼做，你知道是什麼嗎？是病毒。人類是種疾病，你們是地球的癌症和瘟疫。」（《駭客帝國》）

人物／主角

故事可以是「我／我們」的，也可以是「他／他們」的。有時候，主角並不是人，但是也沒有關係，我們可以將它擬人化，變成人類的故事，比如《伊索寓言》、《列那狐的故事》、《百喻經》等。《昆蟲記》到底是昆蟲的故事，還是「我」觀察昆蟲的故事呢？顯然是後者。一株植物沒有故事，一塊石頭也沒有故事，除非它被擬人化，賦予人類的思想與感受，讓它們跟我們一樣，有內心衝突，有意識和潛意識，只有這樣它們才有行動的慾望、主動性和感受，才會有屬於「自己」的事件發生。為什麼必須是「人」？因為只有人才有行動慾望、目標，才能發起行動，行動產生事件，事件形成故事。

故事都是關於「人」的故事。一個複雜的故事會牽涉到多個人，但肯定會以某個人物為中心，講述有關他的經歷、心路歷程、見解等，我們一般把這個人物叫「主角」。在一個故事中，並不僅僅只有「主角」一個人物或者其他一個人物，很多時候有「主角／正面人物」、「對手／反面人物」、「助手／幫兇」、「功能人物」等，他們往往成對出現（需要多少人物，根據事件大小、目標實現難度、反映生活事件的面等）。在戲劇或影視故事裡，不僅主角是「人」，而且對手也必須是「人」，這是文體的規定。在這些人物當中，我們根據他們提供資訊的厚度，可以分為「圓形人物」和「扁形人物」；根據其與現實生活的聯繫和所能代表的程度，分為「典型人物」和「非典型人物」；根據他們在故事中的功能，分為「功能人物」和「主角」；以及受關注的程度，分為主角、次要人物、角色人物等等。

移情

席勒談及悲劇時說：「悲劇是一個行動的模仿，這個行動把受苦中的人展現在我們面前。『人』這個詞在這裡並不是多餘的，它是用來確切地標明，悲劇選擇自己對象的界線。只有像我們自己這樣的有感情有道德的生物，才能激起我們的同情。」（註29）

席勒實際上在說故事主角應該和「我們」即讀者／觀眾／聽眾一樣，「有感情」、「有道德」，能提供正能量，他包括他的事業、追求是值得同情的。與此同時，這樣的人卻是一個「行動中受苦的人」。他說的是悲劇主角，卻適合絕大多數故事主角。讀者會同情弱小者，就像自己在生活當中時時處於弱小狀態一樣。隨著弱小主角的成長，他們也會伴隨成長的足跡，獲取信心，學習經驗，分享喜悅。當然，主角的「低開高走」，也是故事情節發展的需要，我們將在第三章談到。

我們移情主角，是因為主角是另一個「自我」，我們需要主角的故事來維持自己的個性身分，來表現我們到底是誰。「我們體驗到的情感到底是誰的情感呢？這些情感其實在我們自己身上，因此，從這個意義上說它們是我們自己的情感，然而，它們的源頭卻來自別的地方。」（註30）這種讀者化身為故事中的人物的現象被人們稱為「身分認同」，傑里・克里弗說，身分認同既是故事要實現的目標，又是故事要收到的效果，又是故事引發的內容。

如何實現對主角的移情？

陳秋平以編劇為例：「（1）有缺點的英雄（十全十美不可愛）；（2）有理由的善良（避免抽象概念）；（3）令人同情的弱小；（4）犯可以原諒的錯誤；（5）有底線的出位；（6）美德的收與放（不要一次性表現）；（7）找到關鍵點讓觀眾徹底愛上他。」（註31）

故事是關於人物的故事，故事因人物而起，由人物推動，以人物為中心，在所有人物中，主角受到特別重視，所有人物根據主角而配置。因此，在寫作的時候，要從主角、刻劃人物的角度出發，而不要過分沉迷於自己的感受，要迅速切入到：「從前，有個地方，有一個人，他……」

註28：楊照，《故事效應——創意與創價》，59頁，瀋陽，遼寧教育出版社，2011。

註29：（德）席勒，《論悲劇藝術》，選自《古典文藝理論譯叢（六）》，100～101頁，北京，人民文學出版社，1963。

註30：（美）傑里．克里弗，《小說寫作教程：虛構故事速成攻略》，14～17頁，北京，中國人民大學出版社，2011。

註31：陳秋平，《分享編劇技巧》，參閱http://blog.sina.com.cn/s/blog_543bd0750100rbs7.html。

第二節

講故事

講故事首先是社會實踐活動，其次才是藝術活動、文學活動。從故事發展史來看，用文字講故事只是最近的事情（未來會很長）。在用文字講故事之前，有漫長的口頭講故事的歷程，這個時期的故事創作與傳播是口耳相傳。用口頭、聲音講故事，這是本來意義上的「講」故事。我們現在說的「講故事」，主要是指用「文字」講故事（小說、傳奇），用「動作」講故事（戲劇、小品），用「影像」講故事（影視），相對於用口頭講故事，用文字、影像講故事則要複雜得多。但是，在用文字和影像講故事的時代借用口頭故事經驗的現象並不罕見，比如話本（講話底本）、擬話本，現代時期由曾在太行山根據地工作的趙樹理開創的「山藥蛋」派文學，當代的《故事會》等，可以做為風格，也可以做為手段。本書所說的「講故事」，主要是用文字和影像講故事，針對與借用文本是小說、影視、戲劇等。

故事的講述方式

我們現在說的「故事」，已經是被文字或其他講述過的結果，一種「被呈現出來」的文本樣式，即「文本」（text）形式。

這些講述方式包括：

主角的確定：這是誰的故事？

事件順序的編排：故事是如何發展的？結果如何？經過如何？

衝突的設置：事件為什麼發生？內驅力是什麼？

懸念的設置：阻礙事件發展的因素是什麼？主角實現目標的困難在哪裡？

視角／視點的選擇：在文本內，誰來敘述（包括親歷、見證、在場性思考）這個故事比較合適？

移情：我們的見解／感情寄託在哪裡？準備讓讀者喜歡誰？

聲音：有必要暴露作者自己的態度嗎？

類型：怎麼樣讓自己的故事既找到自己的讀者、知音，又能維持在同類故事中脫穎而出，聽眾（讀者）不至於生厭，說「陳詞濫調」？

文體：故事是獨立的，也是可變性的，因此這個故事用什麼文體表達效果才最優化？小說、電影、小品，還是散文？

不同的文體對故事要素的要求不盡相同。

散文可能會對主角／人物、事件／動作兩個要素的要求相對要弱一些，但同時會強化見解／情感。事情發生了，但是草草收場；心動，不行動；秋天第一片落葉緩緩飄向池塘，沒有引起自然災害，也沒有造成經濟損失，卻在敏感的作者心中引起久久的迴響。許多散文，比如小品、隨筆就是講一個小故事，然後加上一點見解與感想。這樣也好，短小精悍，精緻精美。而詩歌，可以完全不見故事的蹤跡，呈送到我們眼前，引起心靈震顫的是感情，但是我們知道：「這裡面一定有故事。」的確，有些故事，詩人不講出來，我們也能體會得到，比如「當時明月在，曾照彩雲歸」，因為在抒情詩裡的故事，是那些原型故事、人生普遍性故事。它不僅存在詩人那裡，也在讀者我們這裡。

如果是小說，我們對主角／人物和事件／動作兩個要素的要求多一些。比如，我們希望知道主角／人物的詳細資訊、動機、行動中的感受，也想知道這個事件背後的原因，幾個事件之間的邏輯關係，行動的詳細過程，行動的結果對他人、社會和世界的影響，以及後者對前者的反應等；如果是戲劇，我們更想在長則一百五十分鐘（或者更長），短則十幾分鐘的時間內，不做停留地瞭解一個故事的全過程，這就對衝突、戲劇性以及戲劇語言提出了更高的要求。而在見解／情感環節，在劇本中，作者幾乎被剝奪了這個權利。

故事來自哪裡

來自於自己的經歷

我們的自傳、回憶錄、生活故事、散文、小品文、序跋差不多都直接來自自己的經歷。而更多的是以自己的經歷為原型，加以虛構形成新的故事，比如《紅樓夢》、《家》、《春》、《秋》等。我們講述的第一個故事幾乎都來自自己的經歷，還記得我們上國小時寫的第一篇作文嗎？《我的童年》、《我的奶奶》、《我的故鄉》……

來自於現實生活

《老人與海》（海明威）來自一篇通訊，老人拖回去的馬林魚只是一副大骨架，卻還有八百磅重；《美國的悲劇》（德萊塞）來自二十世紀初的美國紐約州；《小二黑結婚》（趙樹理）來自太行山根據地的真實故事，不過小二黑的原型是個悲劇人物，當時就被活活打死，而小芹的原型也遠嫁他鄉；《玩偶之家》（易卜生）的原型人物是他的一個朋友，只不過是患精神病進了精神病院，丈夫也與她離了婚。西元一九五九年，美國堪薩斯州發生一起震驚全美的凶殺案，杜魯門．卡波特受《紐約客》雜誌之託到堪薩斯寫報導整個謀殺案件的紀實文章，他花了六年的時間調查這起案件，首先跟蹤調查了被害者鄰居、被害者雇員的反應，同時，也花了大量的時間與精力，耐心而投入地與兩位蹲在大牢裡等待被處死的嫌犯詳細長談。最終，他以獨特的寫作視角、全新的文學手法、厚重的社會良知，將一齣真實的滅門血案的調查結果寫成《冷血》，後引發世界範圍「非虛構」講故事的熱潮。

來自於過往的生活

文學來自生活，歷史是過往的生活，從歷史中取材，形成了故事三大類型之一的歷史故事。關於歷史的故事，我們有史詩、英雄傳奇、講史平話、歷史演義，以及今天的歷史小說等。中國的歷史源遠流長，歷史記述豐富，與之相應的是我們的歷史故事亦特別豐富，歷史故事與歷史記述形成雙峰並峙。僅小說一種文體，歷史演義在杜綱完成《南史演義》與《北史演義》時，已經幾乎完成了所有正史的「演義」（註32）。當代歷史小說續接著古代歷史小說的歷史敘事，從鴉片戰爭到辛亥革命，從抗日戰爭到抗美援朝等等，補足了歷史小說中的「歷史世界」，從而不斷地刷新與豐富我們民族的歷史記憶。反映現代革命史的小說主要集中在「革命歷史小說」裡，反映現代史的「另一面」（註33）則主要集中在新歷史小說裡。

國外的歷史故事數不勝數，佳作迭出，如《戰爭與和平》、《艾凡赫》、《上尉的女兒》、《九三年》、《斯巴達克斯》、《十字軍騎士》等，但是它們對待歷史的觀念與我們的歷史故事觀念不同，按照大仲馬的說法是，「歷史只是我掛小說的釘子」，因此他們開創了另一種講述歷史故事的模式，以司各特為代表。

但是近來在「非虛構」寫作潮流中，他們也產生了諾曼・梅勒筆下《夜幕下的大軍》和《劊子手之歌》之類的作品，評論家莫里斯・迪克斯坦在評價諾曼・梅勒的小說時說，他的這種寫作模糊了歷史和小說的界限，而梅勒自己也樂意承認自己是一個「歷史學家小說家」，「用歷史方法不可能發現五角大樓前種種事件的奧祕——唯有小說家的本能才行。」因此他認為，在這個時候，小說必須取代歷史。亞歷克斯・哈利的《根》的副標題是「一個美國家族的歷史」，作品是根據他自己家族真實的歷史事件所撰寫的跨文體小說。

巴巴拉・W・塔奇曼的《八月砲火》以文學的手法描寫歷史，創作出了美國文學界「最好的歷史作品」，美國普利策獎委員會打破「禁止頒發歷史類獎項給主題與美國無關的著作」這條限令，挖空心思找到一個名目，頒給塔奇曼一個獎，叫「總體非文學類獎」。理查・普萊斯頓的《高危地帶》是道道地地的報告文學，事件、人物都是真實的，還被《紐約時報》評為非虛構類暢銷書第一名，但是卻被許多讀者當作驚險小說來閱讀。然而，明眼的讀者會看出，類似於這樣講述歷史故事的方法，是我們的傳統。

註32：就歷史演義來說，反映上古至周武王滅商歷史的小說，有《盤古至唐虞傳》、《有夏傳》、《有商志傳》、《開闢衍繹通俗志傳》等；反映周朝歷史的小說，有《春秋列國志傳》（簡稱《列國志傳》）、《孫龐鬥志演義》（簡稱《孫龐演義》）、《後七國志樂田演義》（簡稱《樂田演義》）、《新

列國志》（即《東周列國志》）等；反映兩漢歷史的小說，有《全漢志傳》、《兩漢開國中興傳志》、《西漢演義》、《東漢演義傳》、《東漢演義評》等；《三國演義》的續書，有《三國志後傳》、《後三國石珠演義》等；反映兩晉南北朝歷史的小說，有《東西兩晉志傳》、《東西兩晉演義》、《北史演義》、《南史演義》等；反映隋唐歷史的小說，有《隋唐志傳》、《大隋志傳》、《唐書志傳通俗演義》、《隋煬帝豔史》、《隋史遺文》、《隋唐演義》等；反映五代歷史的小說，有《殘唐五代史演義傳》；反映宋朝歷史的小說，有《南北兩宋志傳》、《大宋中興通俗演義》等；反映元朝歷史的小說，有《青史演義》；反映明朝歷史的小說，有《英烈傳》、《續英烈傳》、《檮杌閑評》、《遼海丹忠錄》等；反映近代歷史的小說，有《中東大戰演義》、《中東和戰本末紀略》、《捉拿康梁二逆演義》、《大馬扁》、《鄰女語》、《京華碧血錄》、《轟天雷》、《救劫傳》、《白話痛史》、《袁世凱》、《孫文小傳》、《哀滇淚》、《廣州亂事記》、《五日風聲》、《血淚黃花》、《新漢演義》、《新華春夢記》、《巾幗陽秋》、《通商原委演義》、《林文忠公中西戰紀》、《羊石園演義》、《民國春秋演義》、《江浙戰爭演義》、《中華民國史演義》、《五四歷史演義》、《國戰演義》、《第二次世界大戰演義》、《中國抗戰史演義》、《溥儀春夢記》、《死水微瀾》、《暴風雨前》、《大波》、《金陵春夢》，等等。其中，蔡東藩的《中國歷代通俗演義》更是規模龐大、格局雄偉，全書共一千零四十回，五百餘萬字，敘述了從秦漢到民國共兩千一百六十六年的中國歷史。

註33：王愛松，《政治書寫與歷史敘事》，290頁，北京，中國廣播電視出版社，2007。

來自於純粹想像、虛擬

傳統的有《陽羨書生》、《黃粱一夢》、《聊齋志異》等，近年來的玄幻、奇幻、修真等小說將故事的想像力大大推進了一步。中國的幻想故事以《西遊記》為代表，它以唐僧師徒上天入地、移步換景的方式，在時間和空間各個維度展示了中國人的立體想像版圖，第一次將人、神、鬼、仙、佛、妖、怪各個生活空間整合成一個完整的世界圖景。然而，這個世界的框架卻留有遺憾。

小說開篇說，「感盤古開闢，三皇治世，五帝定倫，世界之間遂分為四大部洲：曰東勝神洲，曰西牛賀洲，曰南贍部洲，曰北俱蘆洲。」盤古開闢、三皇、五帝，這是線性時間敘述，來自中國人自己的神話歷史，但是關於四大部洲的空間敘述，卻源自印度佛教經典。百回本第九十七回借秀才之口提到《事林廣記》，但是《事林廣記》中沒有提到四大部洲，只有承傳《十洲記》中的十洲。這是從平面上說的，從立體上說，地獄、人間、天庭、西天，有來自中國本土宗教和民間信仰，更多來自佛教經典的框架。也就是說，我們引以為自豪的想像空間，建立在他者文化的基礎上。

幸運的是，中國的武俠故事逐漸從現實世界與歷史世界剝離，最後開拓出一片完全屬於中國人自己的想像空間：「江湖」。這個世界與現實空間平行，但又虛擬存在，並在新近的一些武俠故事，比如《武林外傳》、《大笑江湖》及許多網路仙俠故事中，逐漸走出「深溝壁壘、不相往來」狀態，「江湖一統」似乎並非無可能，如是，它將是中國想像空間的一大飛躍。

架空小說

世界性幻想小說的一種，講述發生在現實生活和傳統想像世界之外、作者完全另設的世界圖景中的幻想故事。這個世界有自己獨特、合乎想像邏輯並且完全獨立的世界體系，包括疆域、族群、文明、倫理、歷史、法制、世界觀、價值觀等，而這個世界與現實世界並無溝通往來的介面，完全處於平行狀態。架空小說在西方奇幻小說中非常常見，最著名的例子是J．R．R．托爾金的《魔戒》。這部作品透過龐大而完整的歷史、種族、文明以及世界觀設定憑空創造了一個「中土世界」，就完整性和豐富性來說，還沒有哪一部作品的「架空世界」超越了《魔戒》的「中土世界」。

架空空間

完整的架空空間以「中土世界」為代表。

中土世界：中土世界人種（物）包括哈比人、人類、精靈、矮人、樹精和黑暗勢力六類，主角佛羅多．巴金斯屬於霍比特人，人類主要有亞拉岡、博羅米爾等，精靈有勒苟拉斯等，矮人有金靂，樹精是樹鬍，黑暗勢力以索倫、薩魯曼、咕嚕、黑騎士為代表。人類在哈比人、精靈族、矮人族、樹精的幫助下打敗了黑暗勢力，恢復了中土世界的和平。

語言主要有昆雅語、辛達林、黑暗語、半獸人語、矮人語、西方通用語、樹人語、主神語、古精靈語等。領地分人類領地、哈比人領地、精靈領地、矮人領地、樹精領地、敵人領地。

據作者的通信說，中土世界並不是一個與我們這個世界完全沒有關係的大陸的名字，也有研究者考證中土世界與歐洲大陸的相似性，但是編構出一個獨立、完整的小說世界，無疑是《魔戒》對人類想像力的貢獻。

架空時間

完整的架空時間以「銀河時間」為代表。

銀河時間：《銀河英雄傳說》（田中芳樹）以「三國演義」模式講述發生在未來銀河系銀河帝國、自由行星同盟和費沙自治領地之間的民主與專制的爭鬥，地球則完全做為黑暗勢力的背景而存在。這個小說在《魔戒》之外開拓了另一方向：架空時間（歷史），即在地球（現時）時間之外設置另一時間譜系，而這個時間譜系雖是現時時間的延續，但實際上也是完全獨立自主的，屬於另一歷史譜系，姑且稱之為「銀河時間」。

銀河時間分三個階段：第一階段是「地球時代」，從西元二一二九年地球統一政府成立時起，到二八〇一年人類社會再度統一，銀河聯邦成立的宇宙曆元年結束。第二階段是「銀河時代」，從銀河聯邦在畢宿五（金牛座α）系第二行星德奧里亞建立開始，到四七三七八二年尤里安．敏茲誕生，開始進入第三階段：楊威利、萊因哈特時代。這種時間設置跟科幻小說的未來觀光時間相比要漫長而完整；跟後來的架空歷史小說的歷史時間相比，它是虛擬的未來時間，而不是過去完成時的歷史時間或仿歷史時間。因此說，架空小說在空間和時間兩個方向，都拓展了虛構文學的想像領域。

來自於已有故事的翻寫、倒寫、改寫

《哈姆雷特》（莎士比亞）是對丹麥王子哈姆雷特為父復仇的故事的改寫，《蕩寇志》（俞萬春）是對《水滸傳》的反寫，以及大量的「重述神話」（註34），比如《青蛇》、《白蛇傳說》、《人間》之於「白蛇傳」、《碧奴》之於「孟姜女」……等等。

同人小說：指的是利用原有的漫畫、動畫、小說、影視作品中的人物角色、故事情節或背景設定等元素進行的二次創作小說，一般以網路小說為載體。近年來，伴隨體育人物、娛樂人物、政治人物等社會人物的高密集度曝光，真人同人小說也逐漸興起。同人小說的形式大致有完全原著演繹、原著原人物情感剖析、原著原人物在原著設定下所發展出的其他劇情、原著原人物在不同的時空背景下所發生的其他故事、原著童話演繹等幾種類型。

追溯其淵源，《蕩寇志》應該算是比較早期的作品。它虛構了幾個主要人物，並利用《水滸傳》中同名人物，完全顛覆了《水滸傳》的主題和故事情節，構成了《水滸傳》的「反水滸」小說。後來的《紅樓夢》、《水滸傳》等名著都有後續小說，但是跟後來的網路同人小說相比，還是太過依賴原小說的框架與主題。如《此間的少年》（江南），以金庸小說人物為基礎，借金庸十五部武俠小說中的主角，同名虛構一段大學生活的故事。小說以宋朝嘉祐年為時間背景，故事發生的地點在以北大為模版的「汴京大學」，登場的是取名喬峰、郭靖、令狐沖等大俠名字的大學生，但是他們過著大學生活，與江湖世界完全不同。上課、睡懶覺、考試不及格、暗戀等，熟悉的武俠經典人名，熟悉的大學生活，雙重的溫習使這部小說充滿雙重懷舊。

註34：重述神話活動由英國坎農格特出版社著名出版人傑米・拜恩在二〇〇五年發起，委託世界

各國作家各自選擇一個神話進行改寫，神話的內容和範圍不限，可以是希臘、印度、非洲、美國、伊斯蘭、凱爾特、阿茲台克、挪威、《聖經》或其他國家地區和民族的神話，然後由參加該共同出版專案的各國以本國語言在該國同步出版發行，全球包括英、美、中、法、德、日、韓等三十多個國家和地區的知名出版社，參與了全球首個跨國出版合作專案，加盟的叢書作者包括諾貝爾獎、布克獎得主，如大江健三郎、瑪格麗特・艾特伍、齊諾瓦・阿切比、托尼・莫里森、安柏托・艾可等。重慶出版社是「重述神話」專案在中國大陸的唯一參與機構，配合這場行動的中國作家及作品有蘇童的《碧奴——孟姜女哭長城的傳說》、葉兆言的《后羿——后羿射日和嫦娥奔月的神話》、李銳、蔣韻的《人間：重述白蛇傳》、阿來的《格薩爾王》等。

來自於反哲學的預設

故事經常會提出「假如……便……」這樣的假設，比如假如人變成了蟲（《變形記》），假如現代人回到了歷史（《新宋》），假如機器人控制了人類（《終結者》）。

穿越小說：指一個現代身分（或具有現代意識）的人（這裡主要指年輕女性、女孩）進入或本身就「在」一個不屬於自己的時空，在時間錯置和觀念錯置的矛盾中，重新生活及實現人生價值的行為。同是穿越，女孩的穿越就發展成了歷史言情小說，男孩的穿越就發展成了架空歷史小說。現在說的「穿越小說」，多指女孩的穿越。這類小說的作者（寫手）大多是女孩，人物也多是女孩，而故事也大體上是「描述『穿越女』與皇親國戚、王公貴族之間的風花雪月、纏綿悱惻」。

「四大穿越奇書」（《末世朱顏》、《鸞：我的前半生，我的後半生》、《木槿花西月錦繡》、《迷途》）、《夢回大清》、《清宮遺夢》、《後宮》、《秦姝》等，就是女孩寫女孩的故事。女孩子穿越到異時空（主要是古代）大多是要談一場轟轟烈烈的戀愛、體驗一種尖端感情，從內容上說，「穿越小說」跟言情小說大致差不多。黃易的《尋秦記》開穿越之先河，其影響既可以從模仿作品的創意方面看出來，也可以在這些作品的作者自述或人物陳述裡得到印證，但是男性的穿越卻引領出架空歷史小說的產生，如《新宋》、《明》等。

來自於細節的生長

比如，味覺的故事（《香水》）、健康的故事（《沙床》）、容貌的故事（《色慾花美男》）、口吃的故事（《王者之聲：宣戰時刻》）等，這些故事建立在細節之上，生發出故事點與故事線。

來自於故事機器

安柏托．艾可在《昨日之島》講了這樣一個故事：有一個小島，島民們為了打發時光，排遣寂寞，開發出了一個故事機器。這個機器是一個巨輪，立在村子的廣場上。巨輪由六個同心圓構成，每一個圓都能獨立轉動，第一個圓隔成二十四格，第二個圓三十六格，第三個圓四十八格，第四個圓六十格，第五個圓七十二格，最外面一個圓有八十四格。不同的格子標示不同動作、不同情感、不同狀況、不同時間地點。輪子一轉動就產生豐富的組合，例如「昨天—幫助—遇見—仇人—欺騙—病痛」。看這些格子產生的提示，島民們就可以談論：「啊，張三昨天在路上剛好碰到仇人，那個仇人以前對他很壞的，把他騙得團團轉，可是現在仇人病痛纏身，所以張三反而幫助了仇人。」這樣，張三就有故事可供談論了。若是誰沒有故事了，島民只要去轉動輪子就好了。利用轉輪，可以搭配出七二三〇〇〇〇萬種不同的故事，哇，太夠用了！（註35）

註35：參閱楊照，《故事效應——創意與創價》，5～6頁，瀋陽，遼寧教育出版社，2011。

故事技巧

寫你知道的

正如李洱在《夜遊圖書館》的內容提要中寫的：

在這本書裡，我寫了當代中國某一部分人物。通常，我們把這些人叫做知識分子。我自己也是其中的一員，所以，寫他們猶如寫自己。他們那些荒謬的境遇，那些難以化解的痛苦，那些小小的歡樂，那些在失敗中不願放棄的微薄的希望，我自己都不願放棄的微薄的希望，我自己都感同身受。如果我對他們有嘲諷、有批判，那麼這嘲諷、批判首先是針對我自己的。（註36）

寫他們猶如寫自己，寫自己也猶如寫他們。這是因為，你只深刻瞭解自己，但是也不必悲觀。首先，「所有的小說都是自傳性質的。然而總有一些幸運的作者能夠繼續將他們經歷中的部分內容不斷進行加工重組，再現為一系列的、長長的、令人滿意的書和故事。」（註37）其次，你可以向自己學習，如契訶夫所說，「我所學到的有關人性的一切都是從我自己這裡學來的。」因為，「你可以確信，大街上向你走來的每一個人，儘管有其各自不同的方式，但是他們都具有和你一樣的基本人類思想和感情。」（註38）

註36：李洱，《夜遊圖書館》，1頁，杭州，浙江文藝出版社，2002。
註37：（美）桃樂西婭．布蘭德，《成為作家》，9頁，北京，中國人民大學出版社，2011。
註38：（美）羅伯特．麥基，《故事——材質、結構、風格和銀幕劇作的原理》，454頁，北京，中國電影出版社，2001。

找到自己的聲音

你應以自己的方式去寫自己的故事。但是這個自己，包括你生活的土地、你深厚的傳統、你的地方性。諾貝爾文學獎總是這樣鼓勵大家：「他大量出色的著作以獨特新穎的風格復興了西班牙戲劇的偉大傳統」（何塞．埃切加賴，一九〇四年），「他的藝術才能使俄羅斯古典傳統在散文中得到繼承」（伊凡．亞力克塞維奇．蒲寧，一九三三年），「其作品深深植根於拉丁美洲民族氣質和印第安人的傳統之中」（安赫爾．阿斯圖里亞斯，一九六七年）……

遵循文體規範與類型成規

「聽」的故事、「寫」的故事與「演」的故事大不相同；同樣是愛情，言情故事就與才子佳人故事不同。為什麼？它們屬於不同的載體、文體以及類型，它們對應著不同的審美方式與價值取向。

寫作辯證法

我們總能在經典故事裡看到這樣的辯證法：若是要寫幸福，就先寫苦難；如果要寫失敗，就先寫成功；如果要寫愛，就先寫不愛……反過來也成立。

量身裁衣

給自己的故事選擇一個合適的視角、敘述者等，它就會大放異彩。

工坊活動

一、構思或檢查

1、構思一個故事。向夥伴介紹故事的主角、要發生的事件、戲劇性以及你要表達的見解與感情。

2、檢查帶進工作坊的故事。對照故事元素，考察：

（1）這是關於誰的故事？

（2）主角經歷一系列事件之後，價值觀／對世界的認識是否發生了改變？

（3）這個故事有無戲劇性，是否值得講下去？

（4）這個故事提供什麼樣的見解？除了正確之外，是否還有其他啟示意義？

二、講述一個「我」的故事

嘗試這樣的標題：「好萊塢正在製作一部關於我的生活的電影」，這部電影將包括哪些場景？

人物

（1）你生命中誰最重要？為什麼他們對你最重要？

（2）如果你被來自其他星球的外星人綁架，你會最想念誰？為什麼？

（3）你有一個親密朋友搬家離開你了嗎？對他的離開，你有什麼感覺？以後還見到他了嗎？再見面時，還跟以前一樣嗎？或者有什麼不一樣？

（4）你跟你最好的朋友見面是什麼樣子？你們怎麼變得這麼親密的？

地點

（1）想像一下，你和你的家庭將移民到太空某一個地方，永遠不會再回到地球，離開之前你們將會去哪裡參觀？

（2）哪個地方是你永遠也不想再去的地方？為什麼不願意再去？

（3）你生命中最快樂的時刻發生在哪個地方？最悲傷的地方呢？最恐懼的地方呢？最滑稽的地方呢？最奇怪的地方呢？

成長

（1）你曾經做過最艱難的決定是什麼？回過頭來看，你認為當時做的決定是正確的嗎？

（2）如果你能穿越時空回到過去，你將回到哪個時刻？為什麼要選擇這個時刻？現在回去你還會跟過去一樣做相同的事情嗎？

（3）與讀一年級時的你相比，你現在有什麼不同？發生了什麼讓你改變？（註39）

三、整理故事

選擇一部自己喜愛、熟悉的作品（影視、戲劇、小說等），整理故事要素（人物／主角、事件／行動、見識／感情、戲劇性），從主角角度按照時間順序整理這個故事。

例：《圍城》故事梗概。

上海「點金銀行」周經理在清明節衣錦還鄉，回到江南某小縣，祭祠掃墓，期間拜謁當地紳士、前清舉人方遯翁，二人成為朋友，結為親家。

方遯翁大兒子方鴻漸兩年後去北平念書，因羨慕同學自由戀愛，嫌未婚妻學歷低下，曾動退婚念頭，遭父親痛斥。

大四這年得父親來信，知悉未婚妻因病去世，尊父命寫信慰唁岳父岳母，因未婚妻之事圓滿解決，重獲自由之身，化慶幸為懇切，感動周經理。

周經理遂決定用給女兒陪嫁之資和方家聘金，共兩萬塊錢折合一千三百英鎊，資助方鴻漸留學。

方鴻漸在大學期間，從社會學系轉學哲學系，最後畢業於中國文學系，學無所成，來歐洲後，依舊渾渾噩噩，輾轉倫敦、巴黎、柏林幾個大學，隨意聽課。混至第四年，發覺銀行餘額只剩四百餘鎊，決定空手回國，但遭父親、岳父斥責，博士文憑一定是要有的。

於是從愛爾蘭騙子那裡花三十美金購得「克萊登大學」哲學博士文憑，乘船回國。

方鴻漸購得二等艙座位，因無同伴，轉至三等艙，與蘇文紈博士、鮑小姐同行。

蘇文紈是方鴻漸舊識，出身官宦之家，在法國里昂研究法國文學，獲文學博士學位，因矜持與埋頭學業，屢誤終身，最後年齡已大，學歷更高，無人高攀，逐成剩女，一路上頻向方鴻漸示好，但方鴻漸卻被鮑小姐所迷，自己「豔若桃李，冷若冰霜」做派終不敵鮑小姐年輕貌美、火辣銷魂。鮑小姐稱方鴻漸像她的未婚夫，一個小小的伎倆便擄獲方鴻漸，二人勾勾搭搭，逞肉體之歡。然船到澳門，鮑小姐歡呼雀躍投入未婚夫懷抱，棄方鴻漸而去，方鴻漸悵然若失。

方鴻漸回國，先回小縣城。因岳父登報不實宣揚「方大博士回國，各大政府機關單位爭相禮聘」消息，成為知情者笑柄。樹大招風，在鄉期間，或是被請講學，或是遵命相親，但處處不合時宜。

一九三七年，淞滬會戰迫近小縣，方鴻漸與方鵬程兄弟二人先到上海，後全家相聚上海。方鴻漸工作沒有著落，岳父就安排他在自己銀行掛名吃乾薪，因無所事事頻頻拜訪蘇文紈，在蘇家結識蘇文紈表妹唐曉芙，一見傾心，二人相識相知。

趙辛楣是蘇文紈家世交，留美博士，在外交公署任處長，因病未隨機關南遷，現在華美新聞社做政治編輯。小時候有一有名相士說他是官宦之相，蘇文紈是官太太的命，有二十五年的幫夫運，因此他自信要當官，會娶蘇文紈，但蘇文紈不為所動，剃頭擔子一頭熱。

蘇文紈雖內心喜歡方鴻漸多一些，但生性愛慕虛榮，喜眾星捧月，覺得趙辛楣一個人追求自己不夠熱鬧，遂想引入方鴻漸，形成二虎相爭之局面。趙辛楣耿耿於懷，處處為難方鴻漸，後打聽到方鴻漸沒有工作，就拐彎請湖南三閭大學校長高松年給方鴻漸發來聘書，欲調虎離山。二人並未形成對抗，蘇文紈向方鴻漸表白，但後者告訴她心有所屬後，大失所望又醋意大發，就將方鴻漸在回國船上與鮑小姐的鬼混之事告知唐曉芙，唐曉芙失望而去。方鴻漸大病一場，病中得知蘇文紈已經與詩人曹元白訂婚，決定赴三閭大學之約，離開上海傷心地。

趙辛楣也竹籃打水一場空，心痛之餘遂與方鴻漸一同離開上海，南下平城應三閭大學政治系主任之約。路上他告知緣由，稱自己與方鴻漸是「同情」：同一個情人。方鴻漸解釋並未愛蘇文紈，愛非同人，二人前嫌盡棄。因同是傷心人，二人結為朋友。同行還有三人，一是三閭大學校長高松年同學李梅亭，赴中國文學系主任之約；一是顧爾謙，被聘副教授；一是孫柔嘉，趙辛楣朋友姪女，溫柔嫺靜，被聘為英語系助教。戰亂之際，一路艱辛，路遙知馬力，日久見人心，五人各自露出本色。方鴻漸雖是好人，但毫無用處；李梅亭貪財好色，尤為大家不齒；孫柔嘉外柔內剛，表面軟弱，內心卻頗有主意，只是方鴻漸毫不知情。到了三閭大學，趙辛楣如約當上政治系主任；顧爾謙當上副教授。孫柔嘉當上助教，與范小姐同室。但中國文學系主任被有政治背景的教育部次長的伯伯汪處厚捷足先登，李梅亭氣急之下，要求學校高價買下他從上海帶來的一大箱西藥做為補償，後高松年任他為訓導主任，以安其心，方稍稍甘休。

李梅亭當上訓導主任後，生搬硬套國外訓導制，又花樣迭出，不得人心。方鴻漸依舊曠達，不願填上「克萊登大學哲學博士」頭銜，被降級聘為副教授，無意中成為歷史系主任韓學愈潛在炸彈，因為韓學愈也是克萊登大學哲學博士。韓學愈妻子是白俄羅斯人，為證明克萊登大學博士是真，堅持過聖誕，堅持說英語。韓學愈想讓老婆去英語系教學，但孫柔嘉的到來，讓此事不成，於是遷怒孫柔嘉，鼓動學生搗亂造反。

三閭大學人事複雜，鉤心鬥角，拉幫結派，暗潮湧動。韓學愈禮賢下士，獨請「校友」方鴻漸吃飯，告知方鴻漸，克萊登大學不僅存在，還是美國最好的大學，入門出門極難，言之鑿鑿，不由得方鴻漸不信。汪處厚為「招兵買馬收大將」，由汪太太出面做媒，將英語系主任劉東方妹妹說給方鴻漸，英語系老師范小姐說給趙辛楣，此事當然不成，於是一併得罪劉東方、范老師。汪處厚剛時來運轉就死了老婆，再娶汪太太。汪太太小汪處厚二十歲，體弱貌美，喜彈琴畫畫，汪處厚不學無術，驚為才女。趙辛楣因見其貌似蘇文紈，不覺移情於她。汪太太也與趙辛楣談得來，二人相交甚密。趙松年覬覦汪太太由來已久，見趙辛楣斜刺殺出，醋意大發，一天帶汪處厚「捉姦」。趙辛楣大慚，不敢面對，遂離開三閭大學。歷史系老師陸子瀟翻來覆去顯擺「國防部」抬頭信箋，糾纏孫柔嘉，孫柔嘉求助方鴻漸，二人合力「趕走」陸子瀟，但從此四面楚歌，處處孤立。孫柔嘉在船上就喜歡方鴻漸，但是她心思很深，絲毫不曾表露，這次一個小小的伎倆，讓陸子瀟、李梅亭「抓個現行」，坐實方孫二人戀愛之實。事已至此，方鴻漸無所謂用心，無所謂不用心，也就與孫柔嘉相濡以沫，共度時艱。

高松年報復趙辛楣，遷怒方、孫人，決定解聘方鴻漸，但假惺惺續聘孫柔嘉，二人決然離開三閭大學，經香港回上海。途中，二人發現孫柔嘉懷孕，決定結婚。

趙辛楣寄來大筆賀資，戲謔說有了老婆就會淡了朋友，不料引起孫柔嘉嫌隙。婚後，孫柔嘉本性漸露，二人摩擦增多。方家家大人多，妯娌關係複雜，火上加油。

方鴻漸在趙辛楣舉薦的報社當資料室主任，薪水微薄，被孫柔嘉姑母看不起。後方鴻漸追隨主編辭職，再次失業。回家途中，聽到孫柔嘉與姑母議論自己，感慨萬千，離家而去，浪跡街頭，二人婚姻走到盡頭。方鴻漸接到已到重慶的趙辛楣的來信，決定去重慶謀職。但，誰又能保證，這不是又一個圍城呢？

四、默寫故事

比如默劇《藝術家》。

五、改寫故事。

以上述故事為基礎，試從以下幾個方面，改寫這個故事：

1.作品人稱。

2.敘事視角。

3.從邊緣人物角度重新講述故事。

4.從對立人物角度講述。

5.增加人物。

6.增加故事變數。

7.改變故事地點。

8.改變故事時間。

9.倒寫。

10.穿越。

11.參與別人的故事。

註39：Jay Amberg and Mark Larson, The Creative Writing Handbook, Good Years Books, Tucson, Arizona, 1992.

第二章

從開頭到結尾

SASAKI
SASAKI
PRACTICAL PEN
TRADE
MARK

第二章 從開頭到結尾

亞里斯多德認為，悲劇是對一個完整劃一，且具一定長度的行動的模仿，因為有的事物雖然可能完整，卻沒有足夠的長度。一個完整的情節由起始、中段和結尾組成。起始指不必承繼它者，但要接受其他存在或後來者的出於自然之承繼的部分。與之相反，結尾指本身自然地承繼它者，但不再接受承繼的部分。它的承繼或是出於必須，或是因為符合多數的情況。中段指自然地承上啟下的部分。因此，組合精良的情節不應隨便地起始和結尾，它的構合應該符合上述要求。（註40）

亞里斯多德借悲劇談故事的結構，提出一個完整的故事應該包括開頭（也叫「發生」）、中部（也叫「發展」）和結尾（也叫「結局」）的要求。按照亞里斯多德的理論，十九世紀德國戲劇理論家古斯塔夫・弗雷塔格認為，戲劇包括開場、展示（情節上升）、高潮、逆轉（情節下降）、結局五個基本環節，並在模型結構上呈現金字塔式。

有學者在廣泛調查研究中外小說時發現，發端於不同文明的古典小說在結構與觀念上存在極妙的相似，都是「以故事為中心」，在故事結構上也存在著「結構律則」。何謂「結構律則」？國外學者在研究歐洲和其他地區大量的民間故事的基礎上，曾做過一些程式性的勾勒。歸納起來，主要有如下要點：

（1）任何故事均不以最重要的情節做為開頭，結尾也不戛然而止。一般都要經過「開端—高潮—收尾」這樣一個循序漸進的過程。

（2）幾乎所有的故事都有重複的敘述，最常見的重複次數是三次，或者四次、五次、七次。

（3）每一場面通常只出現兩個主要人物。如超過此數，每次只能有兩個人同時活動。

（4）人物性格比較單純，並且有鮮明的對比。常同時出現的有人與妖、善與惡、富與窮、聰明與愚笨、誠實與狡詐、英雄與惡魔等。

（5）弱者常常最終變為強者。

（6）只描述與故事直接有關的人物性格，超出該故事主題範圍的人物性格概不涉及。

（7）故事中很少回憶往事，如需回憶，多採用對話形式，罕用敘述手法。（註41）

饒芃子談的是中西古典小說，這種結構律則有普遍性嗎？

故事如何開始、如何發展、如何結尾，這是故事寫作經常遇到的問題，或者說首先遇到的問題。尤其是故事開了頭，卻不知如何結尾，更是困擾作家的大問題。我們這裡主要藉助敘事學知識，探討故事從開頭到結尾的普遍原理以及從開頭到結尾的可能之途徑。

註40：參閱（古希臘）亞里斯多德，《詩學》，74頁，北京，商務印書館，1996。

註41：參閱饒芃子，《中西小說比較》，138頁，合肥，安徽教育出版社，1996。

第一節

敘述可能之邏輯

故事應該如何發動，以及事件應該如何組合，方可構成一個有意義且完整的故事？敘事學「研究所有形式敘事中的共同敘事特徵和個體差異特徵，旨在描述控制敘事（及敘事過程）中與敘事相關的規則系統」（註42），其目標是「透過建立最小敘事要素來展現一幅可能性之網」（註43）。敘事學立足「已有的故事」，面向「可能的故事」，因此它對寫作發揮啟發、引導與可能性之參考作用，但最重要的是，它有著文體與類型的規範作用：我們創作的故事必須可以當作「故事」被理解、被闡釋。

註42：Prince, G. A., Dictionary of Narratology, Nebraska: University of Nebraska Press, 1987, p. 3.
註43：（美）西摩·查特曼，《故事與話語——小說和電影的敘事結構》，5頁，北京，中國人民大學出版社，2013。

敘事之最小要素與組合

功能與回合

功能

俄國民俗學家弗拉基米爾．雅科夫列維奇．普羅普以一百個俄羅斯民間故事為樣本，進行故事情節間的比較，試圖從中找出這些故事的可變因素和不變因素，確定故事的結構規律性，進而解決故事研究最重要的問題——故事類同問題。（註44）

他發現，許多不同的故事事件其實在重複相同的動作，像一個故事行動的不同翻版。

相對於人物怎麼做和誰來做，做了什麼才是關鍵，普羅普將人物之於事件行動意義的角色行為定義為「功能」。他認為，角色的功能充當了故事的穩定不變因素，構成了故事的基本組成成分（克勞德．布雷蒙稱之為「故事原子」），它們不依賴於由誰來完成以及怎樣完成。相對於民間故事人物的數目，功能的數目極小，只有三十一種，民間故事的特徵就是經常把同一行動分配給各式各樣的人物。

回合

功能是敘事作品的最小單位，比功能更大的單位是「回合」。所謂「回合」，是由一系列功能單位組合而成的敘事單位。神奇故事一共有三十一種功能，在具體故事中這三十一種功能可以缺少，但序列不能更改。

比如，在前八項功能中，從第一項到第八項依次是。

（1）一位家庭成員離家外出（外出）。

（2）對主角下一道禁令（禁止）。

（3）打破禁令（破禁）。

（4）對頭試圖刺探消息（刺探）。

（5）對頭獲知受害者的消息（獲悉）。

（6）對頭企圖欺騙受害者，以掌握他或他的財物（設圈套）。

（7）受害者上當並無意中幫助了敵人（協同）。

（8）對頭給一個家庭成員帶來危害或損失（加害）。

從「外出」到最終的「加害」，環環相扣，家庭成員的外出就為對頭的加害留下可能，留下人員的打破禁令，就為對頭提供了現實機會；對頭獲取了消息，設置了圈套，並利用受害者的失誤最終得逞，這之間的順序不能隨意改動，比如，對頭先實施加害再刺探消息、設置圈套等。回合是神奇故事的基本序列，實際上，一個神奇故事本身就包含了一個基本的序列：「從形態學上講，任何一個始於加害行為（A）或缺失（a）、經過中間的一些功能項

之後終結於婚禮（C）或其他做為結局的功能項的過程，都可以稱之為神奇故事。」（註45）

一個故事可能由一個回合構成，也可能由數個回合組成；一個神奇故事可能是一個回合，也可能由數個或多個回合構成。我們可以將一個回合理解為「最小故事」，因為它可以簡化成三個事件或動作。多個回合構成的故事，回合之間有不同的組織關係，可能是兩個回合首尾銜接，也可能是幾個回合互相重疊，也可能是一個回合未完之際又插入一個新的回合，總之沒有一個定則。

註44：參閱（俄）弗拉基米爾・雅科夫列維奇・普羅普，《故事形態學》，15頁，北京，中華書局，2006。

註45：（俄）弗拉基米爾・雅科夫列維奇・普羅普，《故事形態學》，70頁，北京，中華書局，2006。

神話素與二元對立

神話素

法國人類學家兼結構主義者萊維－斯特勞斯將結構主義語言學的「轉換－生成」和索緒

爾語言的表層和深層結構層次的思想應用於人類社會生活研究，創立了他的結構主義神話研究模式。斯特勞斯發現，分布在全世界各地的神話有一種跨越文化界限的相似，許多看似幻想和隨意虛構的故事，像是同一個故事的不同語言演繹，但又難以找到一個真實的版本來源。他傾向於相信，在這些神話故事中，一定存在某種構成神話故事的最基本的要素，即神話素。他做的工作是，將某種神話的各種不同版本簡化成一系列與功能和主題相關的句子，進而用不同的數字代表句子中的不同成分，用數位這個「通用」語言重新組合成抽象故事。結果發現所有的故事中的確有他預期的神話素，比如，關於俄狄浦斯的神話，「提供了一種邏輯工具，把初始的問題——生於一還是生於二？——同派生的問題——生於異還是生於同？——聯繫起來。」（註46）

每一個神話看似獨一無二，但實際上只是人類思想的普遍法則的一個特例。

二元對立

萊維－斯特勞斯研究的另一發現是，任何特定的神話都可以被濃縮成二元對立結構，比如生／死、天堂／地獄、神／人等，世界不同的文化就是不同的文化對這個深層結構的闡釋。神話故事的本質就是解決一個看似無法調和的二元對立，但解決後的故事仍舊是一個幻想或信念，因為新的故事依舊是一個二元對立。無論神話怎樣演變、發展，二元對立的結構保持不變，所有的神話都是這種二元對立結構的變形和轉換。

註46：（法）克洛德・萊維－斯特勞斯，《結構人類學》，233頁，上海，上海譯文出版社，1995。

行動元與行動模態

行動元

事件與行動相關，行動由人物發起，也必將針對人物，因此人物就不僅是故事的靜態符號、指涉物件，而且是行動要素。在結構主義敘事學裡，人物的這種功能性定位，即「是什麼」和「做了什麼」，被稱為「行動元」。法國敘事學家格雷馬斯繼承並發展了普羅普的思路，將普羅普對民間故事的分析方法擴展到所有敘事，同時也將普羅普的三十一個功能精減至契約、考驗、主角的缺席、異化與再同化和考驗及其結果六個，六個功能組成基本序列：

正常的秩序被破壞、異化—主考驗—再同化、重建秩序—升級—追尋—再追尋

七個人物角色（註47），也削減至三對六種行動元範疇，它們是：與願望、探求和目標相對

應的主體和客體；與交流相對應的發送者和接收者；與輔助支持或阻礙相對應的輔助者和反對者。在一個完整的故事中，包括這些具有角色／行動功能的人物，如下：

主體↕客體

發送者↕接受者

輔助者↕反對者

處於對立面的行動元如何通過仲介連接起來呢？他進一步運用結構主義思維，設計了一個「行動元模型」：

發送者↓客　　體↑接受者

輔助者↓主　　體↑反對者

格雷馬斯把「行動元模型」看作是構成微觀世界（封閉的文本世界）的常量（不變數），把對模型的變換填充（不同的賦值）看成是變數，這對敘事文的形式化研究具有很強的操作價值，但也存在著進一步簡化的可能。比如，中國學者李廣倉提出的「行動元矩陣」似乎更容易被理解（註48）：

主角↕對頭

幫手↕反面幫手

行動模態

格雷馬斯在普羅普的三十一個功能和神奇故事的基本序列基礎上，建構了自己的行動模態。這個模態分為三個階段：「產生慾望」（「欲」）、「具備能力」（「知」或「能」）和「實現目標」（「做」），圖示如下：

產生慾望→具備能力→實現目標

這個序列建立在角色，主要是主角行動的基礎上。主角／角色因「心有欠缺」（不足、受加害等）而產生慾望，開始「鍛鍊能力」，展開行動，行動若是成功（「實現目標」），就會「得到獎賞」，或者行動也可能失敗，但也有相應的結果，「得到原諒」，圖示如下：

（心有欠缺）→產生慾望→鍛鍊能力→實現目標（失敗）→得到獎賞（得到原諒）

這個模型是基本的行動序列，適用於一個簡單故事，一個完整的故事中，會包含多個序列模態循環，包括這些系列的重疊、鑲嵌。

格雷馬斯進一步壓縮了普羅普提出的功能種類和行動圈，將它們歸入三種序列結構：契約型結構、完成型結構和離合型結構。如契約型結構中，敘事可能採取兩種模式來進行：

契約—違背契約—懲罰

缺乏契約（秩序）—重建契約（秩序）

實際上，三個序列結構更像是神奇故事序列的變體，但適用範圍已經遠遠超越了神奇故事，也更具操作性。

註47：分別是「加害者」、「贈與者」、「相助者」、「公主」及其「父王」以及「派遣者」、「主角」、「假冒主角」。參閱（俄）弗拉基米爾·雅科夫列維奇·普羅普，《故事形態學》，15頁，北京，中華書局，2006。

註48：參閱李廣倉，《結構主義文學批評方法研究》，202頁，長沙，湖南大學出版社，2002。

陳述與序列

茨維坦·托多羅夫認為，在很深的層次上，存在著一種敘事語法，單獨的故事都來自這種語法。「如果懂得作品中的人物是一個名詞，動作是一個動詞，就能更好地理解敘事。」「將一個名詞和一個動詞組合在一起，就是邁向敘事的第一步。」（註49）

他參照語言學句法形態分析《十日談》的故事結構，建立了自己的敘事句法理論。他發現，超越敘事句層次的語句間關係共有時間關係、邏輯關係、空間關係三種，這三種關係組成的高一級的意義單位叫做「段落」。在敘事語法的建構中，托多羅夫對普羅普的三十一種功能做了簡化，他認為：一篇理想的敘事文總是以一種穩定的狀態為開端，然後這個狀態受到某種破壞，出現平衡失調的局面，最後另一種來自相反方向的力量重新恢復了平衡。

他還宣稱，一個完整的段落永遠只有五個敘述句組成，除了上述三種狀態外，還包括兩種插敘：一種描寫穩定的或失衡的狀態，另一種描寫一種狀態向另一種狀態的過渡。（註50）

為了尋找「敘述作品最主要的因素，即可以構成情節的因素」（註51），托多羅夫根據句法原理將故事進一步細分出陳述（也稱為「命題」、「分句」）和序列兩個基本元素。

陳述

陳述是構成故事的最小單位，是句法的基本要素，「做為敘述的基本單位的『不可簡化的』行為，如『甲愛上乙』，『甲到達乙的家』等。它類似於普羅普的『功能』概念，即『根據人物在情節過程中的意義而規定的人物的行為』。是指一種基本敘事單位，首先是指具有意義的、具體人物的一個行動。」（註52）

一個陳述包含兩個不可或缺的成分，即行為者和謂語。命題的核心是謂語動詞，而構成謂語的方法有兩種：用一個動詞（及物或不及物動詞）或者用表語（形容詞）。動詞表示人物的行動，而形容詞表示事件或人物的狀態。組成一個陳述需要主語（X或Y等）和動詞（或形容詞），動詞和形容詞就組成了每個陳述的核心。

形容詞是用來描述主語的某種狀態，托多羅夫將它分為三類：第一類是人物的狀態，指人物身上一些容易改變的情緒因素，如喜、怒、哀、樂等；第二類是人物的品格，指一個人物較持久的主觀狀態，如性格、脾氣等；第三類是人物的身分，即人物外在的一些屬性，這些屬性一般很難發生變化，如性別、出生、身高、地位等。動詞用來表示人物的行動，托多羅夫認為《十日談》中有三種基本動詞，即：改變、犯錯和懲罰。這代表了「故事中一個平衡向另一個平衡的過渡，這就構成了一個最小的完整情節，典型的故事總是以平穩的局勢開始，接著是某一種力量打破了這種平衡，由此產生不平衡的局面。另一種力量再進行反作用，又恢復了平衡，第二種平衡與第一種平衡相似，但不等同」（註53）。

序列

序列則是構成完整故事的各種陳述的組合，具有一定的封閉性特徵。「所謂『序列』，是指構成一個完整故事的一系列陳述，或指一個『微型故事』。」（註54）一個故事至少包含一個序列，但通常包含多個序列，這些序列可以以不同的方式構成敘事。

羅蘭·巴特指出，「一個序列是一系列合乎邏輯的由連帶關係結合在一起的核心。」「序列自身內部的功能是首尾完整封閉的，又統轄於一個名稱，因此序列本身構成一個新的單位，隨時可以做為另外一個更大的序列的簡單的項而運行。」

托多羅夫認為序列有兩大類，一是基本序列，另一個是複雜序列。基本序列包括三個能產生完整意義的陳述，而複雜序列是在基本序列的基礎上派生的。如此，我們可以組合出更複雜的線性的序列。如果一部小說中不只一個序列，那麼這些序列將會以三種方式接合：第一種是「插入」，即我們平常理解的插敘；第二種是「環接」，指序列間依次排列；第三種是「交替」，這種方式是將兩個序列交叉排列。

托多羅夫是在綜合普羅普、羅蘭・巴特、格雷馬斯等學者，尤其是在布雷蒙敘事研究基礎之上提出自己的敘事句法的。一方面，其成果是前期研究的繼承，具有很大相似性；另一方面，它又有「後發優勢」，在某些方面具有突破，比如他的基本序列，既結合了行動元的謂語動詞要素（「行動」）、主語形容詞要素（「狀態」、「屬性」、「身分」），又揭示了故事「轉化」的性質。

有學者將這個基本序列表示如下：

（身分、屬性、狀態）主角→行動→（「身分」、「屬性」、「狀態」）

「主角」（註55）

註49：Tzvtan Todorov, “Structural Analysis of Narrative”, Novel: a Forum on Fiction, 1969, vol 3, 74頁。

註50：參閱（法）茨維坦·托多羅夫，《敘事作品分析》，選自張寅德：《法國現當代文學研究資料研究叢刊：敘述學研究》，85～86頁，北京，中國社會科學出版社，1989。

註51：（法）茨維坦·托多羅夫，《詩學》，選自趙毅衡：《符號學文學論文集》，223頁，天津，百花文藝出版社，2004。

註52：吳培顯，《張欣小說的敘事結構分析》，載《綿陽師範學院學報》，2007（1）

註53：Tzvtan Todorov, "Structural Analysis of Narrative", Novel: a Forum on Fiction, 1969, vol 3, 75頁。

註54：吳培顯，《張欣小說的敘事結構分析》，載《綿陽師範學院學報》，2007（1）。

註55：張永祿，《「敘事語法」：小說類型學研究的一個重要概念》，載《時代文學》，2008（5）。

敘述可能之邏輯

法國敘事學家克勞德·布雷蒙在功能的基礎上提出了「序列」概念。他認為，敘事的基本單位，即故事原子，仍舊是功能，且三個功能一經組合便產生序列。這一個三功能組合是與任何變化過程的三個必然階段相適應，即可能性、過程、結果。所有故事都建立在一個基本而簡單的敘事序列之上，千變萬化的故事都是這一基本序列的三種搭配形式的轉換而已。他認為，不管講述的是何種事件，只要構成故事，都需要服從一定的邏輯制約，否則就讓人無法讀懂。他試圖找出對所有故事起支配作用的規律，即敘事邏輯。（註56）

基本序列

A1	A2	A3
情景的出現	**採取行動**	**行動的結果**

與普羅普、格雷馬斯以及之後的托多羅夫的系列相比，布雷蒙顯然發現了行動的複雜性和可能性，即相似的前提不一定引起相同的結果。比如，「情景的出現」（我們可以將其理解為普羅普那裡的「加害」、「反角作惡」或者格雷馬斯意義上的「避免懲罰」、「不知」等）

引起了主角或角色的願望、慾望，但是他不一定行動。只有採取了行動的人物或角色，無論行動目的有無達到，方可構成故事的基本序列，圖示如下：

採取行動　　　　目的達到（結果成功）
可能性（目的願望）
沒有採取行動　　目的沒達到（結果失敗）

基本序列結構示意圖如下：

A1　　　　　　A2　　　　　　A3
（慾望、目的）（對慾望付諸行動）（行動的結果）

布雷蒙基本序列結構的優越性在於，其一，它既給予故事的核心要素「行動」以中心和唯一的地位（除此之外，無其他要素並列，比如「具備能力」、「準備能力」等，後者其實是次一級的要素），更解釋了「行動」的動力來源「慾望」、「目的」（它們來自「情境的出現」）；其二，無論採用何種行動（「改變」、「避免懲罰」等）都是「行動」的具體方式，且「行動」一定要與「慾望」、「目的」相關。沒有「慾望」、「目的」的行動是盲目的，即使發生，也是「偶然事件」或無意義事件，反之，則構成了故事有意義的成分；其三，無論「目的達到」（「沒有得到懲罰」、「改變」等）與否（「目的沒有達到」），其實都是「行動的結果」，其他任何形式都是「行動結果」的具體化；其四，這個結構與行動的結構乃至故事的事序結構保持了同構。簡而言之，它既具有理論的概括性，又具有寫作指導意義上的操作性。

註56：參閱（法）克勞德·布雷蒙，《敘述可能之邏輯》，選自張寅德編：《敘述學研究》，153頁，北京，中國社會科學出版社，1989。

複合序列

首尾接續式

首尾接續式結構圖如下：

A1

A2

A3B1

B2

B3

第一個序列的結果往往是第二個序列產生的原因，所以第二個序列是緊接著第一個序列出現的。很多故事都是以連接方式構成的複合序列，如，男孩追求女孩成功連接家長反對，偷竊成功連接員警追捕等，引起連鎖反應。

鑲嵌式（嵌入式）

鑲嵌式結構圖如下：

A1　A2　A3

B1　B2　B3

改善過程或惡化過程的失敗，均有一個阻止其發展的相反過程的介入，這一相反過程也是一個基本序列，與第一個序列構成嵌入式的複合序列。另外，即使一個改善過程是成功的，也需要克服一個又一個障礙，每一個障礙就是需要嵌入的一個小序列，如《肖申克的救贖》。

左右並聯式

左右並連式結構圖如下：

A1　A2　A3

VS.

B1　B2　B3

同一件事，從不同的施動者看具有不同的功能，也就是對同一個事件不同角度的敘述，如〈智取生辰綱〉，梁中書為岳父祝壽派楊志前往東京押送生辰綱，晁蓋、阮氏欲取生辰綱，扮棗販途中智取。

敘述循環

布雷蒙認為，任何敘事作品，都等於一段包含著N個具有人類趣味（人的某種目的或計畫）又有情節統一性的事件。

有各種事件和材料，如果和人的某種趣味、目的或計畫不相關的話，就不能形成有意義的敘事過程（如某些偶然出現的與人無關的自然現象、毫無條理的事件堆砌等），只有相對於人的目的、願望和計畫而言，事件才具有意義，才能組織成結構和序列。

布雷蒙根據「成全」或是「阻礙」這一計畫或願望，認為複合敘事往往是在「改善」與「惡化」兩種基本類型中循環，形成「改善序列」和「惡化序列」的交替往復（不同於具有普適性的道德範疇的善惡，而是相對於施動者的目的、願望和計畫而言）。

改善的基本序列如下：

A1	A2	A3
	改善過程	得到改善
想要得到改善		
	沒有改善過程	沒有得到改善

惡化的基本序列如下：

A1	A2	A3
	惡化過程	**產生惡化**
可能產生惡化		
	沒有惡化過程	**惡化得到避免**

複合敘事往往是在「改善」與「惡化」的循環中展開，而且，改善序列與惡化序列的結合構成複合序列，具體方式仍為首尾接續式、鑲嵌式和左右並聯式。

上述形態學、人類學、敘事學及結構主義學者的研究沒有窮盡世界所有的故事（實際上不可能窮盡，也無須窮盡），只是集中在民間故事（神奇故事）、神話、小說（《十日談》）等有限物件，但是他們的研究方法及結果對故事創作具有寶貴的啟示價值：

一、（世界）故事表面千變萬化，但故事的角色功能十分有限，「許多故事其實是在重複相同動作」，差別在於「誰去做」和「怎麼做」。

二、（世界）各地的故事在內在文化上有高度一致的相似，存在普遍的二元對立結構，無論是神話中的人／神、生／死、天堂／地獄，還是亞里斯多德後來所歸納的六種基本故事衝突（人／人、人／社會、人／自然、人／自我、人／神、人／機器），「二元對立」（包括對「二元對立」的克服、協調）是故事的基本結構。

三、無論是神奇故事還是其他，故事的行動均從主角發動，區別在於被動主角由他人（故事情境）驅動，始於被「加害」、被「打破平衡」，因此產生「改變」、「規避懲罰」慾望，或主動主角因「匱乏」而產生「改善」慾望，人物行動由慾望推動，結果導引。

四、故事自人物慾望產生開始，「獲取」或「規避懲罰」，慾望的實現就是故事的進程，慾望實現與否是故事的結局（包括是否產生行動）。當然，慾望的產生有些來自顯而易見的生活邏輯，有些來自隱密的人體自身（比如無意識、非理性），有些則來自作家的哲學觀念——他們強行驅使自己的人物這麼想、這麼做，當然這樣的故事在小說、散文裡是可行的，但是在戲劇、影視故事中，要想觀眾接受故事，難度要大得多。

五、複雜故事（相對於基本故事、基本序列，幾乎所有的故事都是「複雜故事」）包括多個故事行動，這些行動有些做為說明人物（主角）慾望產生的原因的故事情境或背景，有些是做為展示慾望實現的過程，但每個故事的行動在結構上是一致的，即每個行動都具有類似基本故事那樣的邏輯。

第二節

從開頭到結尾

據說，金庸在構思小說情節時，邀四、五位見多識廣、職業不同的朋友相聚，先將小說情節構思說出來，然後徵求諸人的意見，最重要的是要他們擬出個人意表的結局出來。四、五個見地精闢的人，自然有四、五種奇妙的意見和結局，取其精髓，當然可以豐富小說的情節內容了……但金庸卻相反，他將諸人想到的完全摒棄，既然別人可以想得到，金庸就該構思與眾不同的，否則金庸也就不成其為金庸了。（註57）

從某種意義上講，金庸也是在組建故事工作坊了。但這主要是一種工作方法，對創作者而言，不是直接的創作方法。從故事創作角度而言，金庸的創作方法也只是可能性的一種，不是普遍的方法、思路，我們會參考因人而異的個人經驗，但更想找到一個故事從開頭到結尾的原理和普遍方法。

註57：參閱李文庸，《武俠小說大宗師金庸印象》，選自潘國森、蘇嶝基：《金庸茶館》，第3卷，193頁，北京，中國友誼出版公司，1998。

從人物慾望開始

故事研究者證實了形態學、神話學、敘事學、結構主義學者對故事的判斷。的確，「故事通常會從一個充滿慾望的人物開始，他努力克服成功道路上的各種障礙。實際上，這就是故事的結構。」「當人物遇到錯綜複雜的情況，而他又不得不面對和解決時，行動就發生了，故事正是由一連串這樣的行動所構成的。」（註58）

「主角—困境—擺脫困境」，這就是簡明而常見的故事模式。遇到困境，主角產生擺脫困境的慾望，開始行動，困境最終擺脫或未能擺脫，故事結束。

註58：（美）傑克．哈特，《故事技巧——敘事性非虛構文學寫作指南》，5～6頁，北京，中國人民大學出版社，2012。

設置故事情境，讓人物行動起來

如果人物不行動，我們該怎麼辦？比如銀行家海爾茂的家庭（《玩偶之家》）。

海爾茂與娜拉結婚八年，生了三個孩子；娜拉年輕漂亮，乖巧懂事；海爾茂精明能幹，事業有成，馬上就要升任銀行經理，拿高薪水，分紅利。但這只是表面現象，這個家庭隱藏著危機：八年前，海爾茂拼命工作，生了重病，醫生囑咐只能到南方療養才能保住性命，急需一大筆錢。為了不讓丈夫著急和不打擾病中的父親，娜拉偽造父親的簽名，從柯洛克斯泰手中借到一大筆錢。經過在義大利的一年治療，海爾茂康復了。八年來為了還債，娜拉省吃儉用，拿自己的生活費貼補家用，經常抄寫文件到後半夜，凡是能拼湊到的錢全都還了債，現在借款快要還清了。但是這一切，海爾茂並不知情。娜拉也不知道海爾茂如果知道真相又會怎樣，是感動還是其他？這只是假設，我們怎麼樣才能看出這個幸福家庭的真相呢？其實只要有人打破這個平衡就可以了。現在打破這個平衡的人來了，他就是柯洛克斯泰。柯洛克斯泰就是一個故事開始部分最常見，對故事開始具有重要意義的人物——「最先出拳的人」。

他做了什麼？

娜拉最好的朋友林丹太太三年前丈夫就死了，什麼也沒有留下，連孩子也沒有。為了讓母親臨死的幾年過上寬心日子和撫養兩個弟弟長大，她嫁給了一個自己並不愛但有錢的男人。

娜拉想幫助她，請求海爾茂在銀行裡為她謀求一個職位。海爾茂答應了，以愛妻娜拉的名義。然而，柯洛克斯泰也來請求娜拉，希望海爾茂不要解雇他。這個要求，海爾茂沒有答應，理由是柯洛克斯泰偽造簽名，品行敗壞，臭名昭著。在海爾茂看來，虛偽、撒謊是最壞的事情，因為他不僅使自己名聲受損，還帶壞孩子，尤其是母親撒謊更容易帶壞孩子。但是，事情由不得娜拉，也由不得海爾茂，因為柯洛克斯泰的確是那樣的人，「品行敗壞，臭名昭著」，他威脅娜拉，如果海爾茂解雇他，他就將娜拉瞞著丈夫借錢的事情告訴海爾茂，並威脅說要將她偽造簽名觸犯法律的事告到法院……

現在怎麼辦？

柯洛克斯泰出拳，擊中了海爾茂一家脆弱的神經，他們該有什麼樣的反應？他們該怎麼做？誰也不能迴避，考驗人性、檢視真相的時候到了，故事也就真正開始了。

電影《一九四二》講述的是老東家逃荒的故事，它主要表現和檢驗中國民間情義。這個故事是可以不發生的，因為老東家是大地主，有實力，也有相當多的資源，即不用去逃荒，但是故事還是讓他行動起來。首先是大旱，糧食歉收，災民吃大戶。災民吃大戶本不足以讓他陷入絕境，但是兒子莽撞開槍，打破潛規則，引發災民報復，燒掉糧倉。日軍進攻河南，他不願當漢奸；政府救援不力；軍隊腐敗等等。故事掐斷了所有不讓他逃荒的可能性，讓他不得不逃荒，去接受生死考驗，在逃荒中考驗中國農民的人性與情義。

如果誘導事件或最先出拳的人出現，故事依舊沒有行動，需要檢查：

（1）誘導事件是否觸及人物的信仰、道德、禁忌、生死等底線，也就是有沒有達到極限？

（2）故事切入時機是否適當，是否讓人物遭遇並感受到了困境，尤其是被動主角或者有更深刻經歷的人物，典型的例子是「逼上梁山」。當然，讓被動人物行動起來，本身也具有戲劇性。

（3）背景設置是否合理。好的故事總是在這種情況下發生：人物（尤其是主角）生活表面平靜，但形同累卵，亦如懸崖邊上的石頭，只需輕輕一推，即刻倒掉，石頭掉入深淵，再也回不到山上，脆弱而危險的平衡禁不起風吹草動。

有些事件具備天然的故事情境特徵，比如，一個人處在他所不屬於的時間（歷史架空、穿越）、空間（異域、探險）、文化，面臨傷害、被迫反應等。但有時候我們也要仔細分別「行動」的實質，比如潛意識的活動，往往以「症候」的形式顯露出來。

設立雙向目標，構築新舊平衡

我們看幾部小說名著故事的結尾：

我今日所做的事遠比我往日的所作所為更好，更好；我今日將享受的安息遠比我所知的一切更好，更好。

——查理斯・狄更斯《雙城記》

從這天晚上起，聶赫留朵夫開始了一種全新的生活，不僅因為他進入一個新的生活境界，還因為這時期他所遭遇的一切，對他來說都具有一種跟以前截然不同的意義。至於他生活中的這個新階段將怎樣結束，將來自會明白。

——列夫・托爾斯泰《復活》

他的心歡騰地跳起來，多年的願望終於實現了！鐵環已經被砸碎，他拿起新的武器，重新回到戰鬥的行列，開始了新的生活。

——奧斯特洛夫斯基《鋼鐵是怎樣煉成的》

這幾個故事的關鍵字是「新」：主角經歷了一番曲折的經歷後，身、心各個方面都發生了巨大改變，開始了新的生活。

這樣的故事結尾舉不勝舉，為什麼呢？

其一，巴赫金說，成長與死亡是文學永恆的主題，而寫作本身也是作家自我發現、成為自我的成長過程，主角的成長也是作家自己精神的成長。對於純粹的「成長故事」或與成長相關的兼類故事，成長更是故事的目標（或目標之一），這樣的結尾幾乎是必然的選擇。

其二，「改變」是故事事件的屬性、基本特徵，或者說有效事件的基本要求。

其三，它是一個便利的結構框架，主角成長之前與成長之後的狀態和故事開始與結局的狀態呈現對應關係。

從主角轉變的角度著眼故事的開始與結局，不妨借鑑如下思路：

（身分、屬性、狀態）主角—行動—（「身分」、「屬性」、「狀態」）「主角」

這是一個二元對立結構，也是一個雙向啟迪的思路。我們可以根據「主角」理想狀態（行動之後），即未來的「身分」、「屬性」、「狀態」定位初始狀態下「主角」的相應因素，也可以根據初始狀態下主角的狀態，根據相反或相對的思路設計未來「主角」的元素。線條兩段的內容，都可以做為對應方的設計的反向目標。

「成長」有順向，也有逆向。如高老頭之死，讓拉斯蒂涅流乾了最後一滴含有良知成分的眼淚，關閉了最後一扇通向道德的門，他已經完全從一個幼稚、懵懂、熱情的青年變成老謀深算、心狠手辣、破釜沉舟的野心家、徹頭徹尾的壞人，完成了一次徹底的墮落、逆向的成長（《高老頭》）。「幼稚」、「懵懂」、「熱情」與「老謀深算」、「心狠手辣」、「破釜沉舟」是成長前後，也是故事前後的兩種屬性。

回答難題，故事從結尾寫起

電影《刺激1995》講述的是蒙冤入獄的銀行家安迪成功越獄自救的故事。

從故事序列上看，主要包括三個事件：安迪蒙冤入獄、安迪嘗試越獄、安迪越獄成功。

三個事件中，「安迪蒙冤入獄」是故事情境，包括三個基本要素：

一是「蒙冤」。法律解決不了安迪的問題，這是安迪越獄的動因，也是引起故事移情的主要原因。

二是「入獄」。入獄是蒙冤的結果，監獄更加黑暗，引起安迪自救的願望。「安迪越獄成功」是故事目標，故事設計時要完成的任務。

三是「成功越獄」。「安迪嘗試越獄」是實現故事目標的途徑，越獄成功是結果。

在目標或結局已知（「越獄成功」）的情況下，故事如何展開？布雷蒙的故事序列這個時候會幫助我們，我們看基本序列之三——鑲嵌式：

C1 B1 A1

C2 B2 A2

C3 B3 A3

下面是解答難題思路：

（1）安迪想要越獄—安迪鑿穿牆壁—安迪成功越獄。

（2）安迪需要錘子—安迪得到錘子—安迪穿破牆壁。

（3）安迪想要從瑞德那裡弄到錘子—安迪結識瑞德—安迪從瑞德那裡弄到錘子。

（4）安迪想結識瑞德—安迪引起瑞德的注意—安迪結識瑞德。

這是一個「避免懲罰」的故事，從「入獄」到獲取自由，主角在各方面均得到「改善」。

相較之下，《紅樓夢》講述的是一個封建大家庭敗落的故事，動作過程是「惡化」。

我們可以根據布雷蒙的基本序列描述出故事事件：「從前有個大家庭很顯赫」，「後來發生了一系列不好的事情」，「最後這個大家庭敗落了」。《紅樓夢》故事整體上顯然是一個複雜系列。當然，上述基本序列的每一個陳述其實也包含著其他陳述，也是複雜的系列。

（1）「從前有個大家庭很顯赫」。（小說用哪些事件、細節證明了它的「顯赫」？）

（2）「後來發生了一系列不好的事情」。（哪些「不好」的事情？）

（3）「最後這個大家庭敗落了」。（怎麼證明它「敗落」？）

故事的問題應該由故事來回答。

為了回答，小說不僅正面描寫了這個大家庭（賈府）的榮華富貴，比如元妃的省親，交代社會關係；林黛玉進賈府，交代大家庭的富庶；「四大家族」傳說等等。還以一個徇私枉法的案件（「葫蘆僧亂判葫蘆案」）側面表現過分的強大勢力。怎樣才能讓一個大家庭迅速而真正垮下來？賈府的玉字輩嫡孫賈寶玉的「不務正業」、離經叛道、完全拋棄這個家族的傳統，這最合適不過，因為其他人都做不到。最後，所有美好的人物、事物都煙消雲散，對立雙方的理想也分別幻滅，當然，關鍵的是，這個大家庭的繼承人、希望的徹底放棄，這些都證明「這個大家庭敗落了」。

為自己的故事設置難題，請主角代為回答。在這個意義上，故事可以倒著寫，從結尾寫起。

但是，為了順利地結尾，達到預定的目標，我們也應將結尾的種子埋伏在開頭。

向亞里斯多德致敬——常見的結構

戲劇性結構

溫蒂．簡．漢森認為一個影視故事應包括：一個開端、一個中間階段和一個結局；一個能展開整個故事的干擾事件（一個引起觀眾興趣的「鉤子」或是戲劇性的事件）；一個處於主角及其對手之間的核心衝突。（註59）

具體實施是：

人物出場—一個干擾事件發生—一個問題產生—主角決定去解決問題—對手接受了這個行動並開始反抗—（轉捩點，相對溫和）角色和故事朝不同的方向發展—角色遇到風險—主角被迫做出進一步的行動—「孤獨無助」／「命懸一線」—（轉捩點，激烈）「真相大白」／「峰迴路轉」—結局

「戲劇性結構」不僅存在於影視故事，在小說故事中也能見到它的身影。中國當代學者考察了講述抗日戰爭時期戰鬥生活的故事情節模式，發現它們可以歸納為十個環節：

（1）介紹時代背景、地理環境（一般是首先講述戰爭形勢的嚴峻和戰爭環境的惡

劣）。

（2）主角（主要英雄人物）出場亮相。

（3）英雄開始行動，旗開得勝，大快人心。

（4）敵人道高一尺。

（5）我軍魔高一丈。

（6）我軍遇到小挫折：內部出了叛徒，或有暗藏的特務。

（7）敵人報復性出擊——無可奈何的瘋狂。

（8）我軍更加如魚得水，神出鬼沒地打擊敵人，節節勝利。

（9）敵人垂死掙扎，取得一點迴光返照式的成功。

（10）大結局（「談笑間檣櫓灰飛煙滅」）。（註60）

敘事弧線

傑克．哈特認為，任何一篇完整的故事中，敘事弧線都會經歷五個階段：

第一個階段是闡釋，作者會告訴讀者主角是誰，讀者需要足夠的資訊來理解主角即將面臨的困境。

第二個階段是上升動作，此時一系列戲劇性事件相繼發生。每個事件形成一個情節點。

情節點可以改變故事發展的方向或者誘發性事件改變主角的現狀，並開始通往新現實的旅程，一直達到敘事弧線的另一端。

第三個階段是危機，即情節發生突轉，故事強度得到增加。

第四個階段是高潮，經過一系列事件，危機得到解決。

第五個階段是下降動作，此時，故事已經釋放了所有的戲劇張力，故事動力的引擎已經關閉，留下的動力不足以帶動觀眾前進了，故事結束。（註61）

《三隻小豬》——短篇小說結構

一個短篇小說結構如下：闡釋、上升動作、危機、高潮和下降動作五個部分。

闡釋部分介紹有關主角的重要資訊，他或他們的行動與決定帶領情節發展。一個短篇小說僅僅只有一個主角是不夠的，人物必須面臨一些各式各樣必須要解決的問題或障礙，這些可以是一個決定說謊或者不說謊的平常選擇，或是一場與食人鯊的決鬥。無論是哪一種，問題或衝突都是任何傳統小說的關鍵。隨著故事進展，主角面臨的問題將越來越複雜。複雜或者說上升動作，將包括一系列意外或者危機，導致主角面臨用這種或那種方法最終解決問題的重要處境，這種處境也叫做「高潮」。高潮之後叫做「尾聲」，或叫「結局」，它們將給一切剩餘事宜做個了結。

圖示如下：

高潮

闡釋　　　　　　　　　　　　　　**結局**

上升動作　　　　　　　　　　　　**下降動作**

（事情變得更有懸念；問題越來越糟糕。）　**（問題解決；生活歸於平靜。）**

下面的圖示將幫助你描繪這些緊密連接的要素如何組成一個完整的情節，提醒你自己這些要素如何產生作用。

一個眾人皆知的短篇小說《三隻小豬》的故事線，恰如其分地昭示了短篇小說故事結構的基本資訊。（註62）

闡釋　　　　　　　　　　　　　　**結局**

上升動作　　　　　　　　　　　　**下降動作**

（事情變得更有懸念；問題越來越糟糕。）　**（問題解決；生活歸於平靜。）**

危機

狼破壞了草房子，吃了一隻小豬。

危機

狼毀壞了樹枝房子，吃了第二隻小豬。

危機

狼試圖毀壞磚房子，第一次失敗。

高潮

狼想玩煙囪的把戲，但是被第三隻小豬識破並被燙死。

結局

第三隻小豬收拾了殘局，為自己買磚造房子很得意。

編劇技巧

李秋平以專題方式，羅列了更多的關於故事結構的線索：交代戲、過場戲、高潮、伏筆、潛臺詞、巧合、誤會、故事情境、拐點、閒筆、線索（主線／複綫）、起承轉合等。（註63）但一個故事或許不需要包括上述所有因素，或者不必突出所有因素。

註59：參閱（美）溫蒂・簡・漢森，《編劇：步步為營》，76～77頁，北京，世界圖書出版公司，2010。他將這些內容稱之為「戲劇性結構」。

註60：吳培顯，《當代小說敘事話語範式初探》，87～97頁，長沙，湖南師範大學出版社，2003。

註61：（美）傑克·哈特，《故事技巧——敘事性非虛構文學寫作指南》，20～25頁，北京，中國人民大學出版社，2012。

註62：參閱Jay Amberg and Mark Larson,《The Creative Writng Handbook, Good Years Books, Tucson, Arizona》1992, 85～87頁。

註63：參閱陳秋平，《分享編劇技巧》，http://blog.sina.com.cn/s/blog_543bd 0750100rbs7.html。

對亞里斯多德的挑戰

漫長的開頭

中國的傳統歷史演義，比如《三國演義》等，故事開始都有一個漫長的開頭。比如本來是要講這個朝代的帝王將相的故事，但敘事卻從開天闢地三皇五帝講起。中國歷代帝王都講「天命」，宣揚自己是天命的展現者、執行者，可是二十四史改朝換代非常頻繁，皇帝有許多，天命卻沒有那麼多，只有一個，從上一個轉到下一個。從一個皇帝到另一個皇帝，從一個朝代到另一個朝代，天命並未斷裂。這些關於興廢征戰的小說，都有一個賦予本朝皇帝天命合法性的使命，它們將自己的朝代時間連接到遠古，特別是那些優秀帝王和年代，表示自己是它們的繼續，在它們的序列之中，這樣自己就成了天命的合法繼承人。因此，故事的結構與文化、地方性有關，而不僅僅是形式、技巧。

《項狄傳》

這是一個「倒著講」的故事，即主角出場後，停留在「敘事弧線」的第一個階段「闡釋」處徘徊不前，然後反向而行，一路倒轉，一直講到主角的父親、母親。

項狄的父親是一個做事特別有規律的人，每月第一個星期日晚上要處理兩件事：一件是給鐘上弦，一件是跟妻子做愛。一七一八年三月的第一個星期日晚上，項狄父母同房，緊要之時母親突然問道：「親愛的，你沒有忘記給鐘上弦吧？」這一刻，父親方寸大亂，母親懷孕，於是有了項狄。項狄故事顛三倒四，《項狄傳》也被稱為最意識流的小說。

閉合式結局與開放式結局

羅伯特．麥基認為：如果一個表達絕對而不可逆轉的變化的故事高潮，回答了故事講述過程中所提出的所有問題並滿足了觀眾的所有情感，則被稱為「閉合式結局」。一個故事高潮如果留下一兩個未解答的問題和一些沒有滿足的情感，則被稱為「開放式結局」（註64）。

大情節即經典故事設計經常使用的閉合式結局，強調事件發生的原因與結果，事件與事件、行動與行動之間形成因果關係網絡，而反情節則常常以巧合取代因果，打破因果關係鏈條，故事導向支離破碎、毫無意義和荒誕不經。正如故事開始不可預料，故事結束也不可以控制，因此人們經常使用開放式結局。

但反情節故事並非沒有邏輯，而是以某種哲學或藝術觀念為根據，比如存在主義、荒誕派、印象主義等，從偶然到偶然，從無意義到無意義，其實是這種哲學觀念、藝術觀念的體現，是另一種故事邏輯。

註64：（美）參閱羅伯特・麥基，《故事——材質、結構、風格和銀幕劇作的原理》，57頁，北京，中國電影出版社，2001。

工坊活動

有的時候，做為小說作者的你，沒有一個十分完整的現成故事，只有那種我們說的「能打動自己」的情懷和細節，那該怎麼辦呢？沒關係，即使只有一個魚頭也是能做菜的，而且能做得很豪華，但前提是你要搞明白這是鯊魚頭還是普通的鯽魚頭。

就以我為例，我很喜歡騎自行車，這是我的情懷，我的出發點是永遠能吸引我的東西，那麼細節是什麼呢？是有一天，我在風景如畫的大學校園裡閒逛。我們學校的人很多，地方很大，很多人騎自行車，所以停車的地方也很多。然後我發現很多停車的地方，都有不少鏽跡斑斑、佈滿灰塵、輪胎沒氣的自行車，往往一堆就是幾十輛，一看就知道棄置了很久，不用猜也知道，是以前的學生懶得帶回去，索性扔在學校裡。

你說，對其他學生來說，他會看不到這些車子嗎？當然不會，他「看到」了，但他沒有「觀察」，更沒有反思，這就是情懷所導致的差異。

好，現在，我「觀察」到了這個現象，我要寫個小說。於是我開始胡思亂想，天馬行空，想這些被廢棄的車子會有哪樣的過去和未來：

故事1

內核：茫茫車海中的舊車子——每輛自行車都有自己的故事。

關鍵字：單純地回憶過去。

主線：以上帝視角描述幾輛自行車的故事。

故事2

內核：故事1的延伸，自行車之間的「十日談」。

關鍵字：回憶過去，但借用童話外套。

主線：自行車活了起來，分別訴說自己的過去。

故事3

內核：茫茫車海中的舊車子——尋找自行車。

關鍵字：忘卻與尋找。

主線：一個學生忘記自己把車子停在哪裡了，因為這輛車對他有特殊的意義，於是四處尋找，因此就發生了別的故事……

故事4

內核：和故事3相反，自行車失而復得。

關鍵字：回歸。

主線：一個學生的車子被盜了，一個偶然的機會，他在那堆舊車子裡發現了自己當年的愛車，於是想辦法把它弄了出來，發現車子被改裝過，然後開始推測當年車子失竊之後的故事……

故事5

內核：故事3和故事4的結合，自行車失而復得，發現新的線索，開始尋找。

關鍵字：回歸＋尋找。

主線：一個學生的車子被盜了，一個偶然的機會，他在那堆舊車子裡發現了自己當年的愛車，於是想辦法把它弄了出來，發現車子的空心車把裡有一封情書。這是他之後的主人收到的？還是一開始是某個暗戀主角的人偷偷藏在那裡的？於是他踏上了尋找真相之旅（出版商最喜歡這句話）……

故事6

內核：和故事5相反。

關鍵字：仍舊是回歸＋尋找，但主題是愛情。

主線：男主角若干年後回到母校，發現那堆舊車子裡有一輛是自己大學時代暗戀的女孩的車子，於是想辦法把它弄了出來，然後慢慢回憶當年的故事，或者也在女孩的車子裡發現了什麼玄機……

一個線索，三種主幹，六種變體。

你以為這樣就結束了？

不，一堆舊車子引發的小說才剛剛開始呢！

我們接下去看：

故事7

內核：茫茫車海中的舊車子——藏起一輛自行車。

關鍵字：藏車、誤會、衝動。

主線：男主角和同學發生了誤會和爭執，為了報復，悄悄把對方的自行車偷出來往學校的車海裡一扔，然後裝作不知道。這輛車自然再也不會被找到。後來又發生了什麼變故（那個同學死了或者出國了）。若干年後，主角回母校，偶爾發現那輛車子還在那裡，於是開始回憶過去（甚至發現了當年一些事情的真相）……

故事8

內核：和故事7相反。

關鍵字：藏車、誤會、衝動、原諒。

主線：男主角和同學發生了誤會和爭執，第二天就發現自己的車子被盜了，懷疑是同學幹的，卻一直沒有線索，耿耿於懷，然後又經過了很多事情，最後那位同學死了（狗血嗎？記住，我們只是在天馬行空），死得很壯烈，甚至是為男主角而死。故事的最後，男主角無意中在那堆舊車子裡找到了自己的自行車，知道了同學當年的做法，但早已原諒了他。

以上八種都是普通的青春回憶題材，那除此之外，有沒有其他方向的發展呢？

故事9

內核：茫茫車海中的舊車子——誰負有責任？

關鍵字：大學行政機構的官僚作風

主線：舊車子堆了這麼多，卻沒有及時清理，學校有沒有責任？於是有人提議了，寫意見信，相關的機構卻在推諉責任……這是諷刺小說的寫法，未嘗不可。

繼續，繼續，故事的可能性還沒完。除了普通學生，那些特殊身分的人呢？

故事10

內核：茫茫車海中的舊車子——精明的商人。

關鍵字：資源回收。

主線：這其實是一個真實的新聞事件，某大學學生發現了這些廢棄的車子，透過學校的關係將其拿出來清洗、修理、打氣，賣／租給同學。現在的問題來了：這種做法算不算完全合法？會不會有眼紅的人作梗搗亂？萬一有的車子不是被廢棄的呢？這下就說不清楚了……

故事11

內核：茫茫車海中的舊車子——偷車賊。

關鍵字：偷車賊發現了金礦。

主線：大學裡偷車賊很多，這些廢棄的車子自然是個大寶藏。但是，聰明的不單單只有一個偷車賊，他也會有競爭對手。是互相合作還是各走各的路，還是揭發對方魚死網破？偷車賊會不會因此結識一個美麗的女生？一切都有可能。

故事12

內核：故事11的延伸。

關鍵字：專門偷廢棄自行車的賊。

主線：承接故事11的構想，如果這個偷車賊只偷廢棄的自行車呢？如果他偷了這些車子只賣很低的價錢呢？這算不算理想主義？還是被同夥罵成蠢材？他為什麼會這麼喜歡自行車？他會被發現嗎？他會被誣陷嗎？他這到底算不算偷竊？他的結局是怎麼樣？甚至，如果他就是這所學校的學生呢？

想到這裡，我確定我被最後的那個構思所「擊中」了，所以我決定要寫它。（註65）

其他的構思不夠好嗎？也許是的，也許我只是一個口味獨特的人，總之，那些是另一種形式的「切割下來的部分」。我只想出了十二種可能性，別人可能想出十五種、十八種，甚至二十種可能性。從這些可能性當中選取最好的、你最擅長處理的角度，那麼這個魚頭的加工手法就算選好了。

一般來說，越是簡單的細節線索，發揮想像力的空間越大。相較之下，如果啟發你的事件本身比較複雜，那麼你的發散性思維空間相對會減小。（註66）

註65：參閱王若虛，《馬賊》，載《萌芽》，2007（3）。

註66：以上為二〇一二年六月十九日王若虛在上海大學第二屆創意寫作夏令營的講座講稿。

第三章

故事動力

SASAKI
SASAKI
SASAKI
PRACTICAL PEN
TRADE
MARK

第三章 故事動力

故事已經開始，但難以推進或推進乏力，結尾遙遙無期，這是為何?疲倦、心灰意冷的時候，我們會羨慕別人的故事，從開頭到結尾，一路狂奔，永不言倦，彷彿裝有一台永動機。甚至，故事結尾了，只要作者願意，他還可以重新找個由頭，繼續講下去。但我們也有成功的經歷，也不是所有的故事都寫得那麼吃力。有這麼一種情況，要嘛是說不完的話汩汩而出，要嘛是人物自己完全接管了行動，帶著你的故事往前走。我們往往把自己這種幸福又幸運的經歷歸結為「靈感」所賜，把別人的成功歸結為「才華」，完全忽視了自己的故事發展的推動力問題。

討論推進故事前進的動力，以及尋找它們，是本章的內容。

第一節

衝突、人物結構及寫作動機

推動故事事件前進的力量，我們姑且稱之為「故事動力」。

可加分析的動力有兩個來源：

一是來自故事內部，主要是衝突和結構性人物關係設置。衝突構成故事的動能，結構性人物關係構成故事的勢能，適當的人物結構關係能產生張力。

二是來自故事外的動力，主要是作者講述故事的慾望和抒發見解與感受的迫切程度，我們更多的時候稱它為「寫作動機」。

我們這裡說的故事推動力，不是指那種簡單地讓事件草草結束或者迅速找到解決故事難題的力量，而是既讓故事充分展開，設置了障礙，又同時找到克服障礙的方法，促使故事沿著可然律和必然律方向前進，讓故事豐富又複雜的驅動力。

故事內動力

動能

衝突

衝突（conflict）意指「人類生活的狀態」，「故事和人物角色的本質」，「在散文或戲劇中，人物試圖去解決難題時所遇到的至少一個來自於社會、個人或環境的阻力」（註67）。現實中衝突無處不在，這是人類生活的常態，因此也是故事再現與表現的內容。但衝突又是故事的結構性與主題性因素，衝突構成故事，成就故事和人物的本質。從知識考古角度上說，「衝突」概念來自戲劇，因此我們往往把「衝突」自覺理解為「戲劇衝突」。

戲劇衝突

亞里斯多德在《詩學》中談及「悲劇」的時候，並沒有使用「衝突」概念，他著眼的是悲劇的人物行動即「情節」（「突轉」、「發現」和「苦難」），但是談到悲劇的審美效果——「畏懼」和「憐憫」——實現的時候，他提到了人物關係，其中，「傳說中勢不兩立的仇敵」（註68）、「表現互相爭鬥的行動必然發生在親人之間、仇敵之間或非親非仇者之間」（註69）等，實際指的是人物衝突結構。

黑格爾在《美學》中談論情境這部分，重點談到了矛盾衝突。他認為：「衝突還不是動作，它只是包含著一種動作的開端和前提，所以它對情境中的人物，只不過是動作的原因，儘管衝突所揭開的矛盾可能是前一個動作的結果」（註70）；只有在它對於有自意識的人引起精神上的作用，引起不同人物做出不同的反應動作和反動作時，才形成具體的動作情節，因而才能有著推動故事前進、做為故事內驅力的作用。布倫退爾和勞遜都談到了衝突的「自覺意識」，也就是衝突不僅是一個外在的障礙，更應是人物所能感覺的障礙意識和突破障礙的意志，因此布倫退爾特別提到戲劇衝突的本質是「意志衝突」。

衝突不一定帶來悲劇，但衝突概念卻與悲劇有不解之緣。

歌德認為：「悲劇的關鍵在於有衝突而得不到解決，而悲劇人物可以由於任何關係的矛盾而發生衝突，只要這種矛盾有自然基礎，而且真正是悲劇性的。」（註71）

別林斯基也認為：「悲劇的實質，就是在於衝突，即在於人心自然慾望與道德責任或與僅僅不可克服的障礙之間的衝突、鬥爭。」（註72）現代的美學家們也多有相同的看法。

雅斯貝爾斯認為：「哪裡確實有相互獨立的衝突的力量，那裡就有悲劇發生。現實是分崩離析的，真理是破碎的，這就是悲劇知識的基本見解。」但是在對「衝突」與「悲劇」主題性關係的揭示上，黑格爾與恩格斯有更深入的洞見。

黑格爾把辯證的矛盾衝突學說引進悲劇理論研究，提出悲劇的本質「在於這種衝突中對立的雙方各有他那一方面的辯護理由，而同時每一方拿來做為自己所堅持的那種目的和性格的真正內容的卻只能是把同樣有辯護理由的對方否定掉或破壞掉」（註73）。

恩格斯從人類歷史辯證發展的客觀進程中，揭示了悲劇的客觀社會根源與悲劇的本質。他在《致斐．拉薩爾》的信中指出悲劇是一種社會衝突，即「歷史的必然要求和這個要求實際上不可能實現之間的悲劇性衝突」。前者涉及悲劇的普遍性以及悲劇的最深刻的宿命性：衝突的雙方都有為自己一方辯護的理由，後者則涉及衝突的進步性和真正價值。

羅伯特．麥基在《故事》中沒有給「衝突」下定義，但是談到了「衝突」的功能：「故事事件創造出人物生活情境中有意味的變化，這種變化是用某種價值來表達和經歷的，並透過衝突來完成。」（註74）眾多研究者對戲劇衝突做了闡釋，這裡引用中國的看法做結。學者蹇河沿認為：「戲劇衝突，便是戲劇人物為實現自己的行動目標，與一切阻礙他行動的對象力量進行的衝突鬥爭。」（註75）

戲劇性衝突

沒有衝突就沒有戲劇，但衝突不是戲劇，更不是悲劇的專利。

喜劇、歡樂的故事也有衝突，幾乎所有故事都有衝突，區別在於衝突的強弱，以及衝突建立的位置。

衝突也不一定是暴力，許多衝突建立在愛、仁慈以及善意基礎之上。

另外，我們也要充分認識到，故事離不開衝突，但不是所有的衝突都可以發展成故事，能為故事寫作提供幫助，或在那些經典故事中，衝突都是戲劇性衝突。正如傑里．克里弗所言，「所有衝突都是麻煩事，但並非所有的麻煩事都是衝突。我們在故事裡要尋覓的麻煩是一種特殊的麻煩，我將之稱為戲劇性衝突。無疑你必須擁有一個戲劇性的渴望和一個戲劇性的障礙，才能製造出戲劇性衝突。」（註76）

什麼是衝突？

傑里．克里弗從小說故事角度這樣界定：「衝突是我們用來強迫人物採取行動的元素，人物因此必須使盡渾身解數來展現自身。」（註77）但衝突不是故事最小元素、動力源，它只是關係、狀態、結構，它擁有兩個故事要素：一個是渴望，一個是障礙。渴望和障礙的同時存在與相互作用，構成了衝突，可用公式表示如下：

渴望＋障礙＝衝突

什麼是「渴望」？

渴望是人物要實現某個目標的強烈的內在自覺意識。

它是一種戲劇性的主觀願望，當事者感覺到這個渴望的滿足與否是生死攸關的大事。這並不是說它真是一件生存或死亡的事情，不過，人物對此必須抱著強烈的感情，他內心必須深信不疑：除非這個局面有所改觀，不然人物就無法繼續容忍目前的生活。

何謂「障礙」？

障礙即是人物（一般是主角）在實現目標過程中所遇到的一切相反因素，包括人物自身以及錯覺。

沒有渴望，就無所謂障礙，如同沒有改造山水的規劃與行動，最艱險的山水反而是美的風景。一旦有渴望，障礙接踵而至。也就是說，障礙既是一個潛在的客觀存在，同時也是一個主觀感覺。

衝突由渴望與障礙構成，但渴望與障礙必須是在行動意義上的有效渴望和有效障礙。

所謂「有效渴望」，是指人物內心所產生的壓倒一切、將人物推至極限狀態、足以引起行動的情感狀態。假如人物可以容忍現狀，繼續這樣活下去，或者假如他還有別的選擇，那麼作者製造的渴望就是無效渴望，甚至是偽渴望，由此製造出來的衝突就是無效衝突、偽衝突，能「轉念一想」、「幡然醒悟」的渴望不是戲劇衝突裡的渴望。

所謂「有效障礙」，是指用以阻擋人物的行動或者試圖打消人物行動渴望的努力；它同樣出於堅強的渴望，具有足夠強大的行動力，只是方向相反，跟人物尤其是主角的行動針鋒相對，如影隨形，勢均力敵，如警長沙威（《悲慘世界》）、齊靈渥斯（《紅字》）等。在紙媒故事裡，它們有時候是看不見的命運（但常假以人手），如《邊城》；難以克服的自然環境（但常被人格化），如《老人與海》。因此，現在可以說，衝突是來自解決問題的強烈渴望、動作及對方的反應。

一旦戲劇性渴望與障礙設置完畢，故事衝突就建立起來。對人物或主角而言，他的任務就是如何克服障礙，實現目標。對作者而言，只是紀錄主角為了解決問題而行動的過程，因此，故事也可以如此描述：

衝突＋行動＋結局＝故事

溫蒂．簡．漢森總結道，影視故事中的衝突「就是未獲得解決的戲劇性動作」，這個動作又是相互作用的，包括動作和反應兩個方面。衝突不一定要暴力，每一次行動都促使對方做出反應，並且加以對抗，而不是尋求「解決」方法。衝突不斷升級，產生多米諾效應，迫使角色之間不斷相互碰撞，推動劇情向前發展。（註78）

衝突的種類

黑格爾分析悲劇時，認為衝突由三種情況引起：一是自然情況造成的；二是自然情況在心靈方面所引起的；三是心靈本身的分裂和矛盾，他認為第三種才是理想的衝突。

戲劇的基本特徵是人與人之間、個人與集體之間、集體與集體之間、人與自然力量之間的衝突，在衝突中自由意志被用來實現某種特定的可以理解的目標，它所具有的強度足以導致衝突到達危機的頂點。（註79）

亞里斯多德認為有六種基本衝突，它們分別是：人與人、人與社會、人與自然、人與神、人與機器、人與自己（註80），現在的研究者大多將其演繹為人與自然、人與社會和人與自我三個方面的衝突，但是沒有亞里斯多德具體。人與機器的衝突，我們可以理解為人與「被異化的科技」、「外星文明」或者其他有敵意的高等智慧之間的衝突，比如《終結者》、《駭客帝國》等。而人與神的衝突，我們可以理解為「神」直接對人的操控，也可以理解為不可見的命運操縱人物的行動及結果，或者二者兼而有之。

《邊城》故事中沒有「神」出現，但看不見的命運無時不在；《伊狄浦斯王》、《無極》這樣的故事，「神」與「命運」是結合在一起的，「神」就是「命運」的展現，反抗「神」就是反抗「命運」。但真正像《諸神之戰》這樣的神話故事，在現在看來更像是人與社會的衝突，實質是人反抗不合理的制度、強暴、專制。人與神的關係，其實也就是人與人的關係、人與社會的關係。《魯濱遜漂流記》我們可以理解為人與自然的衝突，但《少年Pi的奇幻漂流》則更複雜一些，因為這個故事後視角的加入，真正的故事被隱藏起來，我們認為它更應該是人與自然衝突之下的人與自我，即倫理與人性之間的衝突。

衝突不僅在主角與對立人物（對手）之間，也在自己人（幫手、助手）、自己之間，次要人物之間。故事衝突因此可分為主要衝突、次要衝突。與此同時，在一個故事裡，可以包含多種衝突，六種衝突可同時存在。衝突在具體的故事當中，極少是單獨存在的，總是糾纏在一起的。

一個人在反抗「神」（魔）的同時，也在與自己的軟弱做抗爭；在正義的團隊內，高尚的目標總與自私的人性糾纏不清（《魔戒》）。有的時候，衝突可以發生反轉。人與魔爭鬥至最後才發現，魔就是內心的黑暗，就是自己（《光明皇帝》）。單純的人與自然的衝突是少見的，冒險故事、探險故事等夾雜著各種衝突，近來越來越多的人與自然的故事主題轉向了生態，從人與自然（植物、動物、環境等）的衝突轉向了人與破壞自然的力量的衝突。在人與人的衝突裡，比如官場故事，在這個框架之下，包含權與權、權與法、權與民、權與情、權與錢等關係多維度的衝突。

衝突的作用

故事衝突具有考驗人性、發掘真相的作用。

若要考察或表現人物，我們必須將人物放置於各種考驗之中（生死、利益、情誼、榮譽、情色等），發掘人性與社會的真實，考驗人物人性人格的各個側面（人物維度、圓形人物）。

對讀者而言，衝突一旦確立，就立刻要選擇立場（決定應該同情誰，而不能置身事外）。但衝突最根本的作用是：迫使人物行動起來，強迫人物利用自身條件，以一種揭示他們自身性格特徵的方式採取某種行動。

人物以什麼方式對待他們的麻煩是最能夠彰顯人物性格的。行動就是性格。在這個意義上，衝突方可發揮故事內驅力的作用。從結構上說，衝突一旦確立，其懸而未決性製造了懸念；同時，衝突的發展（包括問題的解決）讓故事推進具有了方向感。

註67：Matt Morrison, Key Concepts in Creative Writing, New York：Palgrave Macmillan, 2010, 27頁。

註68：（古希臘）亞里斯多德，《詩學》，98頁，北京，商務印書館，1996。

註69：（古希臘）亞里斯多德，《詩學》，105頁，北京，商務印書館，1996。

註70：（德）黑格爾，《美學》，選自伍蠡甫、胡經之編：《西方文藝理論名著選編（上）》，506頁，北京，北京大學出版社，1985。

註71：（德）愛克曼，《歌德訪談錄》，120頁，北京，人民出版社，1978。

註72：（俄）別林斯基，《戲劇詩》，選自古典文藝理論譯叢編輯委員會編：《古典文藝理論譯叢（三）》，138頁，北京，人民文學出版社，1962。

註73：（德）黑格爾，《美學》，第3卷，286頁，北京，商務印書館，1981。

註74：（美）羅伯特・麥基，《故事——材質、結構、風格和銀幕劇作的原理》，41頁，北京，中國電影出版社，2001。

註75：塞河沿，《編劇的藝術》，254頁，昆明，雲南大學出版社，2010。

註76：（美）傑里，克里弗，《小說寫作教程：虛構故事速成攻略》，51頁，北京，中國人民大學出版社，2011。

註77：其作用就在於「迫使人物行動起來，強迫人物利用自身條件，以一種揭示他們自身性格特徵的方式採取某種行動」。

註78：參閱（美）溫蒂，簡・漢森，《編劇：步步為營》，65～66頁，北京，世界圖書出版公司，2010。

註79：參閱（德）黑格爾，《美學》，選自伍蠡甫、胡經之編：《西方文藝理論名著選編（上）》，519頁注釋部分，北京，北京大學出版社，1985。

註80：參閱（美）傑里・克里弗，《小說寫作教程：虛構故事速成攻略》，146頁，北京，中國人民大學出版社，2011。

勢能

巨石擱置於山頂，搖搖欲墜或振翅欲飛，相對於平地，巨石就具有了勢能。給一個偉大的人物配置一個偉大的對手，或給一個能幹的人物配置一個難以解決的問題，這幾乎是故事普遍的原理。

古希臘戲劇的人物設置遵循一條這樣的「潛規則」：偉大的英雄人物都擁有一個致命的缺陷。英雄本性與致命缺陷形成了故事的勢能，一個簡單的關係同時包含了盪氣迴腸的開始和驚心動魄的悲劇結束。理想的人物關係設置足以打破日常生活的正常秩序，隱隱露出「事故」、「傳奇」或「隱私」的苗頭，蘊含著豐富而複雜的故事可能性。男人跟老婆在大街上吵架，是夫妻關係不和，擾民，足以讓人煩；公公跟兒媳在大街上吵架，好事者多喜圍觀，因為大家猜想這裡肯定有故事。

脆弱的平衡一旦打破，勢能就可以轉化成動能。常識告訴我們，相同的推力作用下，山頂的石頭比山腳的石頭滾得遠。兩隻寵物貓，小寶和小貝，縱使一個強壯一個瘦弱，將其放在一起，故事仍舊無法產生。若將瘦弱的小貝棄置於荒野，讓牠獨自面對天敵，自生自滅，故事就真正開始了（《貓咪小貝》）。兩隻寵物，湯姆和傑瑞，只需要放在一起就可以了。不能相見的兩個「人」相見，廝殺與追逐立即就可以開始。喜劇的前提是「主角不會死」，因此傑瑞不會被湯姆殺掉，故事巧妙利用了喜劇的規則和關係的勢能，二者之間的爭鬥隨時隨地可以展開，也會無休無止，故事可以永遠講下去。

類似的人物關係設置不可計數。《熊出沒》中的光頭強和熊大、熊二，《喜洋洋與灰太狼》中的羊與狼，《西遊記》中的唐僧與各路妖怪，武俠故事中的正派與邪派，清官故事中的忠臣與奸臣等等，他們因本性、因利益、因信念，永遠勢不兩立，他們成對出現時，我們只需要給他們一個小小的挑撥，一個由頭，比如，給江湖一個傳說：藏寶圖、武林祕笈、名份、一次莽撞的攻擊；給清官一個貪腐案……故事就開始了，結構勢能轉化成了情節動能。下面的事情，由人物按照你設置的本性開始行動。

故事外動力

為什麼要講故事，動機有很多。講故事的動機其實也是推動故事前進的動力，我們把它稱之為「外動力」。楊照在《故事效應——創意與創價》中，列舉了這些潛在動機和直接動機。他認為講故事是「深藏在人類經驗中」的「衝動」，因為「故事比現實、比真實更多樣豐富」，「故事是假的，帶給讀者的眾多感應，卻永遠是真的」，「故事是聯絡已知與未知的奇妙橋樑」，「每一個故事最核心講的，其實還是人與世界的關係」，「故事也是人類理解周遭世界最初的手段」，「我們需要比反覆規律的生活豐富的傳奇故事，來讓規律生活變得可以忍受」，「對於突顯身份與名字的故事，我們有著天生的好奇弱點」，「那想像中的生命，對觀眾而言，跟現實的生命一樣可貴」，「任何東西擺進故事裡，就吸引我們不同的眼光，讓我們看到不同事物的重要性」，「故事找出一條讓我們更容易與音樂共處的途徑」。

同時故事還具有這些功能：「精彩的故事讓人可以快速掌握關鍵重點」，「要有特色才能被記住，而故事正是找出特色、突顯特色最有效的工具」，「好的故事幾乎都擁有某種異質生命的對照效果」，「傳奇故事也因而可以幫助我們快速分辨出誰跟我們同類，誰不是」，「蓋長城的故事，團結了同胞們，讓大家參與在這個大而無當的故事裡，而有了共同體的感受」，「故事是我們理解世界的縮寫」，「故事突顯生命共同的細節，藉由單一生命戲劇性的變化對照，將巨大縮小，同時讓巨大能夠被我們看到、聽到」，「進入故事、還原故事，我們發現原來很少有什麼東西真正是偶然發生的」，「故事，是人與不屬於人的巨大、抽象事物間，顫顫巍巍、飄飄搖搖存在的橋樑」，「故事，把我們帶離世俗，也就同時幫助我們接近素心童真」，「故事具備強大的穿透力，可以跨越空間的限制」，「故事宣揚著許多沒有被實現的變化，保留了人們對於變化的好奇與衝動」，「搭迪士尼的雲霄飛車，不只是搭雲霄飛車，更是走進一個故事，體驗故事」。因此，人們需要故事，也願意講故事。（註81）

但我們可以更簡潔地歸納一下講述故事的動機，歸結為以下幾條：

發現自我

理查・卡尼說：「有人問你是誰，你得講自己的故事。也就是說，你會依照對過去的記憶以及對未來的期望來講述自己的現狀。你根據自己過去的狀況和將來的發展來闡述自己現在的境遇。」（註82）

我們講故事，其實就是講我們自己：過去、現在以及未來，並在講述過程中發現自我、反思自我、形成自我並超越自我。但不僅個人給自己講故事，宗教、國家、地方、種族也給自己講故事。幾乎每一個國家、民族都有自己的故事。它要向別人或者後人說明，自己的國家是怎麼建立起來的，自己的民族是如何產生的，要證明自己的組織是有歷史的、有合法性的。

實現夢想

陳平原先生在《千古文人俠客夢》裡研究了中國武俠小說的創作與接受心理，他認為武俠小說就是千古文人的行俠仗義、濟世救人的俠客夢。從創作心理角度來講，行俠仗義的故事當然是文人的俠客夢，從接受心理的角度講，不也是中國民眾的俠客夢嗎？只不過是一個實施行動，一個接受結果。

在法制不健全、有話不能好好說的時代，武俠小說成為國民解決自身困厄並實現「路見不平拔刀相助」的普適理想的夢想。依次可以類推的是，「公案小說」也是普通民眾的「拯救夢」。那麼多關於施公、包公的故事，不是缺乏安全感和政治權利的集體夢想嗎？雖然我們知道他們的故事大多是虛構的，但是我們需要這種信念的存在。雖然這些公案小說並未能真正改變現實社會不公不義的事實，但是在某種程度上也延續了一種關於公平正義的想像，緩解了現實社會帶來的巨大精神壓力。故事，是在虛擬實現夢想。

保存記憶

叔本華曾經說過，只有透過歷史，一個民族才能完全意識到自己。以演義歷史為己任的中國傳統歷史小說，自覺承擔了紀錄民族記憶的責任，尤其是在「亡國滅種」、「救亡圖存」的歷史時刻。章炳麟說：「……亦使田家孺子，知有秦漢至今帝王師相之業；不然，則中夏齊民不知故國，將於印度同列。然則演事者雖多稗傳，而存古之功亦大矣。」從小處說，瞭解一個國家、民族的來路與去路，保存一個地方的記憶；從大處說，維繫世界文明與文化的多樣性。

話說天下事積久漸忘，最為可怕之事。我中國幅員之廣，人民之眾，若能振起精神來，非但可以雄長亞洲，更何難威懾全球？只因積弱不振，遂致今日賠款，明日割地，被外人指笑我病夫國，瓜分豆剖之說，非但騰於口說，並且繪為詳圖，明定界限。幅員雖廣，人民雖眾，怎禁得日蹙百里，不上幾年，只恐怕就要蹙完了，你說可怕不可怕？

近年以來，我國人漸漸甦醒了，出了一班少年志士，奔走呼號，以割地為恥，救亡為策。在下是垂老之人，看了這班少年，真是後生可畏，怎不佩服？然而聽聽他們奔走呼號的說話，都是引威海、臺灣、膠州等為莫大之恥，以東三省、新疆、西藏等處，為莫大之危險，你說他們這些話是錯了嗎？錯是一點不錯，卻是輕輕的把一個未及百年歷史的香港忘記了。你說他們為什麼忘了呢？只因割棄香港之時，這班少年志士莫說未出娘胎，就說這班志士的尊堂，只恐怕還未出娘胎呢！所以這班志士，自有知以來，知道香港不是我屬，怎能怪他忘了呢？照此說法，再過幾十年，這班少年老了死了，又出了一班少年，不要又把臺灣、威海、膠州忘了嗎？所以我說積久漸忘，最是可怕之事。

我因為這個可怕，便想到把舊事重提，做一部中國古歷史的小說，庶幾大家看了，觸動了舊事，不至盡忘。……我試演一部開闢土地的歷史出來，並且從開闢時代，演至將近割棄時代。好等讀這部書的，既知古人開闢的艱難，就不容今人割棄的容易。

——吳趼人《雲南野乘》第一回

「畏凌逼楚王思拓地　告奮勇莊蹻請平蠻」

實現意圖

在中國「文化大革命」時期曾發明了一個「用小說反黨」的罪名。這當然是羅織罪名、欲加之罪何患無詞的伎倆，但是故事的確可以發揮實現個人意圖的目的。

《英烈傳》是明人寫本朝史事的第一部小說，相傳作者是郭勳。關於此書的寫作過程，鄭曉在《今言》卷一「九十二」條云：

嘉靖十六年，郭勳欲進祀其立功之祖武定侯英於太廟，乃仿《三國志俗說》及《水滸傳》為《國朝英烈記》，言生擒士誠，射死友諒，皆英之功，傳說宮禁，動人聽聞，已乃疏乞英於廟廡。

沈德符《萬曆野獲編》卷五「武定侯進公」也說：

武定侯郭勳，在世宗朝號好文多藝能計數。今新安所刻《水滸傳》善本即其家所傳，前有汪太函序，託名天都外臣者。初，勳以附會張永嘉議大禮，因相倚為援，驟得上寵。謀進爵上公，乃出奇計，自撰開國通俗紀傳名《英烈傳》者，內稱其始祖郭英，戰功幾埒開平、中山。而鄱陽之戰，陳友諒中流矢死，當時本不知何人，乃雲郭英所射，令內官之職平話者日唱演於上前，且謂此相傳舊本。上因惜英公大賞薄，有意崇進之。會勳入直撰青詞，大得上眷，幾出陸武惠、仇鹹寧之上。遂用工程功竣，拜太師，後又家翊國公世襲，則偽造紀傳，與有力焉。此通俗書，今傳播於世。

對歷史材料有選擇地組織、編輯、挪移或誇大，建構一套有利於敘事者的文學歷史，從敘事結果來看，《英烈傳》確實達到了目的。就我們的有限經歷與經驗而言，我們所到之處，給我們留下印象或有意讓我們留下印象的人、事、物以及景觀，都是有故事的。用故事說話，這是文化創意產業的一個小小的手藝。

打開心結

許多作者在創作談中提到了寫作的動機，他們歸結為願望，這些願望跟上述的「自我」、「夢想」、「使命」、「意圖」等有關。這些都是可以說出來的，說出來的也都是自己意識到並清晰總結到的那一部分，但實際上還有一部分是存在於我們心靈、一直在發揮作用但從未被我們捕捉到的，我們一般稱之為「心結」。

很多時候，我們創作故事、講故事，就是為了打開自己的心結。葛紅兵曾談到，做為教師，他經常在夢中遭遇上課鈴響卻找不到教室的窘迫，這樣的夢折磨了他幾十年，直到他以一部小說主角為自己的觀察和解剖對象，正視了自己的焦慮，發現了生活中潛伏的不安全感，才終於打開了自己的心結，再也不做這樣的夢了。但是他又發現，其實他的許多作品都不知不覺地圍繞這個心結展開，只要這個心結不打開，類似的故事還會講下去。佛洛依德和榮格的精神分析學說給心結做了明確的描述，同時也提供了準確描述的方法，許多作家借鑑精神分析理論創作出了打開內心黑暗世界、揭開內心衝突的作品。

註81：參閱楊照，《故事效應——創意與創價》，瀋陽，遼寧教育出版社，2011。引文部分為第一章和第二章目錄。

註82：（愛）理查．卡尼，《故事離真實有多遠》，13頁，桂林，廣西師範大學出版社，2007。

第二節 故事動力設置

找到自己的A點

創作一個故事，或重新講述一個故事，都是這樣一種創造行為：設置一個生活世界和一些生活人物，透過人物合乎生活邏輯的或改變世界或改變自己的行動，去虛擬地探討、解答與解決作者自己設置的問題，包括關於自己的問題，表達自己對現實世界的態度、理念與情感。這種創造性表達，對作者而言，是直接的而非間接的，是他的世界觀、價值觀，是他對這個世界的發言與宣言。

它不僅關乎「寫什麼」、「怎麼寫」，而且關乎「為什麼要寫」。「如是我聞」或「姑妄言」都不重要，重要的是，「我要寫」。「下筆前一定問自己：這個劇本你非寫不可嗎？什麼讓你如鯁在喉？也許是一個憤怒、一段思念、一個畫面、一場高潮戲、一個流淚片段，甚至可能是一次委屈。總之，找到這個動力源，把它做為A點確定下來。有了A，才能推演出B，

由B再推演C和D。也許往下推演不順而回過頭來調整A，但是，寫劇本必須找到A。」（註83）

陳秋平談的是劇本創作，故事創作也是這樣。寫故事就是寫作者自己，解決作者自己的問題。

將寫作轉化為談話

找到傾訴對象

汪曾祺說：「作者在敘述時隨時不忘記對面有個讀者，隨時要觀察讀者的反應，他是不是感興趣，有沒有厭煩？……寫小說，是個人聊天……寫小說的要誠懇、謙虛、不矜持、不賣弄，對讀者十分地尊重。否則，讀者會覺得你侮辱了他！」（註84）這句話其實透露了兩個資訊：第一個資訊是著名作家的告誡，寫作要尊重讀者；第二層資訊是成功作家的經驗之談，寫作其實就是與讀者對話、聊天。

如果作家、敘述者、人物高度合一的話，這樣的故事最能感動作家自己，但也最容易讓讀者討嫌（新手不知道為什麼，自戀的作家控制不住），因為只要讀者不喜歡上述敘述結構中的任何一項，他都會抵觸你的故事。但你還是有話要說，不可遏制，怎麼辦？不管他！你可以把聽故事的人想像成你無話不說的朋友，他喜歡聽你的嘮叨，那麼你就心無障礙了。

實際說來，認真是我的朋友的，我恐怕一個也沒有吧！我把我的內心生活赤裸裸地寫出來時，我恐怕一切的朋友們都要當面唾罵我、不屑我；我恐怕你也是會這樣的吧？我現在寫這封信來要使你不得不飽嚐著幻滅的悲哀，我是誠然心痛；但是我們相交一場，我們只是在面具上彼此親吻，這又是多麼心痛的事實喲！

——郭沫若《喀美蘿姑娘》

創意寫作是一種交流、溝通和說服的活動，透過故事對現實發言或發布宣言，又為了什麼？「要他用你的眼睛看世界，要他同意你的看法，同意這是激動人心的情景，同意這個情景本質上是悲劇，或者另一個故事具有深刻的幽默感。在這個意義上，所有的小說都是說服性的。作者的使命就是，強調所有的對這個世界富於想像力的表現，無論在何種程度上。」（註85）讀者或者聽眾既是故事的接受者，同時也是故事的假想敵，因為想要讀者同情、接受、認同，最後被改變，這就是故事的任務。

談話，而不是寫作，可以激發你創作的熱情，也可以激發你的想像力。因為你知道讀者就在你面前，等著聽你的故事，或者你的介紹，或者你乾脆就跟他們談情說愛、吵架。這個時候你也會熱情洋溢、興致勃勃。在這種狀態下，連最枯燥的解說也生動活潑：

你說你不能直直地把飛盤扔出去？你是不是想對這個人扔，可是卻飛到別的方向去了呢？你說你把它扔了出去——它飛了起來，停在半空中，卻又直接向你飛回來，並打中了你的頭？這個問題同時也困擾著你的兒子嗎？其實，問題在於拿飛盤的手法：你們拿的姿勢錯了。

讓我解釋一下：

你現在的姿勢是把四個手指放在凹槽裡，大拇指放在飛盤的邊緣。錯！你應該把三個手指放在凹槽裡，一個手指放在飛盤的圓邊上，大拇指放在飛盤的上面。當你在扔飛盤的時候，你是不是就是閉上眼睛，朝著你的拍檔的方向一扔，然後就默默地祈禱呢？這樣不好，查理！睜大你的雙眼，盯著你的拍檔，請確保你的手臂是直直地對著他（她），接下來輕輕地扔出去。

現在扔飛盤還難嗎？（註86）

——艾倫・詹森《教你把飛盤扔得最遠》

假想敵

罵人也會罵得活靈活現、慷慨激昂（興高采烈）。

下面是詩人在罵一條河：

鬆軟泥濘的河岸上長滿蘆葦的河流啊！我這麼匆忙地趕路，是要去會見我的情婦哩！請你將水流停一停吧！因為你既沒有橋樑，又沒有擺渡。

如果我沒有記錯，不久之前，你還只是一條小小的水溝，我可以毫不畏懼地涉水而過，因為你的最深處，也不過打濕我的腳踝。然而，遠山上的融雪使你的水流暴漲，沿著你的泥濘河道，大水挾帶著泡沫，狂野地向下奔湧。

你知道我為什麼快馬加鞭、日夜兼程嗎？如果找不到渡河的工具，難道你要我在這裡停下嗎？為什麼我沒有長出達娜厄的英雄兒子所擁有的翅膀呢？如果沒有這雙翅膀，祂怎能砍下梅杜莎那長滿毒蛇頭髮的腦袋呢？

此刻，我多麼渴望眼前能夠出現一輛穀神的戰車，它可將萬穀的種子，撒進無論多麼堅硬的土壤。

噢，所有這些奇蹟，僅僅是詩人的夢想。他們在過去從未為人所見，在將來也不會來到人的身旁。

然而，溢出寬闊河岸的河流啊！不管是昨天，還是在明日，都將活生生地在屬於你自己的疆界裡流淌。萬一你阻止情人會見情婦的事情為人知曉，你的老臉怎能承受公眾的羞辱？

唉，算了，這些煩心的事與我有什麼關係呢？我自己的不幸已夠我承受的了！

看我，真是一個蠢蛋，居然對這條小溪大談河流的愛情故事，在如此可憐的一條小溪面前提到如此偉大的河流的名字，唉，我是羞愧難當啊！我這是做什麼白日夢呢？居然對它大談阿克洛奧斯河、伊納科斯和寬闊的尼羅河！

滾開吧！你這條醜陋、泥濘的溪流，永遠灼熱的夏天和無雨的冬天就是等待你的命運！（註87）

「謹以此文獻給某某」的故事講述方式太多了，「某某」可以是一個人、一個地方、一個民族、一個國家，或者是更大的單位，比如地球。「某某」可以是你認識的人（因此要特別善待你的戲水夥伴和工作坊老師，他們是你的第一讀者），也可以是你不認識的人，比如這樣：

> 讀者，我不知道你是誰，也不知道你在哪年哪月翻開這一頁歷史的殘篇。但是，如果你懷念那些在這裡遇害的冤魂，你還想伸張人間的正義，那麼，請涉過這條坑坑窪窪、野

草覆蓋的小徑，到我的身邊來，把手放在我衰弱的身軀上，我會慢慢向你訴說我所看到的一切……（註88）

——竹林《女巫》

職業對象

你有故事要講，有人要聽你的故事，講故事是你的工作，是你的職業，想像一下，你就是講故事的人。為什麼那麼多的寫作者特別在意「作家」身分？因為「作家」就是職業講故事的人，虛構是他的工作。你有了「作家」身分，就猶如進入了「書場」，進入講故事的氛圍。你知道，你的講臺下面，一定坐著一群人，他們在等你講故事。有了聽眾，你才會有表現慾、表演慾。

在中國古代小說裡，故事總是和看不見的「列位看官」——聽眾一同出場。在先鋒小說那裡，閱讀作品的讀者反而都是作者「討厭」的、要侵犯的「敵人」，寫作的敵意與快意無處不在。這或許可以算作作品形式的一部分、技巧的一部分，但是，設置或找到自己的讀者，將寫作轉化為對話，的確能讓故事的講述充滿動力。

註83：陳秋平，《分享編劇技巧》，參閱 http://blog.sina.com.cn/s/blog_543bd0750100rbs7.

html。

註84：汪曾祺，《汪曾祺全集》，第3卷，333～334頁，北京，北京師範大學出版社，1998。

註85：（美）桃樂西婭・布蘭德，《成為作家》，99頁，北京，中國人民大學出版社，2011。

註86：（美）艾倫・詹森，《教你把飛盤扔得最遠》，1～2頁。轉引自John Schultz, Writing from Start to Finish: The "Story Workshop" Basic Forms Rhetoric-Reader, Columbia College(Chicago)・Boynton/Cook Publishers, INC, 1990。

註87：《戀歌6：致妨礙詩人趕往情婦那裡的氾濫河流》，選自（古羅馬）奧維德：《愛的藝術》，111頁，呼和浩特，內蒙古大學出版社，2007。

註88：《引子　古堡夜話》，選自竹林：《女巫》，1頁，桂林，灕江出版社，2006。

設置人物關係勢能

讓不能相見者相見

比如，一個德國士兵在戰場上和一個受重傷的英國士兵共處在一個彈坑裡（《西線無戰事》），一個疲憊的少年與一隻飢餓的老虎孤筏漂渡重洋（《少年Pi的奇幻漂流》）。又比如幾乎所有的諜戰故事，如余則成在軍統天津站（《潛伏》）。平面世界的鹿和兔子形影不離，一起吃飯一起學習一起打鬧。一場紛爭後，鹿穿越到了一個三維世界，那麼二維世界的兔子跟三維世界的鹿如何相處（《兔子和鹿》）？

「讓不能相見者相見」相對的是「讓想相見者不得相見」，如《觸不到的戀人》、《人鬼情未了》、《倩女幽魂》等，人物之間的吸引力與橫亙在他們之間的鴻溝自然形成衝突。

讓相反的事情在一起

比如，兩個目標完全相反的政黨坐下來談判，各懷心思（《重慶談判》）；曾經的仇敵於今一起打敵人，但宿怨未消（《中國兄弟連》）；與危險的隊友同行，臭名昭著、最危險的海盜就在探險隊伍之中（《金銀島》）；有著重大性格缺陷的英雄（《鴻門宴》、《哈姆雷特》，以及幾乎所有的古希臘悲劇）。

讓群體衝突延續到個人

華山大弟子令狐沖與日月神教聖女任盈盈戀愛（《笑傲江湖》），有家族世仇的羅密歐與茱麗葉在一起（《羅密歐與茱麗葉》）等，牽一髮而動全身，他們每一個行動都會有始料未及的反應。作者只需紀錄各方面的反應，靜觀其變即可。

設置共同目標

一起競爭某個職位，比如《杜拉拉升職記》、《浮沉》等，幾乎所有的職場故事均包含這類情節；爭奪某個對象，無數武俠奪寶的故事。我們只要給衝突雙方一個共同的目標，他們就會自己行動。如果人物依舊不行動，我們就要給他們加碼（參閱下文「給主角的意志加碼」）。

去做力所不能及的事情

身無分文，出身農民，卻要賺大錢、征服上海（《財道——富人上天堂》）；木匠的兒子，「渴望像拿破崙那樣身佩長劍，做世界的主人」（《紅與黑》）；躋身上流社會，成為新貴族，征服巴黎（《高老頭》）；八十天環遊世界（《八十天環遊世界》）。只要給雄心勃勃的主角設置了一個高目標，剩下的事情他自己就會去做。如果與命運抗爭，在結局一定的情況下，他們所做的一切，只是讓結局加速到來。

去做犯忌的事情

幾乎所有經典的愛情故事都是犯忌的。但我們就是要看看，愛情到底有多大力量。

給他們一個行動理由，給他們一個機會，讓他們相愛。我們不是鼓勵人們去做危險的、犯忌的事情，只是想說，即使在這種極端的情況下，愛情依舊可以相信。

給主角的意志加碼

如果我們設置了戲劇性的人物關係，也設置了故事目標與人物行動目標，但是故事依舊難以推進，那一定是主角行動的能量不夠。

主角註定為實現某個目標而生，不達目標不罷休。在這個方面，我們要再一次提到《西遊記》。在取經團隊中，最出彩的可能不是唐僧，但最重要的一定是唐僧，因為「西遊」的故事存在與否、持續與否全在於他的一念之間。有沒有孫悟空、豬八戒、沙僧、白龍馬都不重要，只要唐僧還好好的，他就一定要去取經。只要他願意（當然也得徵得如來佛祖同意），取經團隊就可以一直走下去，無論遭多少難、遇到多少妖怪。西遊故事有多長，不取決於主角的助手有多強大，也不取決於對手有多弱，而是取決於主角的「慾望」有多強。這正如浮士德只要不說「我知足，讓時間停下來吧！」，考驗與經歷永無休止一樣（《浮士德》）。

行動不行動，行動能走多遠，首先取決於主角的意志。我們可以給主角的意志加碼。從來沒有一個經典故事的主角在決心做一件事之後，突然改變主意，試圖放棄。如果要放棄，那也是在目標實現之後，價值觀發生了變化，重新思考這個行動本身的價值。如果這樣的話，我們說這樣的衝突是偽衝突、弱衝突。偽衝突、弱衝突的故事走不遠。

設置明確的故事目標

人物的目標與故事的目標不同。人物只會想、只會做他自己的事情，故事卻要透過他來闡釋見解，抒發情懷。前者是人物目標，後者是故事目標。

電影《一九四二》故事中，老東家的人物目標是「不逃荒」，但是故事目標恰好與他的目標相反，一定要將他送入逃荒大軍之中，並且置之於絕境。從日軍進攻河南，省主席去重慶請求救濟失敗，難民火燒糧倉，兒子被打死等等各個方面，去除老東家可以不逃荒的依靠，最終讓「逃荒」成行。福貴的目標是「活著」，但是小說／電影的故事目標恰恰是各種災難，不讓他「活著」（《活著》）。

武學之道是什麼？誰有機會獲悉武學最高祕密、成為武林至尊？聰穎的楊康、瀟灑的歐陽克，還是笨拙的郭靖？小說一旦選擇了郭靖，那麼讓笨拙的郭靖成為武林至尊就成為了故事目標，這是一個難題，也是一個行動的方向（《射鵰英雄傳》）。讓桃樂絲回家，給稻草人一個腦子、鐵皮樵夫一顆心以及讓膽小的獅子獲得勇氣，人人得其所，是《綠野仙蹤》的故事目標。有了明確的故事目標，故事就有了前進方向。

逼迫主角行動起來

如果主角依舊不行動，我們就給他加壓，將他逼上絕路，無可選擇，讓他的選擇是唯一的選擇，他的行動是最後的行動，這樣他就不得不行動起來了，比如，讓愚蠢而粗魯的員警毆打蘭博（《第一滴血》），讓不達目標誓不甘休的高衙內繼續追殺林沖（《火燒山神廟》）。這需要設置故事情境，其目的仍是給不堅定的主角增加意志，讓他行動。找到主角身心最柔弱處，然後戳中它，「攻其必所救」，在這一點上，故事技巧就是孫子兵法。一旦他行動起來，故事就自己走。但是，「讓主角行動」，這本身也是故事目標的一部分。

工坊活動

一、體會亞里斯多德六種衝突類型，分別找到相關例證。
二、分析自己故事的衝突類型，按照傑里·克里弗公式做分解。
三、檢查自己的故事目標和人物行動目標，故事目標與人物目標是否明確？哪裡需要加強？
四、不改變衝突性質、類型以及故事目標和人物目標，淡化衝突，檢查改寫故事的效果。

第四章

懸念

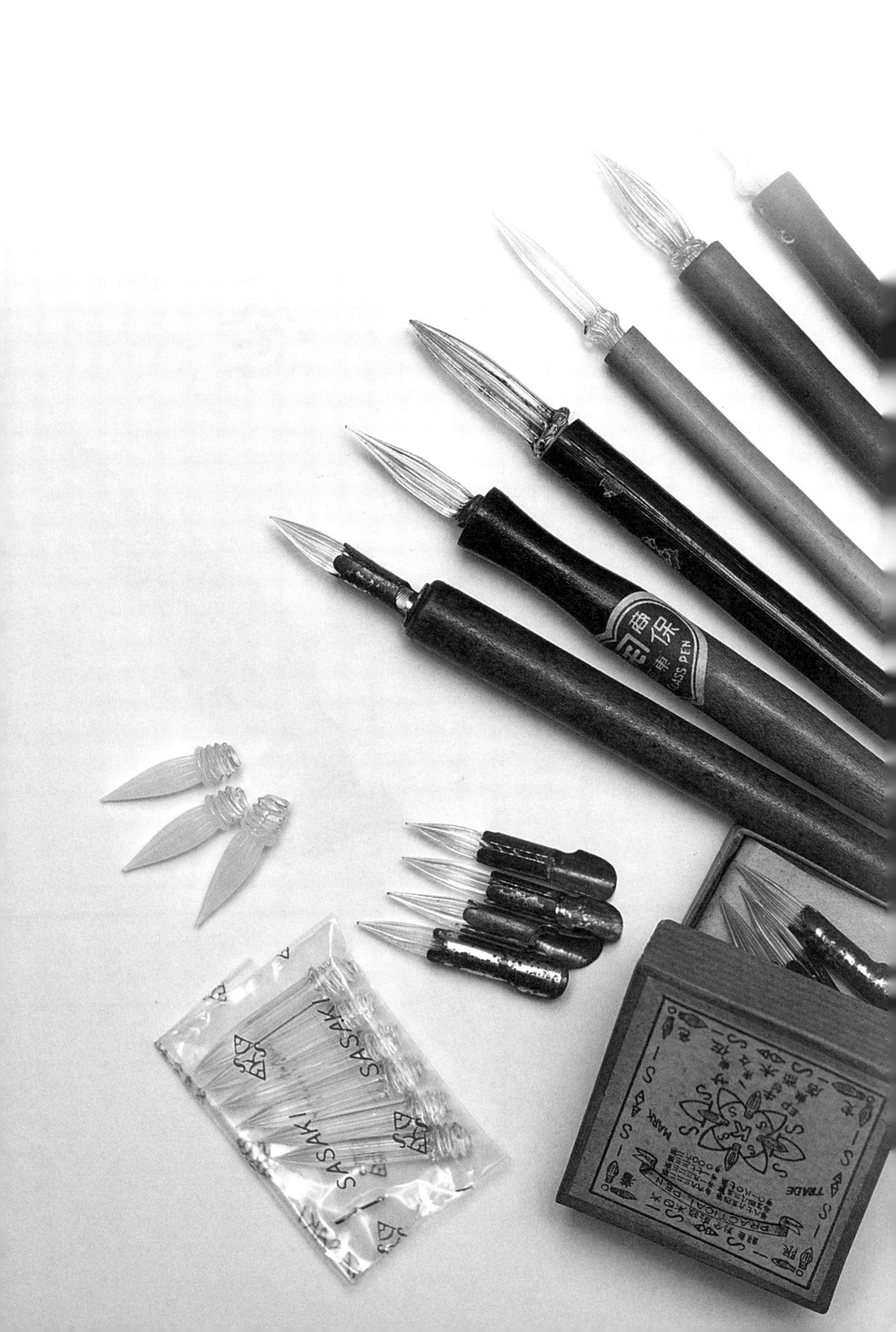
SASAKI
SASAKI
SASAKI

第四章

懸念

故事是我們的世界觀，是我們對生活的發言，是貢獻給生活的智慧，它傾注了我們的心血，帶著我們的體溫。但這都是期許，有待於實現。在讀者足夠瞭解我們的人物、見解與感受之前，他們會喜歡我們的故事進而認同我們的觀點嗎？怎麼樣才能讓讀者從一開始就喜歡上我們的故事，伴隨著我們的講述進入故事世界，樂在其中、欲罷不能呢？

好的故事不僅有意義，而且有趣。不好的故事原因有種種，無趣當排名第一。李卓吾評《水滸傳》得出的結論是：「天下文章當以趣為第一。」亨利・詹姆斯也說：「我們在事前可以要求一部小說承擔的唯一義務，而不致受到做事武斷的責難的，就是它一定要有趣。這個一般性的責任落在它身上，但這也是我能想到的唯一責任。」（註89）

懸念是其中重要的一種。逼迫讀者閱讀的時代已經過去了，抱怨讀者有眼不識金鑲玉本身也無趣。幸好，流傳下來的好故事大多是有趣的。趣味無關雅俗，也無關深淺，它只與技巧有關。

龍一把「趣味」放置於小說技術的首要位置，趣味來源多達十五種（註90），我們這裡只談懸念。

註89：（英）亨利・詹姆斯，《小說的藝術》，選自伍蠡甫、胡經之主編：《西方文藝理論名著選編（下）》，144頁，北京，北京大學出版社，1985。

註90：參閱龍一，《小說技術》，1～87頁，天津，百花文藝出版社，2011。

第一節

懸念的類別與作用

什麼是懸念

懸念是「我們閱讀故事時所獲取的快樂的一部分」，「問題產生而答案延宕，懸念就在讀者或觀眾頭腦中油然而生」，「技巧嫻熟的作家控住答案直到讀者難以忍受」（註91）。《現代漢語詞典》這樣解釋「懸念」：「欣賞戲劇、影視劇或其他文藝作品時，觀眾、讀者對故事情節發展和人物命運很想知道又無從推知的關切和期待心理。」（註92）

英國戲劇理論家威廉．阿契爾論述戲劇情節推進時說，故事的講述要預示出一種十分吸引人的事態，但不把它預述出來，突出不同尋常的情境並延緩披露底細，使其呈明顯的懸而未決的狀態（註93），因此，「懸念就是興趣不斷地向前延伸和欲知後事如何的迫切要求。」（註94）

懸念也是敘事學中的重要概念，米克·巴爾說：「懸念可由後來才發生的某事的預告，或對所需的有關資訊的暫時沉默而產生。在這兩種情況下，呈現給讀者的圖像都被操縱。」（註95）

上述涉及了懸念形成的兩個來源：一方面，它來自故事內「故事發展」和「人物命運」的「懸而未決」狀態；另一方面，它來自故事外作者對敘事的控制，有意對上述狀態的延宕，如同威·路特所說，「講述者運用更有誘惑力的技巧……來吊你的胃口……他埋下一顆炸彈，這顆炸彈可能是物質的，也可能是感情的，然後把它留到最後爆炸。」（註96）但是懸念的最終形成離不開讀者的參與，是作家、故事與讀者互動的結果。阿爾弗雷德·希區柯克指出，「觀眾（讀者）的介入乃是製造懸念的基礎。」（註97）但「故事發展」與「人物命運」本身也是故事設計的一部分，無論是來自故事內還是來自故事外，懸念都屬於技巧。「從總體而言，懸念的設置都是作者故意為之。」（註98）

懸念是吸引人們去閱讀故事的重要因素，即使在故事技巧不發達的過去，許多作品也自覺或不自覺地使用了懸念技巧。比如，《孟子·離婁下》中「齊人有一妻一妾」的故事就是借用妻子的視角進行講述。丈夫向妻妾誇口，每天出入豪門大吃大喝。妻子久而生疑，於是暗中偵察，發現丈夫原是去人家墳地討吃祭餘食物。「設懸」與「釋懸」結構，就讓這個故事充滿了波折。但是，懸念技巧更多地與通俗故事緊密連接，在偵探故事、懸疑故事、驚悚

故事等類型中運用得最普遍，使用最充分、最著力經營，而這些故事的趣味也主要來自懸念。（註99）

由於懸念最常見於通俗故事，因此也經常被當代純文學作家所輕視與貶低，認為它是一種文學無能、缺乏深度的象徵。但實際上，懸念做為一種故事技巧，跟小說的通俗或高雅等性質並無必然聯繫。任何故事中都會有懸念，通俗故事往往過多地依靠懸念來吸引讀者，而非通俗故事則提供了更多的趣味性內容，比如見識、思維、思想、風格、文筆等，讓故事的審美內涵更豐富而複雜。

註91：Mart Morrison, Key Concepts in Creative Writing, New York：Palgrave Macmillan 2010, 136～137頁。

註92：《現代漢語詞典》，六版，1475頁，北京，商務印書館，2012。

註93：參閱（英）威・阿契爾，《劇作法》，170頁，北京，中國戲劇出版社，2004。

註94：（美）喬治・貝克，《戲劇技巧》，215頁，北京，中國戲劇出版社，1985。

註95：（荷）米克・巴爾，《敘事理論導論》，133～134頁，北京，中國社會科學出版社，1995。

註96：（美）威・路特，《論懸念》，載《世界電影》，1982（3）。

註97：王心語，《希區柯克與懸念》，88頁，北京，中國廣播電視出版社，1999。

註98：曹布拉，《金庸小說技巧》，82頁，杭州，杭州出版社，2006。
註99：參閱林雪萍，《懸念與審美視角》，載《合肥工業大學學報》（社會科學版），2010（6）。

懸念的類別

根據懸念在故事中的位置和作用，分為總體懸念和層疊懸念。總體懸念貫穿於作品始終，用於作品的總體構思，旨在揭示作品的主題。其表現形式是，在故事的開端或者情節展開之前，迅速地拋出總體懸念，但是不急於揭開這個懸念的謎底，一直延續到作品結尾處才出人意外地揭開。層疊懸念是在總體懸念拋出之後，在情節的發展中不斷湧現的一個個小懸念，處於情節的各個層次之間，隸屬於總體懸念。（註100）

根據懸念在文中所處的位置，可以把懸念分為位於局部的懸念和橫跨全篇的懸念；根據懸念與作品主題的關係，可以把懸念分為主題性懸念和非主題性懸念；根據懸念的敘述順序，可以把懸念分為順時性懸念和逆時性懸念；根據懸念中所提出的問題最終是否得到解答，可以把懸念分為封閉性懸念和開放性懸念；根據懸念所提出的問題的答案與作品呈現的已知情境的關係，可以把懸念分為順應性懸念和逆變性懸念；根據懸念中所提出的問題的答案是否處於一定的判斷範圍之內，可以把懸念分為規定性懸念和不定性懸念。（註101）根據懸念在故事中的層面，分為情節層面的懸念、人物性格和命運層面的懸念、社會生活層面的懸念、主題層面的懸念。而在敘事層面，又可以分為預敘式懸念、順敘式懸念。（註102）根據懸念的價值大小，分成事先設置的核心懸念、構成情節線索的重要懸念與隨機設置的一般懸念三大類。

事先設置的懸念，一般是構成作品基本框架的核心懸念，作者動筆前就已設計好。隨機設置的小懸念，大多是隨著故事的進展，作者根據情節的需要而安排。它可能是作者在寫作前就已構思成熟，更多的情況是在寫作過程中隨機地在作者頭腦中產生。

處於核心懸念與隨機小懸念之間的，是那種構成小說中重要情節線索的重要懸念。一般來說，每條相對獨立的情節線中都有重要懸念在統攝著情節的產生和發展。它的重要性次於核心懸念，又大於隨機小懸念。

三者就其功能價值而言，重要性呈現如下遞減：

核心懸念（主要與作品總體故事有關）→重要懸念（主要與情節主副線有關）→隨機小懸念（主要與情節的節奏和速度有關）（註103）

這些分類有自己的針對性和合理性，為我們便於解讀故事，許多概念也具有相當的概括能力和認知能力。比如，故事總是需要一個「總體懸念」、「橫跨全篇懸念」、「核心懸念」統攝全篇，集中讀者注意力；「主題性懸念」也有助於我們瞭解作者如何將主題寓於故事之中，引導讀者思考透過故事到底要告訴我們什麼，參與互動；而「局部懸念」、「層疊懸念」則引導故事逐步推進，持續引發興趣，讓讀者的閱讀順利進行。

但是上述分類建立在故事靜態描述的基礎上，雖有助於故事的理解，但對懸念的產生以及設置技巧揭示不夠，而對寫作來說，這些理論又過於繁瑣。從創作角度來說，懸念一是來自故事內部，一是來自故事外部，即作家在故事講述過程中對事件諸因素的蓄意安排。

故事內部懸念

大衛．洛奇在《小說的藝術》中說：「小說就是講故事，講故事無論使用什麼手法，總是透過提出問題、延緩提供答案來吸引讀者的興趣。問題不外乎兩類：一類涉及因果關係；一類涉及及時間。」（註104）因此，懸念大致可以分為兩類：一類跟因果關係有關，比如事情是誰幹的；一類跟時間順序有關，比如下一步會發生什麼。

大衛．洛奇懸念二分法簡潔而具有真知灼見，但是故事的因果關係，比如「事情是誰幹的」，僅僅是懸念的一部分而不是全部，從事件角度上說，它屬於事件的一部分。只有當人物處於資訊不足或者敘述者有意對資訊控制時，懸念才會產生。

真正屬於故事內部的懸念是與行動和時間直接有關，即由於人物的行動或與人物的行動相關所發生和引起的一系列懸而未決的狀態，構成故事內部懸念。

它們包括：

人物的命運（會有好轉嗎？會不會遭到破壞？）；

行動導致的兩種或兩種以上的結局（後來怎麼樣？）；

行動時所遭遇的反常狀態（為什麼？）；

關鍵資訊的缺失（發生了什麼？怎麼發生的？為什麼發生？……等）；

不可預測的前景（該怎麼辦？）；

險境（有辦法嗎？）；

許多通俗故事的懸念建立在線性敘事、行動的連鎖反應基礎之上，比如武俠故事。而舞臺劇、影視劇等載體故事，由於故事永遠處於「現在進行時」狀態，因此它們的懸念設置方式更多地來自故事內部。

故事外部懸念

所謂「故事外部懸念」，就是透過對事件的重新安排、架構，故事資訊的次第告知以及故事視角的選擇等敘事技巧，使故事在自身事件之外獲取新的閱讀懸念。故事外部懸念實質是敘事的技巧，主要是對事件發生順序的錯置、事件資訊的截留、事件視角的限制等，從而形成故事資訊與閱讀需要的不對等。從行動的角度來說，圍繞行動「事情是誰幹的」所連接的因素，除了「何人」（who）所為之外，還有「為何」（why）、「何事」（what）、「何時」（when）、「何地」（where）、「如何」（how），甚至「何價」（how much）等變數，而這些處於待填充、回答狀態。

因此，懸念主要由對「後來怎麼樣」這樣順向的疑問，和「為什麼會這樣」以及「怎樣」等逆向或橫向的追問構成。

註100：參閱周健、王培鐸，《論懸念的焦點》，載《大連教育學院學報》，2000（2）。

註101：參閱黃曉紅，《敘事中懸念的類型》，載《湘潭師範學院學報》（社會科學版），2004（6）。

註102：參閱李鵬飛，《中國古代小說懸念的類型及其設置技巧》，載《雲南大學學報》（社會科學版），2014（3）。

註103：參閱曹布拉，《金庸小說技巧》，83～84頁，杭州，杭州出版社，2006。

註104：（英）大衛·洛奇，《小說的藝術》，16頁，上海，上海譯文出版社，2010。

懸念的作用

懸念是故事敘事的一個重要因素。對故事而言，它具有雙重作用：一方面，因為懸念的設置與釋懸，契合了讀者的心理需求和期待，形成了獨特吸引力，充分調動讀者的欣賞興趣和激情，讓讀者在體驗和破解懸念的過程中獲得心理滿足和審美愉悅；另一方面，懸念又是一個便利的故事結構，對故事的發展發揮了獨特的指向作用，引領故事前進。

做為閱讀的吸引力

懸念一方面引導讀者的想像活動朝一個既定方向循序漸進，另一方面又為讀者的審美思維提供了自由馳騁的廣闊天地。(註105)毛宗崗說：「讀書之樂，不大驚則不大喜，不大疑則不大快，不大急則不大慰。」而懸念手法能造成「大驚」、「大疑」、「大急」之情勢以「引人」，釋念帶來「大喜」、「大快」、「大慰」之情境以「入勝」。

做為故事推進的引導力

懸念同樣具有結構功能。實際上，懸念的「設懸」與「釋懸」是一個天然的「提出問題—展開問題—解決問題」結構，問題不僅提供給讀者去猜測，而且提供給作者自己去解決。許多通俗文學依靠懸念來支撐結構，在偵探故事、懸疑故事、推理故事、公案故事等中間，懸念的提出即是故事的開始；懸念的追蹤與解析，即是故事的展開；懸念的解決，也就是故事的結束。比如格非的小說《青黃》，整個故事就是在探究「什麼是青黃？」其展開的線索是多個「青黃不是什麼？」的否定性回答，但「什麼是青黃？」依舊是未得到回答的問題；李洱的《花腔》則是鍥而不捨地追究「葛任是怎麼死的？」其故事的展開則是多個「葛任是這樣死的」肯定性回答，然而這些回答又相互抵牾，導致懸念一直懸而未決。

註105：參閱李慶西，《小說懸念的審美心理機制和若干基本模式》，選自《文藝論叢》，89頁，上海，上海文藝出版社，1985。

第二節

設置懸念

懸念的形成，與故事中人物自身的命運、行動、選擇、境況諸因素相關，它們的不確定性構成了故事懸而未決的狀態。同時，懸念也是敘事的結果，透過「無疑而問」、「故弄玄虛」、「捂蓋子」等敘事的掌控，也會造成故事資訊的空白與行動的延宕，形成故事結構上的懸念。但是，懸念最終的形成，離不開讀者的參與。上述一切建立在讀者對故事，包括人物（尤其是主角）命運、生活境況、文化等要素的自覺相關基礎之上，只有當讀者認同人物、移情故事的時候，即人物的性格、行動能引起觀眾在感情上的愛憎，故事的懸念才會真正形成。這裡面又涉及故事的邏輯、真實性及認同、移情等現象，我們在以後的章節會談到，本節只探討在故事內部與敘事層面對懸念的設置。

懸念的內部設置

慾望

「我要錢！」崔鈞毅對老人說。

老人給了他一個嘴巴：「滾！」

是啊，崔鈞毅要什麼呢？在江北的一個小鎮上，他又能要什麼呢？崔鈞毅說：「我要過得富貴！」可是，富貴是崔鈞毅這樣的人能要的嗎？崔鈞毅抹了一下嘴角的血，又重複了一遍：「我要過得富貴！」這時候，他的腦子裡只有恨，歉疚全沒了。

——葛紅兵《財道・富人向天堂》

若是崔鈞毅的慾望正當，發自肺腑，而他又是我們認同的那一種人，那麼他的任何念頭我們都會支持，並為之牽腸掛肚。現在崔鈞毅的渴望「我要錢」、「我要過得富貴」是否能實現，就成為這個故事的整體懸念。與之相對應的是對立人物（不一定是壞人）的相反渴望，甚至不可知的因素（比如命運），亦會成為懸念，因為我們不知道他會對主角的行動造成多大影響。

慾望不一定要說出來，但是它必須讓我們感知到。它有可能是人物堅守的一種生活方式、一個固執的念頭，或者浸淫其中的平靜。它透露出的資訊是：「我不願意改變」，其強度與上述「我要改變」對等，帶來的懸念是：「還能堅持多久？」、「誰來破壞它？」

行動期待結果

人物有慾望但不行動，讀者會想，什麼時候行動呢？還要延宕／忍受到什麼時候？這種狀況也會產生懸念，但如果完全不行動，讀者就會拋棄這個故事。許多新手在創作時，經常忽略這個規律。為了追求所謂的「真實性」，比如，他們會因為設想的主角不行動或不善於行動就在故事裡放任他們不行動；或者因為是在紀念一段往事，比如暗戀，因為自己在現實生活中的確沒有行動，也決定在故事裡不行動。人物「不行動」也沒有什麼不好，如果有無限的悔恨、反思、自我崇高、慶幸等這樣的情緒，或者這個「不行動」也引發許多後發的解釋、深刻的見識產生，那麼可以把它寫進詩歌、散文或其他文學作品。但歸根究底，懸念是關於預期的。它與某些我們期待之外的東西、某件還沒有發生的事情有關。懸念是觀看事件展開的過程。一旦事件結束，或者事件完全沒有展開，就不會有懸念。

什麼算作「行動」呢？「想」本身算不算？在許多意識流故事家那裡，「想」本身就是一種行動。「傳達這變化萬端的，這尚欠認識尚欠探討的根本精神，不管它的表現會多麼脫離常軌、錯綜複雜，而且如實傳達，盡可能不混雜它本身之外的、非其固有的東西，難道不正是小說家的任務嗎？」（註106）在他們看來，相對於過於「偏向物質」的傳統小說，意識流才是揭開內心真實，也就是更真實的生活途徑。也就是說，「想」本身就是生活。

大約是在今年一月中旬，我抬起頭來，第一次看見了牆上的那個斑點。為了要確定是在哪一天，就得回憶當時我看見了些什麼。現在我記起了爐子裡的火，一片黃色的火光一動也不動地照射在我的書頁上；壁爐上圓形玻璃缸裡插著三朵菊花。對啦，一定是冬天，我們剛喝完茶，因為我記得當時我正在吸菸，我抬起頭來，第一次看見了牆上那個斑點。我透過香菸的煙霧望過去，眼光在火紅的炭塊上停留了一下，過去關於在城堡塔樓上飄揚著一面鮮紅的旗幟的幻覺又浮現在我腦際，我想到無數紅色騎士潮水般的騎馬躍上黑色岩壁的側坡。

這個斑點打斷了這個幻覺，使我覺得鬆了一口氣，因為這是過去的幻覺，是一種無意識的幻覺，可能是在孩童時期產生的。牆上的斑點是一塊圓形的小跡印，在雪白的牆壁上呈暗黑色，在壁爐上方大約六、七英寸的地方。

——佛吉尼亞・伍爾芙《牆上的斑點》

從頭到尾，我們也沒有看到主角挪動一下屁股，但是主角的意識（不是無意識）一刻也沒有停歇，一直在思考這個問題：「牆上的那個斑點是什麼？」剛開始以為是一個「釘子留下的痕跡」，後來以為是「暗黑色的圓形物體」、「一片玫瑰花瓣」、「木塊上的裂紋」，直到後來有人告訴「我」，那是「一隻蝸牛趴在牆壁上」。對於那個躺在床上的主角，「想」就是他的行動，但是他的想並非真的「思緒一哄而上」，漫無目的，而是一直圍繞著「牆上的那個斑點是什麼？」定向展開。既然他這麼能「想」，這麼想知道答案，又不起身去看一看、摸一摸，那麼「想」既是主角的慾望，又是主角的行動。他擬了好幾個答案，結果都不是。故事於是形成這樣的結構：「是」—「不是」—「是」—「不是」。每一次的否定與肯定，都引來新一輪的「想」和「聯想」。這個時候，我們除了想知道「牆上的那個斑點到底是什麼？」之外，還想知道「這次主角又想到什麼了？」

但是，更多的懸念來自人物實實在在的行動，物質的行動。在前面我們講過，有效的行動總是圍繞人物的「慾望」展開，是對「慾望」的展開，然而，「慾望」的展開勢必引起相反的行為，於是障礙就出現了，故事切入衝突模式。這個時候，人物一旦行動，勢必引起連鎖反應，我們自然會想到：「對手會有什麼樣的反應？」、「結果會怎麼樣？」、「接下來會發生什麼？」懸念就這樣產生了。對那些對懸念設置信心不足的人來說，我們不妨以一個電影故事的臺詞來激勵他：

老七：黃四郎四百人，我們四個人，怎麼贏？
張麻子：打！打就能贏！

——姜文《讓子彈飛》

懸念產生於行動，只要行動，就有可能產生懸念。沒有行動，就沒有懸念。艾莎與生俱有控制冰雪的能力，這給姐妹倆日常的遊戲帶來無窮樂趣。但她的一個嚴冬咒語卻令王國陷入冰天雪地，安娜和山民克里斯托夫以及他的馴鹿搭檔組隊出發，為尋找姐姐拯救王國展開冒險。能做到嗎？懸念就產生了（《冰雪奇緣》）。

建立在行動之上的懸念多見於下面這樣的故事：

比賽

這類故事的結構是：定下賭約—接受挑戰—準備比賽—比賽—出現結果，所有行動為「比賽」的結果做準備。比如浮士德與魔鬼打賭，願意出賣靈魂，換取人生的重新開始，品嘗過去因為追求知識而放棄的人生體驗。他斷言，永遠不會滿足於快樂，若在某瞬間說「我滿足了，請時間停下」時，就宣布輸掉賭注。他與魔鬼立下契約之後，我們就會想誰能贏得比賽，知識是否能戰勝一切，人性能否戰勝魔性（《浮士德》）。

在中國故事裡，「打賭」、「比賽」是常見的行動方式，有時候成為整個故事的結構，比如，劉三姐與莫懷仁對歌，輸者永不唱山歌，或者不收茶稅（《劉三姐》）；呂洞賓與漢鍾離為打賭而佈下天門陣（《楊家將演義》）；闡教與截教的鬥法（《封神演義》）；三盜九龍杯（《彭公案》）等，還有近年來數不清的民族英雄與外國大力士打擂的故事（《葉問》、《霍元甲》、《神州擂》等）。

為一個職位而明爭暗鬥，其實也屬於競爭故事，有職場競爭（《杜拉拉升職記》等）、官場競爭（《黨校同學》等）。在目標已知的情況下，「過程」與「結果」就是最大的懸念。嚴格地說，戰爭類故事也屬於比賽，因為它們關乎「輸贏」，只不過以生命為代價。

旅行

這類故事的行動就是「走」，不在同一個地方停留，移步換景，帶來新的生活場景與經驗，讓我們驚奇。因為對上一個場景感到驚奇的緣故，我們不停地期待下一個驚奇。如《格列佛遊記》、《二十年目睹之怪現狀》、《老殘遊記》等，隨著主角不停地旅行，空間背景不斷地轉換，故事情節也隨之發生變化，讀者總是無法猜測下一步將會發生什麼。這裡的懸念既是結構上的，也是細節上的。

公案

這類故事包括偵探故事、懸疑故事等，在案件發生、出現謎題後，偵查行動就開始了，故事直奔凶手和謎底，但不斷遭到對手的迷惑與阻撓，出現多次的反覆、挫折，山窮水盡，柳暗花明，最大的懸念「誰是凶手？」、「謎底是什麼？」一直保持到底。謎底揭開，案件破了，故事也就差不多結束。

行動存在侷限

規定時間

行動要在規定時間內完成，否則將有最壞的結果發生，「滴答作響的時鐘」讓故事更加緊張。（註107）

常見的模式有：謎底在規定時間內揭開，任務在規定時間內完成，危險在規定時間內排除等等。它的原理是，將故事目標直接轉化為主角的行動目標，從而加大對主角的壓迫，考驗他的能力、性格、品行等。

力不能及

如果主角的目標低於他的能力值或正好在他的能力範圍之內，那麼他的行動就沒有什麼好擔心的。常見的懸念是，一個人去做力所不能及但又非做不可的事情，結果令人牽腸掛肚。比如，幼稚園畢業之前的某日，五個小朋友拿著自己畫的地圖一起溜出幼稚園，上了從新宿開往高尾的中央列車。他們沒有跟家長說，打算用自己的力量去完全陌生的地方（《再見啦我們的幼稚園》）；先天弱智的阿甘一直在不停地奔跑，爭取達成自己的目標（《阿甘正傳》）。如果一個人有足夠的能力，我們或許想看到的是，他完成任務的最低裝置是什麼？在能力不變的前提下，我們給他更多的條件限制，這就引出了下文我們要討論的「優勢喪失殆盡」。

優勢喪失殆盡

讓一個人在條件不成熟的狀況下行動，看看他如何表現。在多數故事裡，主角的行動條件都不充分。往往是這樣：進攻提前開始；武功還未到最高層次，仇敵就已經上門；盟友還未到達；裝備不齊全……等等。

但若一切準備充分，又該剝奪、限制人物的優勢了，讓他重新處於不利的境況之中。《國際大營救》中，參與營救的小分隊人數眾多，武器充足，但是很快就中了埋伏，先前的優勢喪失殆盡，陷入絕境，只得依靠原始的武器與劫後餘生的幾個隊員去完成任務。《滾拉拉的槍》中，十五歲的苗族少年離開村子去外地尋找生父，祖母給了他一個月的米糧，但是他在河邊看到一個躲債的獵人，想也沒想，就把糧食全部送給了這個飢餓的人——他自己又沒有糧食了。

豬一樣的隊友

幫不了忙，或者幫倒忙，這就是典型的隊友。團隊故事總能讓我們產生「不怕狼一樣的對手，就怕豬一樣的隊友」的感慨。人物本來不要助手，或者需要一個真正的助手，這個時候我們就給他一個，但絕不是他要的那一個，就像余則成絕對想不到組織派來的是陳翠萍一樣（《潛伏》）。在恐怖故事裡，我們就給主角配置一個愚蠢而莽撞的助手，他反覆惹禍，明知山有虎偏向虎山行，執拗，最終捅下婁子。在偵探、懸疑故事裡，聰明的主角總是與一個愚笨的助手為伴。探險故事裡，團隊中不妨配置女人。在許多行動中，團隊裡總要安排進來幾個女人，任務越是艱鉅，越是離不開女人。因為這些女人能給行動帶來累贅，產生麻煩，種下禍根，無事生非。為什麼許多故事裡總是有專門製造麻煩的女人？道理很簡單，對主角的行動形成限制。

犯下錯誤

犯下錯誤，包括善意的誤會，等於增加了行動的難度。錯誤一般在行動順利的情況下犯下，其功能是保持行動的曲折性和任務的難度，但要保證這個錯誤不是毀滅性的，人物有足夠的能力將其彌補，並在彌補錯誤過程中獲取新的認知和幫助。

對於能力或行動力越強的人物，我們不妨讓他犯下更大的錯誤。一些錯誤，包括過失產生的後果往往是喜劇性的，有些是悲劇性的。比如一個人的努力如果超越了他的時代，就會產生歷史的進步性與歷史實現之不可能的悲愴，展現出車爾尼雪夫斯基意義上的「人的偉大痛苦」和「偉大人物的滅亡」結果，這樣的故事就是悲劇性的了。

性格缺陷

性格缺陷一般配置在英雄人物身上，當他足夠強大甚至無可戰勝的時候，設置他性格的缺陷，給人物的行動埋下一顆地雷，增加英雄人物「自我毀滅」的危險。這樣的一個英雄人物去執行特別的任務時，懸念就會產生，關羽驕傲、偏執，最終「大意失荊州」，敗走麥城（《三國演義》）。實際上，任何性格都有自己的缺陷，一旦遇到「相剋」的境遇，性格中軟弱的一面就會暴露。一旦莽撞者或嫉惡如仇的人步入陌生的環境，讀者就會操起心來。

一個性格特別的人物來到特別的場合，也會產生懸念。

註106：（英）佛吉尼亞・伍爾芙：《現代小說》，載《外國文藝》，1981（3）。

註107：參閱（美）諾亞・盧克曼，《情節！情節！——透過人物、懸念與衝突賦予故事生命力》，

93頁，北京，中國人民大學出版社，2012。

意識到危險

人物處於危險之中，懸念就會產生。

危險有多種：

一，真實存在的危險，人物與讀者均能發覺和感知，與人物感同身受，懸念就是「能否脫離險境」。

二，英雄人物和具有特異功能的人物能發覺其他人物不能發覺的危險，雖然不知道危險在哪裡，但危險資訊已經傳遞給他人和讀者。相較於能輕易感知的危險，這種危險更令人恐怖。

三、特殊的主角因為某種緣故感受到某種並不存在的危險，但出於視角的緣故，我們同樣能感知得到。比如《狂人日記》中的「我」，其實是一個真正的瘋子，受迫害狂，他把身邊的人對他的幫助都當作迫害，從而產生了強烈的恐懼。但由於視角的緣故，我們從他的視野裡感知到了危險，分享他的感覺。

身後的眼睛

「身後的眼睛」在影視中指觀眾知道人物所不知道的祕密現象。在故事中，「身後的眼睛」可以人格化，做為人物關係而存在。即是說，一個人（主角）的行動處於被暗中監視的狀況，他能感覺到危險，卻不知道危險來自哪裡。

自衛隊隊員史澤提前退役，路過一個偏僻的小山村風道屯時，聞到了一股圓白菜腐爛的惡臭。

原來，是一種叫做艾而維尼亞的病菌感染了這種植物，並繼續蔓延，史澤不知道自己也被感染了。

他走進死寂的村子，發現十三個村民全部被砍死，現場還有一柄斧頭。在一個山腳拐角，史澤發現了唯一的倖存者小女孩長井。長井的父母和姐姐都遇害了，由於極度的驚恐，她失去了記憶。史澤帶她離開了風道屯，回到自己的小鎮。

警士廳介入了這個凶殺案，但似乎另有隱情，案件眼見不了了之。史澤是自衛隊隊員，是國家培養的殺人機器，又提前退役，他在現場，自然是最大的嫌疑犯。

為了替長井報仇，也為了洗刷自己的嫌疑，他決定與長井的二姐靜子一起，獨自展開調查。在這個過程中，史澤與靜子逐漸產生了感情，相依為命、同病相憐。

憶。

做為案發時唯一的目擊者，史澤和警方都想從長井那裡得到線索，希望她能夠恢復記憶。

史澤發現，長井看人的時候，目光迷茫而深邃，總是越過人的眼睛，看到很遠的地方，原來，長井受驚後具有了特異功能。

然而，警方對長井的敘述並不相信，認為她只是大腦受了嚴重刺激後胡言亂語。但正是長井的特異功能，總能在危險到來時感到特別的煩躁與痛苦，這就使史澤和靜子躲過了幾次致命的危險。案件調查迅速涉及黑勢力大廠一成以及他的兒子誠明，然而危險正在加倍增加。

史澤知道，除了大廠勢力，還有一股隱蔽的力量也要置他們於死地。他每每在調查時候，總能感覺到身後有兩雙冰冷的眼睛在盯著他，讓他不寒而慄……

——森村誠一《野性的證明》

艱難的選擇

兩難的選擇考驗人物。這種情況總是出現在故事的高潮，決定故事的走向和價值觀。它無關「好」與「更好」，甚至也不是「壞」與「更壞」，而是非此即彼、不留餘地的「二選一」。常見的選擇有「生」與「死」、「親情」與「愛情」、「義」與「利」、「留下」還是「離開」

等等，這些選項並非天然對立，但在故事高潮部分，它們自然對立起來了，「生」還是「死」？要「親情」還是要「愛情」？是為了理想、原則還是為了實現世俗利益？這個退無可退的選擇將逼迫人物（主要是主角）展示出內心最真實的部分，當然這也是我們最期待的部分。

"To be, or not to be"

蹩腳的選擇其實沒有形成真正的選擇，比如歹徒劫持了人質，被勒令交出贖金，要命還是要錢？兩情相悅，但是得不到父母的祝福，是堅持還是放棄？路上撿到一筆財富，上交還是留下？……等等。這些可以構成艱難的選擇，但是不能構成真正的選擇，真正的選擇是無可選擇，選項都不可讓渡，每一次選擇都驚心動魄。因此，每一次選擇都產生懸念。

師父帶天狗打井，待徒弟如子；天狗跟師父打井，待師父如父，敬師母如神。有一天，師父打井被砸斷了腰骨，從此臥床不起。天狗自然承擔了照顧師父和師父一家的重任。然而，師母年輕，有自己的生活；天狗年輕，也有自己的前途。師父命令天狗娶師母為妻，否則就不接受天狗的供養。天狗娶不娶師母？to be or not to be？當天狗與師母真正在一起的時候，師父也面臨更大的選擇：他有必要還在這個特殊家庭存在嗎？to be or not to be？他在可以更好地活下去的時候選擇了死。師父死了，掃除了天狗與師母的障礙，但是天狗還能走出師父的陰影，更好地生活下去嗎？（《天狗》）類似的故事還有《春桃》、《三個人的冬天》等。

反常的事物

在《聊齋誌異》中，我們經常看到反常的事情發生，最後我們知道是因為有狐鬼花妖的存在。在現代故事中，也有許多反常的現象，但一般是因為人物有特別的原因才這麼做，我們也特別想知道，為什麼會這樣。

四月初的天氣按說該微熱起來了，街頭卻到處是穿毛衣和厚外套的人。不是很正常。不正常的感覺已經有一陣了。

從車站離開後保平做了如下幾件事：買一套驢友出行裝備、一款3G手機、一臺兩萬安培大功率行動電源，然後把裹在破衣服堆裡的兩萬元錢取出，裝進女人用的長筒絲襪，紮好，綁在腰間。事情不多，但有點費時。之前他沒有手機，他扔掉手機已經五年三個月，那玩藝好是好，但如果不需要，就是廢品。現在又需要了，所以他重新買。開卡已經實名制，這個他懂，所以他不是一個人上街的，而是拉上強生。強生很詫異的樣子，一路問為什麼為什麼。強生的意思是為什麼要買？這東西強生不費吹灰之力就能弄回一部，以前給保平，保平不要，現在突然又要了，要還不簡單，為什麼要買？何況買就買普通的，能接打就行，何必要3G的？保平不解釋，甚至不搭理，只管急急走，急急進店，挑下一款，用強生身分證開了卡，付了現錢。

第二天他本來就可以動身了，計畫上就是這樣，這個計畫保平放在肚子裡打轉了一個多月，他覺得像在腹中埋了一粒種子，看著它從土裡拱出來，然後一點點往上長，枝葉蔓開，花又冒出來，最後結出果，果大得驚人，肚子已經裝不下了，所以他必須動身。

可是第二天他沒走成，除了腰間那捆錢，手機和塞滿驢友出行裝備的草綠色大登山包都丟了。

——林那北《前面是五鳳派出所》

王保平為何扔掉手機？現在又為何買回來？裝備為何丟了？誰偷的？「情境的『反常』狀態已經決定了懸念的前提和基本條件」（註108），一系列懸念由此產生。

勢均力敵

故事衝突雙方在初始狀態時，懸念來自於故事目標，或主題目標，讀者擔心的是故事目標如何能實現。但在行動完全展開的時候，衝突雙方大多能勢均力敵，至少主角有獲取勝利、達成目標的可能性。若完全無可能性，懸念不會形成。

真正的勢均力敵在於雙方同樣擁有為自己辯護的理由，行動發自內心的原則。當然，這種設置關乎視點，是否願意給「敵人」表述的機會。如果這樣，我們就會發現，「敵人」的狡黠其實也是智慧，「敵人」的凶殘也是勇敢的一種，同樣我們相信，「敵人」的行動也出自自己的信念。在這種情況下，主角才與自己的敵人形成真正的對抗。

余則成與吳敬中在一起，我們從來不擔心，雖然吳敬中是天津站最大的特務頭子，生殺予奪在乎他一念之間，因為他沒有自己的信念（作者也沒有給他表述自己信念的機會）。但當李涯出現時，余則成才遇到了真正的對手，因為敵人跟自己一樣，同樣是「為組織生活者」，同樣強大（《潛伏》）。

美好的事物

平靜的生活、完美的人物如同精美的瓷器，正因為珍貴，所以才擔心被打破，對壞的、惡的事物就沒有這種擔憂。從功能上講，美好的事物就是用於被破壞，平靜的生活就是用於被打破，然後在最後得到恢復——但讀者每次都要上當，屢試不爽。這樣的情境一般出現在故事開始，閱讀經驗越是豐富，越是能預感到危險。

懸念的外部設置

預示

預示即有限「劇透」，提前透露故事的結局或者後面要發生的重要情節，從而引發讀者對過程或原因的強烈好奇心。但前提是，初始狀態與結束狀態之間存在太大的鴻溝，在正常情況下幾乎是「不可能」，因此我們才想知道，到底發生了什麼，才會這樣。

那天早晨，俺公爹趙甲做夢也想不到再過七天他就要死在俺的手裡；死得勝過一條忠於職守的老狗。俺也想不到，一個女流之輩俺竟然能夠手持利刃殺了自己的公爹。俺更想不到，這個半年前彷彿從天而降的公爹，竟然真是一個殺人不眨眼的劊子手。

俺公爹頭戴著紅纓子瓜皮小帽、穿著長袍馬褂、手撚著佛珠在院子裡晃來晃去時，八成似一個告老還鄉的員外郎，九成似一個子孫滿堂的老太爺。但他不是老太爺，更不是員外郎，他是京城刑部大堂裡的首席劊子手，是大清朝的第一快刀、砍人頭的高手，是精通歷代酷刑，並且有所發明、有所創造的專家。他在刑部當差四十年，砍下的人頭，用他自己的話說，比高密縣一年出產的西瓜還要多。

——莫言《檀香刑》

神啟

神啟透過「神」、「夢」或「定數」告知結局，形成「人與神」（命運）的衝突結構。一般來說，預言聳人聽聞，絕無實現可能，但對主角造成心理障礙，或處於恐懼之中，要竭盡全力逃避；或出於驕傲，與預言者競賽。但最終結果都沒有逃脫預言，越是努力，越是加速結果到來。從事後來看，所有的行動都獲得了相反的結果。

俄狄浦斯出生時，父親忒拜王得到神諭，說他要殺父娶母。於是把他的腳踵刺穿，丟到荒山野嶺，僕人可憐這個剛剛出生的孩子，就把他送給科任托斯的一個僕人，然而他卻成為了國王波呂波斯的養子。他長大後知道了自己將殺父娶母的神諭，為了逃避這殺人逆倫的可怕命運，他離開了自己的「父母」，向忒拜走去。在一個三岔路口，他與一個老人起了爭執並將其誤殺，而那位老人就是微服出訪的忒拜王，他的生父拉伊俄斯。然後他以自己的出眾才智剷除了危害忒拜的獅身人面女妖斯芬克斯，被忒拜人民擁為國王，並娶了前王的王后——伊俄卡斯忒——他的生母。

俄狄浦斯成了殺父娶母的人，自己卻毫無所知。悲劇開始時，瘟疫籠罩忒拜城，按照神示，必須找出殺害前王的凶手，否則全城人民將死於瘟疫中。這時，受到人民愛戴的俄狄浦斯登上王位已經十六年。他千方百計追查凶手，結果發現他要找的凶手正是他自己。伊俄卡斯忒自盡，俄狄浦斯刺瞎自己的雙眼，離開忒拜。神諭是否能實現以及命運是否能夠反抗，是這個故事的兩大主要懸念（《俄狄浦斯王》）。

故事從中間說起

現代小說多打破「有頭有尾」、「從頭講起」的習慣，故事一般從精彩處、緊要或困境處講起，迅速吸引讀者注意力，將讀者帶入故事情境。其實質是，故事展示了行動，或揭示了行動的某一個方面，但是對事件的其他重要資訊做了控制，留下空白。

本來王保平要坐大巴走的，他去車站買票，後來又不買了。

——林那北《前面是五鳳派出所》

王保平為什麼要走？為什麼又不買票了？故事若從頭講起，補齊資訊，就不會有這些缺失，但也就失去了懸念。

「胡一刀，曲池，天樞！」

「苗人鳳，地倉，合谷！」

一個嘶啞的嗓子低沉地叫著。叫聲中充滿著怨毒和憤怒，語聲從牙齒縫中迸出來，似是千年萬年、永恆的詛咒，每一個字音上塗著血和仇恨。

突突突突四聲響，四道金光閃動，四支金鏢連珠發出，射向兩塊木牌。每塊木牌的正面、反面都繪著一個全身人形，一塊上繪的是個濃髯粗豪的大漢，旁注「胡一刀」三字；另一塊上繪的是個瘦長漢子，旁注「苗人鳳」三字，人形上書明人體周身穴道。木牌下面接有一柄，兩個身手矯捷的壯漢各持一牌，在練武廳中滿廳遊走。

——金庸《飛狐外傳》

這個人是誰？為何對胡一刀、苗人鳳有如此深仇大恨？胡一刀、苗人鳳又是誰？

限制視角

使用限制視角進行故事講述的主要目的還是為了合理遮藏某些重要細節，形成資訊缺失。第三人稱限制視角最為作家所青睞，成為最適合掩藏某些故事細節的敘事技巧。我們以姚鄂梅的長篇小說《西門坡》故事為例。

耶市婦聯幹部、《第二性》雜誌編輯安旭在長期與婦女打交道的過程中，以及自己的婚姻變故中，萌生了女性全然獨立於男性，過一種「姐妹互助」、「簡單生活」的念頭。

白老師自小家庭關係複雜，有父親、母親，還有一個「媽咪」。父親是一個混球，背叛婚姻且極度自私。母親是一個技藝高超的裁縫，在與丈夫的關係處於低谷的時候，收留了受到男性傷害、有嚴重心理創傷的「媽咪」，二人相濡以沫，將生意做得非常興隆。但這樣的家庭關係不被女兒（白老師）的男朋友及其家庭接受，女兒也深以為恥，直至逼死「媽咪」，母女關係破裂。

「媽咪」的死並沒有改變男朋友家庭的態度，轉瞬間他們有了新的女友／未來兒媳。為了報復母親，女兒跳樓將自己「摔成三截」。母親給女兒裝了義肢，女兒也「看穿」了男人，明白了母親告誡的「女人要對女人好」的道理，決心以自己在殯儀館為遺體按摩的收入和母親的財產開辦不幸女人收留所。

莊奶奶原名曹鳳霞，年輕時丈夫在外有了女人。她跟蹤到偷情場所後，用汽油將二人燒死，自己化名浪跡耶市。三個有思想、有財力、有執行力的不幸女人一拍即合，創辦了「西門坡」，分別擔任精神導師、財務支持和日常管理職務，收留了二十多位走投無路的女人。

辛格是一個經常為《第二性》雜誌寫稿的女作家，在工作過程中結識編輯安旭。新《婚姻法》頒布後，她發現有不利於女性的屈辱性條款，就與丈夫探討，結果二人從模擬財產分割的遊戲走向了正式協議離婚。辛格帶著十萬元生活費投奔安旭，安旭精心設計，安排莊奶奶接近辛格，一步步導引她走進西門坡。在接受「考察」的一年期限裡，辛格為生存計，以當年曹鳳霞事件為基礎，想像、虛構完成了《春妮》這部書，沒料到其想像與虛構誤打誤撞，完全符合事實，引起莊奶奶的驚恐，她四處搜購這本書，不想讓它流傳。辛格驚疑之下實地採訪了事件當事人楊儉和他的情人，莊奶奶也尾隨而至，在看到兩人慘狀後決心離開西門坡，留下服侍他們，一心贖罪。

西門坡有個叫阿玲的女人，入西門坡的時候私藏了一棟房產，兒子皮皮懂事後決心要收回屬於自己的財產。未果，他求助於黑社會，試圖趕走居住其中的辛格母女。辛格報警，警方介入後，西門坡暴露，被警方認定為非法組織，予以取締。在成員被強行驅逐的前夕，做飯的西門坡婦女在飯菜中下了砒霜，集體死亡，安旭和白老師也因此遭到審訊，辛格在西門坡的經歷到此結束，一切又從頭開始：找房子，找工作，幫女兒找學校……

經歷、知曉和能夠串聯起這些事件的主要有辛格、安旭、白老師和莊奶奶四個人，小優（辛格的女兒）太小，還難以理解發生在她身上的事情，理論上她們都可以做為故事的講述者，或者將這些故事轉化成關於她們各自不同的故事。但是一旦選擇安旭或者白老師、莊奶奶做為故事的講述者，《西門坡》現有的懸念立即不復存在（當然一定會有其他的懸念），因為主角辛格遭遇的種種，實際上都來自於安旭設置的一個圈套，白老師、莊奶奶自然也參與其中，毫無祕密可言。

她們之於現有故事，無異於全知全能的上帝之於親手創造的世界，勢必索然寡味。且敘述者與視角緊密相連，視角又潛在關乎作者的情感態度、立場、價值觀，進而甚至關乎作者到底關心誰、移情誰的問題。因此選擇辛格做為敘述者、經歷者來講述西門坡故事是合適的，限制視角、探尋結構讓這個故事的設懸與釋疑有了著落。

敘事延宕

「好的作家知道如何製造懸念，最好的作家知道如何延長它。」（註109）製造懸念與延長懸念難以分開。任何局部的懸念、層疊性懸念的製造，都是為了延長「主題性懸念」、「根本性懸念」的存在。所謂延長懸念，其實指的是延長「主題性懸念」、「根本性懸念」。最常見的方法是敘事延宕，包括以下幾種方法：

「花開兩朵，各表一枝」

一件事情沒有結束，另一件事情開始，兩件事情交替進行，用以延長敘事時間，保持懸念長度。在許多故事裡，表現為主線和複線的交織，或幾條線索的相互作用。故事線索交替的目的不是為了發展多條線索，而是多條線索的逐漸消除，線索消除的實質是故事可能性的消除，最終交織形成主線，下面以《一九四二》電影故事為例。

老東家逃荒是故事的主要線索、主要行動。與之並行的還有日軍進攻、政府救濟、軍隊抗戰、戰地法庭、兒子幾條線，但是它們都是為了老東家逃荒做準備。首先的一條線是兒子的莽撞，激怒災民，導致家財盡失，糧食燒光；戰地法庭剝奪了他最後的隨身財產；政府救濟失敗；日軍進攻河南是其逃荒的主要原因；軍隊的腐敗……等等，幾條線逐漸展開，又逐一消失，作用是消除阻止老東家逃荒的一切因素，造成當老東家逃荒的行動。

「欲知後事如何，請看下回分解」

這是中國古代章回故事的象徵性結構，也是最常見的故事分割法、懸念製造方法。在一個事件進行的高潮處強行中斷，留下未知因素，比如人物的安危、祕密、結果等，留待下一個行動單元去揭曉。

「最後一分鐘救人」

這有兩層意思：一是故事在問題解決、謎底揭曉時戛然而止，保持故事的節奏；二是保持包括主題性懸念在內的各種懸念的張力，讓懸念保持到最後一刻。

註108：李慶西，《小說懸念的審美心理機制和若干基本模式》，選自《文藝論叢》，88頁，上海，上海文藝出版社，1985。

註109：（美）諾亞·盧克曼，《情節！情節！——透過人物、懸念與衝突賦予故事生命力》，103頁，北京，中國人民大學出版社，2012。

工坊活動

一、設計透過增加籌碼的方式讓你的主角行動。
二、列舉你故事中懸念的類型。
三、重新思考故事懸念的設置點、設置方法。

第五章

講故事的人

SASAKI
SASAKI
TRADE
MARK
PRACTICAL PEN

第五章

講故事的人

同一個故事，由不同的人來講，會出現不同的面貌，比如施耐庵、俞萬春之於「水滸故事」，其結果一是《水滸傳》，一是《蕩寇志》，二者幾近水火，針鋒相對。同一個人，在人生不同的時期來講，故事也會有所不同，比如「故鄉過往」之於「魯迅」和「迅哥兒」，前者是「魯鎮故事」或「S城故事」，後者則是「平橋故事」，前後面貌大相徑庭。（註110）

我們不妨大踏步前進至故事內部，奧德修斯的故事天下流傳，英雄事蹟眾人稱頌，但這個故事換一個視點來看，還會一樣嗎？「我們會明確地對英雄們表示同情，並對求婚者們表示輕蔑，不用說，要是另一位詩人從求婚者的角度來處理這一系列情節，他也許會輕易地引導我們帶著截然不同的期待與擔心進入這些歷險。」（註111）對於這種現象，茨維坦．托多羅夫這樣解釋：「對同一事物的兩種不同的視角便產生兩個不同的事實。事物的各個方面都由使之呈現於我們面前的視角所決定。」（註112）

故事由誰來講、站在哪個立場來講以及從哪個角度來講，結果大有不同，以致於主題、價值取向等都會發生改變。

但與此同時，我們亦可直接面對故事「被講述」的事實，化侷限為「聰明的被動」，達成特別的審美效果或思想目標。實際上，經典的故事都深諳此道，正是利用了上述因素在講述故事時固有的「便利」和「不便」，達成故事最優化的效果。

註110：參閱許道軍：《論「魯鎮」隱含的價值判斷與情感取向的矛盾》，載《華南農業大學學報（社會科學版）》，2005（1）。

註111：（美）W．C．布斯，《小說修辭學》，8頁，北京，北京大學出版社，1987。

註112：（法）茨維坦．托多羅夫，《文學作品分析》，選自王泰來等編譯：《敘事美學》，27頁，重慶，重慶出版社，1987。

第一節

聲音、眼睛與位置

《遁齋閒覽》中說：「李廷彥獻百韻詩於一達官，其間有句云：『舍弟江南歿，家兄塞北亡。』達官惻然傷之曰：『不意君家凶禍，重並如此』！廷彥遽起自解云：『實無此事，但圖對屬親切。』」這個故事被當作笑話流傳，但它引出「真實作者」與「隱含作者」的問題。

作者

真實作者

講故事或創作作品的人，他真實存在，生活在現實裡，從動機形成、構思到最後完成（文本），全權負責，可稱「故事之父」。在創意寫作語境裡，作者是「writer」，無所謂是有社會地位、身分標示的「作家」，還是「專門寫作」的人。在寫作的人就是作者，人人都能寫作，在現實中寫作的人就是真實作者。（註113）

隱含作者

這是韋恩．布斯提出的概念。與「真實作者」不同，它只是作者的「第二個自我」。當真實作者創造作品的時候，也創造了一種自己的優越的替身，一個「第二自我」，這個自我通常比真實的人更文雅、更明智、更智慧、更富有情感。

隱含作者置於場景之後，做為「舞臺監督」、「木偶操作人」或者「默不作聲修整指甲而無動於衷的上帝」隱身。（註114）

羅吉．福勒雖然不認同布斯完全隔斷真實作者與作品的聯繫，但是概然證實「隱含作者」的存在：「在創作中，這種真實作者為隱含作者取而代之，在語言學意義上是可以理解的。」（註115）在散文體小說創作中，是他在控制語言。但米克．巴爾認為隱含作者並不是一個實體，只是「由作品構築並由讀者感覺到的作者形象」，「是瞭解文本意義的結果，而不是它的來源。」（註116）施洛米斯．里蒙－肯南進一步指出：「如果要始終堅持把隱含的作者和真實作者、敘述者分開，就必須把隱含的作者概念非人格化，最好是把隱含的作者看作一整套隱含於作品中的規範，而不是講話人或聲音（主體）」（註117），「是讀者從本文的全部成分中綜合推斷出來的綜合物」，不同於真實作者，也不同於敘述者。

韋恩．布斯在「真實作者」之外提出另一個虛無縹緲的「隱含作者」，其目的在米克．巴爾看來，「是想討論與分析敘述文本的意識形態與道德立場，而不必直接提到傳記意義上的作者的情況。」(註118)但「隱含作者」是否真的在創作過程或創作心理中存在，而不僅僅是出於分析、解讀作品而虛擬出的一個角度？如存在，他對故事創作有何意義？

「舍弟江南歿，家兄塞北亡」的例子證明，「隱含作者」的確存在，而且在虛擬創作中更有必要存在。他將真實作者從現實身分的拘泥中解放出來，進入自由想像的境界，以「本我」或「超我」或者其他需要的身分進行創作，寫出自己的本然，或者自己的理想，而不必受現實各種規則的束縛，這無疑解放了想像和創意的生產力，寫作更加真誠、更加便利。

有時候，不藉助「隱含作者」身分，我們幾乎難以下筆。另一方面，在「隱含作者」的引導和保護下，寫作更容易達成「發現自我」、「反思自我」、「成為自我」和「超越自我」，實現創意寫作的根本目標。需要補充的是，李廷彥的故事的確可笑，可笑之處不在於有無或者是否應該有一個隱含作者，而在於在自傳體、回憶錄等散文類故事中，隱含作者、敘述者與真實作者一般情況下是統一的，「達官」對他的質疑合情合理。

敘述者

「敘述者」是敘事學的核心概念之一。茨維坦・托多羅夫稱之為「陳述行為主體」，施洛米斯・里蒙−肯南稱之為文本中的「聲音」或「講話人」，故事透過敘述者被講述出來。敘述者或是故事中的人物，或是故事外（但又在文本中）的故事講述者，我們只能聽到他的「聲音」，看不到他的形象。有時候隱藏得更深，幾乎完全不顯形，只是一個引導我們看的視野，人物自己行動，似乎自己在完成自己，故事就像沒有敘述者一樣。熱拉爾．熱奈特這樣描述：「從描寫角度看，我認為無敘述者敘事只能十分誇張地表示（如在喬伊絲、海明威的作品中）敘述者相對的沉默，他盡量閃在一旁，注意絕不自稱。」(註119)

「無敘述者敘述」也稱為「非介入敘述」，主要是在描述、傳達或展示戲劇性情境裡的動作和行為，而不是添加自己的評論或判斷，甚至放棄進入人物內心情緒和動機的特權。海明威的許多短篇小說都有這樣的例子，譬如《殺人者》和《一個乾淨明亮的地方》。(註120)

與「非介入的敘述者」相對的概念是「介入的敘述者」，他們不但描述而且任意評論人物，評價他們的行為和動機，並且也表達自己對人生的一般看法。但如韋恩．布斯認為的那樣，任何敘述都有作者或敘述者以不同方式的介入，區分在於直接或間接、明顯或隱蔽。

施洛米斯．里蒙－肯南認為，敘述者是敘事文交流中的構成因素，任何表達或對表達的紀錄都包含著一個講述它的人，「總有一個講故事的人」(註121)，不存在「存在的敘述者」和「不存在的敘述者」之分，區分只在於他們在文中的感知力的不同形式和程度。

敘述者承擔著陳述事件和行動，進而傳達作者見解與感受的任務，但從資訊傳達的準確性和真實性角度來說，敘述者往往存在如下情況：或實事求是，知無不言言無不盡；或力有不逮，想求實而不能，掛一漏萬，比如一個瘋子的話怎能相信（《狂人日記》），一個傻瓜的話怎能相信（《喧囂與騷動》）等；或心存私念，混淆視聽，比如「武士之死」（《羅生門》）。韋恩．布斯把能夠如實描述所發生的故事事件、正確傳達故事思想並不會混淆讀者判斷、引起讀者錯誤聯想的故事講述者，稱為「可靠的敘述者」，反之則稱為「不可靠的敘述者」。

但到底「可靠」或「不可靠」到什麼程度我們才可以說他們是可靠或不可靠的敘述者呢？施洛米斯．里蒙－肯南從敘述者與讀者的關係方面予以區分和規定：「可靠的敘述者的象徵是對故事所做的描述總是被讀者視為對虛構的真實所做的權威描寫。不可靠的敘述者的象徵則與此相反，是他對故事所做的描述／或評論使讀者有理由懷疑」，不可靠的主要根源是敘述者的「知識有限」，「親身捲入了事件」以及他的「價值體系有問題」，如《押沙龍，押沙龍！》中的羅莎、《麥田裡的守望者》中的小伙子、《狗油》中的包佛．賓斯等。

施洛米斯．里蒙－肯南承認：「許多文本都使人很難確定其敘述者究竟可靠還是不可靠，如果是可靠的，也難確定究竟可靠到什麼程度。有些文本——可以稱之為模稜兩可的敘事——則使人根本不可能做出這樣的判斷，它們使讀者始終在兩個互相排斥的選擇之間來回搖擺。」（註122）施洛米斯．里蒙－肯南的發現極有啟發意義，實際上許多故事的敘述者正是處於「可靠」與「不可靠」之間，才使故事獲得了一種不確定性的效果。

綜上所述，可歸結為兩點：

第一，故事不可能自我呈現，需要安排敘述者將其敘述出來。敘述者的選擇、安排是隱含作者作品整體構思的一個部分，服從故事的意義體系。但隱含作者不會也無法獨立於真實作者，他或是真實作者的完美虛擬，或是真實作者的一部分，雖然有時候不被現實中的讀者發現、認可，甚至也不被作者自己發現、認可。他的形象是讀者在閱讀過程中根據文本建立起來的，他是文本中作者的形象，他沒有任何與讀者交流的方式，他透過作品的整體構思、透過各種敘事策略、透過文本的意識形態和價值標準來顯示自己的存在。

第二，敘述者不同於作者。作者是現實中的人，而敘述者只有「紙頭上的生命」；敘述者也不同於隱含作者。隱含作者是作品整體的隱喻，他不會直接呈現、直接發聲，只是故事的整體設計。敘述者我們有時能「看得見」，而「隱含作者」只能感覺到。

註113：參閱許道軍、葛紅兵，《創意寫作：基礎理論與訓練》，107頁，桂林，廣西師範大學大學出版社，2012。

註114：（美）W．C．布斯，《小說修辭學》，169頁，北京，北京大學出版社，1987。

註115：（英）羅傑．福勒，《語言學與小說》，88頁，重慶，重慶出版社，1991。

註116：（荷）米克．巴爾，《敘述學：敘事理論導論》，19頁，北京，中國社會科學出版社，2003。

註117：（以）施洛米斯．里蒙－肯南，《敘事虛構作品》，158～159頁，北京，三聯書店，

1989。

註118：（荷）米克，巴爾，《敘述學：敘事理論導論》，18頁，北京，中國社會科學出版社，2003。

註119：（法）熱拉爾，熱奈特，《敘事話語 新敘事話語》，249頁，北京，中國社會科學出版社，1990。

註120：參閱（美）M．H．艾布拉姆斯，《文學術語詞典（中英對照）》，465頁，北京，北京大學出版社，2009。

註121：（以）施洛米斯．里蒙－肯南，《敘事虛構作品》，159頁，北京，三聯書店，1989。

註122：（以）施洛米斯．里蒙－肯南，《敘事虛構作品》，185頁，北京，三聯書店，1989。

視點

「視點」又稱為「觀察點」、「敘述觀點」或「觀點」V，M．H．艾布拉姆斯將之定義為：「敘述故事的方法──作者所採用的表現方式或觀點，讀者由此得知構成一部虛構作品的敘述中的人物、行動、情境和事件。」（註123）

較早明確「視點」這一術語的是珀．盧伯克，他認為小說技巧的首要問題是對「視點」

的選擇：「小說技巧中整個錯綜複雜的方法問題，我認為都要受視點問題──敘述者所站位置對故事的關係問題──調節。」（註124）羅吉・福勒解釋說：「這個詞有兩層含意，原初意義指審美感知，更重要的意義則是指觀念形態。」（註125）即視點既包含觀察事物的角度，也包含對待事物的態度。

茨維坦・托多羅夫認為，視點「即人們賴以觀察事物的角度和觀察的品質（比如正確的或錯誤的、片面的或全面的）」，因為「組成虛構世界的事件永遠不可能靠『自身』，而總是透過某種角度，憑藉某種觀點呈現在我們面前。」（註126）托多羅夫所強調的「品質」其實是表現故事的結果，從不同的視點切入，故事就呈現不同的面貌，有時候甚至截然相反。

華萊士・馬丁進一步強調：「視點不是做為一種傳遞情節給讀者的附屬物加上去的，相反，在絕大多數現代敘事作品中，正是視點創造了興趣、衝突、懸念，乃至情節本身」，它因此「構成一個人對待世界之方式的一組態度、見解和個人關注」（註127）。

熱拉爾・熱奈特對傳統的視點分類提出了批評，「混淆了以下兩個完全不同的問題：敘述視角是由哪個人物的視點引導的？以及誰是敘述者？簡潔些說即誰看和誰說的問題。」他根據上述標準將視點分作三類：「第一類相當於盎格魯－撒克遜批評所稱的『無所不知的敘述者的敘述』，普榮所說的『從後部來的視點』，托多羅夫則用『敘述者大於人物』的公式來表示（敘述者比人物知道的多，更確切地說，敘述者說的比任何人物知道的都多）；在第二類中，『敘述者等於人物』（敘述者只說出某個人物所知道的）即盧伯克的『視點』敘事，或布蘭所說的『有限視野』、普榮所說的『共同視點』；在第三類中，『敘述者小於人物』（敘述者說的少於人物所知道的），這便是『客觀的』或『行為主義的』敘事，普榮稱之為『從外部來的觀點』。」（註128）熱拉爾自己則採用「聚焦」一詞來取代視點、視角等「過於專門的視覺藝術」。而熱拉爾．熱奈特對視點的三種劃分也可以用「全知視點」和「侷限視點」概括。

「全知視點」相當於他自己所列舉的第一類視點，或者自己發明的術語「全聚焦」，敘述者通曉所有需要被認知的人物和事件，他可以隨心所欲地超越時空，從一個人物轉到另一個人物，按照他的選擇，傳達（或掩飾）人物的言語行動。他不僅能夠得知人物的公開言行，而且也對人物的思想、情緒和動機瞭若指掌。「敘述者熟悉人物內心的思想和感情活動；瞭解過去、現在和將來；可以親臨本應是人物獨自停留的地方（如一個人散步或在關著門的屋內談情說愛的場面）；還能同時瞭解發生在不同地方的幾件事情。」（註129）

全知視點通常採用第三人稱敘述方式。

「侷限視點」相當於弗蘭茨．斯坦澤爾的「形象敘述」、珀．盧伯克的「視點敘述」和「客觀敘述」、熱拉爾．熱奈特的「內聚焦」和「外聚焦」、韋恩．布斯的「受限制的敘述」、茨維坦．托多羅夫的「外視點」等，即故事從某個人物角度出發講述，其視野、感受與理解皆受其位置、立場侷限，或故事只描寫可見的行為而不加解釋，或不介入他人內心活動，或只提供某個人物的視野與立場，造成無人敘述、故事直接呈現的印象。

註123：王先霈、王又平主編，《文學理論批評術語匯釋》，371～372頁，北京，高等教育出版社，2006。

註124：（英）珀·盧伯克，《小說技巧》，選自（英）珀·盧伯克、愛·福斯特、愛·繆爾：《小說美學經典三種》，180頁，上海，上海文藝出版社，1990。

註125：（英）羅吉·福勒，《語言與小說》，81頁，重慶，重慶出版社，1991。

註126：（法）茨維坦·托多羅夫，《文學作品分析》，選自王泰來等編譯：《敘事美學》，27頁，重慶，重慶出版社，1987。

註127：（美）華萊士·馬丁，《當代敘事學》，130～131頁，北京，北京大學出版社，1990。

註128：（法）熱拉爾·熱奈特，《敘事話語 新敘事話語》，129頁，北京，中國社會科學出版社，1990。

註129：（以）施洛米斯·里蒙-肯南，《敘事虛構作品》，171頁，北京，三聯書店，1989。

視角

敘述視角也稱「敘述聚集」，是敘述語言中對故事內容進行觀察和講述的特定角度，又稱為「視域」、「觀察角度」、「透視點」、「投影」等，是與「視點」含意相似，經常與之混用的術語。（註130）

熱拉爾．熱奈特指出：視角（「投影」）「是指選擇（或不選擇）某個受限制的視點」（註131），即視角是由某個人物或某個視點引導的。華萊士．馬丁進一步強調：「視點……它可以被視角和焦點這兩個詞更精確地指明：誰看見的？從什麼位置上？」（註132）

由於「視點」一詞也相當於「觀點」，因此西方批評家也常用這一術語指稱敘述中關於物件的看法和態度，而使用「視角」這一術語時，則專指觀察的位置和角度。

茨維坦．托多羅夫把敘述視角分為以下三種形態：

全知視角

全知視角也稱「零視角」，用公式表示為「敘述者大於人物」，也就是說敘述者比任何人物知道的都多，他全知全覺，而且可以不向讀者解釋這一切他是如何知道的。正如韋勒克．沃倫所說：「他可以用第三人稱寫作，做一個『全知全能』的作家。這無疑是傳統的和『自然的』敘述模式。作者出現在他的作品的旁邊，就像一個演講者伴隨著幻燈片或紀錄片進行講解一樣。」(註133)這種「講解」可以超越一切，歷史、現在、未來全在他的視野之內，任何地方發生的任何事，甚至是同時發生的幾件事，他全都知曉。在這種情況下，讀者只是被動地接受故事和講述。「全知全能」的敘述視角常被古典小說中說書人採用，他外在於故事，又可以隨時進出故事，包括人物的內心世界，通曉一切。

內視角

用公式表示為「敘述者等於人物」。敘述者所知道的和人物知道的一樣多，他只藉助某個人物的感覺和意識，從他的視覺、聽覺及感受的角度去傳達一切，不能像「全知全能」敘述者那樣，提供人物自己尚未知曉的東西，也不能進行這樣或那樣的解說。由於敘述者進入故事和場景，一身二任，或講述親歷或轉敘見聞，其話語的可信性、親切性自然超過全知視角敘事，它多為現代小說所採用的原因也恰恰在這裡。這種類型被熱拉爾·熱奈特取名為「內焦點敘事」。這種內視角包括主角視角和見證人視角兩種，前者由主角講述自己的故事，後者則由一個處於合適位置的人講述中心人物的故事。

外視角

用公式表示為「敘述者小於人物」。這種敘述視角是對「全知全能」視角的根本反撥，因為敘述者對其所敘述的一切不僅不全知，反而比所有人物知道的都要少，他像是一個對內情毫無所知的人，僅僅在人物的後面向讀者敘述人物的行為和語言，無法解釋和說明人物任何隱蔽的和不隱蔽的一切。但很顯然，這是一種佯謬技巧，目的是造成一種與生活同構、「客觀」的效果。

不同視角各有其優越性與侷限性：

全知視角

全知視角視野開闊，適合表現大場面、多人物、矛盾複雜、具有歷史縱深的故事，多為史詩故事、宏大敘事故事採用。它無視野限制，可以根據需要靈活轉變角度，切換時空，同時又可以多方法、多角度表現人物與事件，使物件具有立體感，富有表現力。

又由於處於全知視角的敘述者先知先覺、無所不知，故事的前因後果皆知，因此敘述線條流暢、清晰，讓閱讀變得輕鬆。但他的無所不知也帶來敘述聲音的專斷，敘述者的意志大於人物的意志，「無所不知的作者不斷地插入故事當中，向讀者講述他們需要知道的東西。這種步驟有些牽強，它容易破壞故事的幻覺，除非作者本人是個極為有趣的人，否則這種插入是不受歡迎的。」（註134）導致故事真實性產生受損。同時，由於讀者的參與性降低，也難以做到與人物尤其是主角感同身受，發生移情。

內視角

內視角分主角視角和見證人視角。

主角視角的優越性在於人物講述自己的事情，親切自然。由於天然具有發聲的機會，便於展露內心，揭露內心世界，得到讀者理解，產生移情。缺陷在於受到敘述身分的限制，難以知道他人內心，也難以反觀自身，形象零碎。同時由於視野狹小，敘述難以控制全域。

見證人視角對於塑造主要人物的完整形象更客觀更有效，可以對所敘述人物和事件做出感情反應和道德評價，方便作者間接介入，也能給作品帶來一定的評論色彩和抒情氣息。

而透過敘述者傾聽別人的轉述，靈活地暫時改變敘事角度，也可以突破他本人在見聞方面的限制。由於敘述者可以進入故事場景，往往形成見證人與中心人物之間的映襯、矛盾、對話關係，無疑會加強作品表現人物和主題的力度，有時則可藉以推動情節的發展。比如《見龍卸甲》中，英雄「常山趙子龍」的故事透過小兵「常山羅平安」講述出來，更具立體感。但見證人視角同樣受敘述者見聞、性格、智力等的侷限，有些事情的真相以及主要人物內心深處的東西，只有靠上面提到的主角自己的話語來揭示，如果這樣的話語寫得過長，就可能沖淡基本情節，並造成敘事呆板等弊病。

外視角

外視角最為突出的特點和優點是極富戲劇性和客觀演示性。同時它的「不知性」又帶來另外兩個優點：一是讓故事神祕莫測，富有懸念，耐人尋味，如海明威的《殺人者》為人稱道。兩個酒店「顧客」的真實身分及其來酒店的目的，在開篇伊始除他們本人外誰也不知道，這必然造成懸念和期待，至於殺人的內幕，在小說中只有那個要被謀殺的人曉得，可他又閉口不言。結尾的對話好像做了些許暗示，其實仍無明確的回答，敘述者只是讓尼克覺得「太可怕」並決定離開此地，從而激起有思想的讀者對我們生存的這個世間的恐懼感——這也許正是作品的旨歸。由於這一長處，它常為偵探小說所採用。

二是讀者面臨許多空白和未定點，閱讀時不得不多動腦筋，故而他們的期待視野、參與意識和審美再創造力得到最大限度的調動。但這種敘述視角的侷限性太大，很難進入人物內心，頂多做些暗示，因而不利於全面刻劃人物形象，也就為一般心理小說所不取。又因為作者的「替身」言而不盡，作者直接明顯的介入就十分困難，即使巧妙介入也不易察覺，這樣用於日常題材的寫作就往往缺乏力度。

註130：參閱王先霈、王又平主編，《文學理論批評術語匯釋》，374頁，北京，高等教育出版社，2006。

註131：（法）熱拉爾・熱奈特，《敘事話語 新敘事話語》，126頁，北京，中國社會科學出版社，1990。

註132：（美）華萊士・馬丁，《當代敘事學》，132頁，北京，北京大學出版社，1990。

註133：（美）勒內・韋勒克、奧斯丁・沃倫，《文學理論》，修訂版，262頁，南京，江蘇教育出版社，2005。

註134：（美）萬・梅特爾・阿米斯，《小說美學》，185頁，北京，燕山出版社，1987。

人稱

人稱是故事講述人與故事事件所形成的名詞／代詞與動詞之間的語法關係，也稱「敘述人稱」。敘述視點或敘述視角設置所預期的效果通常由敘述人稱實現，敘述人稱反過來也決定視點或視角，二者關係密切。人們習慣於從人稱的角度對敘事作品進行分類，一般分為第一人稱、第三人稱兩種敘事類型。敘述文本以「我」、「我們」充當陳述主體的，就是第一人稱敘事；以「他」、「她」、「它」及其複數形式，或者由這些代詞所指代的人物直接出現，

充當陳述主體的，就是第三人稱敘事。（註135）

第一人稱

「敘述者採用『我』的口吻來講故事，『我』通常也是故事裡的一個人物。」（註136）

這類故事的敘述視角因此而移入作品內部，成為內在式焦點敘述。敘述者身兼人物和講述故事的人雙重身分，不僅可以參與事件過程，又可以離開故事環境而向讀者進行描述和評價。雙重身分使他不同於作品中的其他角色，比其他故事中的人物更「透明」，更易於理解。與此同時他做為敘述者又受到角色身分的限制，不能敘述本角色所不知道的內容，造成了敘述的侷限性。

但也正是侷限性的存在和對侷限性的如實陳述，在某種程度上營造了逼真的效果，這種敘述方法在近現代側重於主觀心理描寫的敘事作品中經常採用。

第一人稱敘述在空間上的視野限制可以在時間上得以彌補，比如敘述者可以利用回憶者的身分補充當時所不知道的情形，補足必要的資訊，比如《傷逝》；或者利用同一個人身分的轉變，重新審視以前的敘述，使故事變得更加客觀，比如《狂人日記》的兩個敘述者，「余」和「我」兩個敘述人的並置。

第三人稱

M．H．艾布拉姆斯稱之為：「敘述者在故事之外談及故事裡的所有人物，稱呼他們的名字，我稱他們為『他』、『她』、『他們』。」（註136）

第三人稱敘述是從與故事無關的旁觀者立場進行的敘述。由於敘述者通常是身分不確定的旁觀者，因而造成這類敘述的傳統特點是無視角限制。由於沒有視角限制而使作者獲得了充分的自由，由於敘述視點可以遊移，這種敘述也可稱作「無焦點敘述」。但由於作者獲得了充分的敘述自由，這種敘述方式容易產生的一種傾向便是敘述者對作品中人物及其命運、對所有事件的可完全預知和任意擺布，讀者在閱讀過程中也會有意無意地意識到，敘述者早已洞悉故事中還未發生的一切，而且終將講述出讀者所需要知道的一切，因此讀者在閱讀中只能被動地等待敘述者將自己還未知悉的一切講述出來，這樣就剝奪了接受者的大部分探索、解釋作品的權利，因而到了現代，這種無所不知的敘述方式受到許多小說批評家的非難。

無人稱

無人稱又稱「形象敘述」。弗蘭茨．斯坦澤爾在《敘事理論》中說，這種敘述方式是小說中的某一人物在感受和思索他置身的世界，但這一人物卻又不像第一人稱敘述者那樣說話，於是造成了一種無人「敘述」、故事直接呈現的印象。（註137）原本屬於一人「看」和「講」被一分為二了：「看」者不講，於是似乎無人在講述（敘述）。

綜上所述可知：

第一，視角由視點引導，一個特定的視點必有一個特定的視角，但視點除了包含「位置」和「角度」之外，還有「立場」、「利益」、「態度」等含意。即是說，視點不僅包含從哪個角度看，還包含從什麼立場去思考，代表什麼利益，持什麼樣的態度等。

第二，人稱是行動者與事件／行動的語法關係，選擇了人稱也就選擇了視點與視角。在一般情況下，敘述人稱決定了視點與視角，也實現了故事視點與視角設置的表達效果。

第三，不同的視角在表現不同的題材物件上有各自的優越性，但侷限性也如影隨形。

註135：參閱王文華，《敘述人稱界說》，載《文藝報》，2009-07-12。

註136：王先霈、王又平主編，《文學理論批評術語匯釋》，385頁，北京，高等教育出版社，2006。

註137：參閱（美）華萊士・馬丁，《當代敘事學》，132頁，北京，北京大學出版社，1990。

第二節

聰明的被動

每個故事都要有自己的視角，每個故事都有自己的視角，沒有視角的故事是不可能的。問題是，你能不能找到你故事獨特的視角。有些故事，如果改變了寫作視角，這個故事就不可思議，比如用第一人稱來講述卡夫卡的小說《變形記》的故事。杜思妥也夫斯基在寫《罪與罰》初稿時，採用的是第一人稱，寫了幾百頁之後，他突然意識到這樣不行，又回到原點，以第三人稱重寫了一遍。

任何視角都有自己的敘述便利和不便利、優越性與侷限性。如何正確選擇自己的視角，發揮視角的便利與優越性，更好地講述故事呢？有人認為：「作者是根據兩方面的考量來確定敘述者的：趣味和可信性。通常，收穫是在可信性方面。」（註138）

但是，我們也想補充的是，視角的選擇取決於你的世界觀，複雜的世界觀只有用複雜的視角去表現，視覺的選擇不僅是趣味的一部分，也是世界觀的一部分，因此，視角的選擇總是與視點分不開。視點的選擇不僅是從某個人物角度／視野去看、去想、去感受，更重要的是從他的世界去看、去想、去感受。

壓低你的視點

二嬤嬤壓根兒也沒見過杜思妥也夫斯基。／春天她只叫著一句話：鹽呀，鹽呀，給我一把鹽呀！／天使們就在榆樹上歌唱。／那年豌豆差不多完全沒有開花。

鹽務大臣的駝隊在七百里以外的海湄走著。／二嬤嬤的盲瞳裡一束藻草也沒有過。／她只叫著一句話：鹽呀，鹽呀，給我一把鹽呀！／天使們嘻笑著把雪搖給她。

一九一一年黨人們到了武昌。／而二嬤嬤卻從吊在榆樹上的裹腳帶上，／走進了野狗的呼吸中，禿鷲的翅膀裡；／且很多聲音傷逝在風中，／鹽呀，鹽呀，給我一把鹽呀！／那年豌豆差不多完全開了白花。陀斯妥也夫斯基壓根兒也沒見過二嬤嬤。

——弦《鹽》（一九五八年一月十四日）

「被侮辱與被損害」的婦女、弱勢群體因「陀斯妥也夫斯基」而得到世界的關注。「二嬤嬤」也是一個「被侮辱與被損害」的女性，二嬤嬤的命運，顯然比杜思妥也夫斯基筆下、歷史上俄羅斯底層婦女更加不幸，但是因為沒有進入著名作家的文學世界「被表現」，因而更加不幸。她需要的只是「一把鹽」，這種要求，已經到了低無可低的程度。或許因為杜思妥也夫斯基，中國的知識分子轉而去關心俄國遙遠的生命，反而無視一個中國婦女默默地生、默默地死。另一種荒誕是，在二嬤嬤身邊，歷史正轟轟烈烈地上演中國現代史最驚心動魄的一幕，而且以二嬤嬤們的名義。但是，實際情況是，以二嬤嬤名義策動的歷史事件，卻完全與二嬤嬤無關。這或許是中國現代革命、現代知識分子最荒誕的寫照，也是中國底層群體——二嬤嬤們最真實的寫照。

從神話傳說、英雄傳奇再到日常生活，故事的表現內容基本上呈現「下移」的趨勢，而故事的主角也一再「屈尊」，從宙斯到愷撒到梁山好漢到劉姥姥再到祥林嫂，以致到了「二嬤嬤」，期間變化的不僅是故事趣味，更是人的觀念。

這個變化過程是漫長、複雜的，螺旋演進。比如我們很早就學會在神的身上配置人性，讓他更像人一些，比如奧林匹斯山諸神也爭風吃醋，比如截教與闡教各路神仙好勇鬥狠；在英雄的身上，我們也配置了致命的缺陷，讓他時時驕傲、衝動、茫然，最後陷入悲劇的境地。但是到了平凡的時代和平凡的世界，我們又在這些「細民」、「市井」身上發掘神性、勇敢的心。整體上，我們在將神的高度拉低，自己高度拔高的緩慢下降中設置主角。我們的視點在下移，一直在自覺或不自覺地向「二嬤嬤」靠近，努力下蹲，從她的角度去看，從她的心靈去想，去感受她的憤怒與屈辱。

寫出你的對立面

我們身邊充斥著對立與對立者：愛好體育的學生對書呆子學生，恐怖分子對受害者，性情至上者對拘謹之士，淫亂之人對禁慾之人，暴力分子對和平人士，支持豐富的語言對支持簡化的語言，暴躁的性格對溫和的性格。你處在哪一方?

放眼世界，許多偉大故事中的主角是作者的對立者，例如，強大的偏執狂捕鯨隊長亞哈（《白鯨》）、年輕的殺人犯拉斯柯爾尼科夫（《罪與罰》）、逃亡者哈克貝利·費恩（《哈克貝利·費恩歷險記》），以及許多其他的例子。這些對立者，在現實生活中或許與作家有著不同的道德、生活方式、行為或者是社會背景，但是他們卻有值得正面書寫的價值，吸引讀者注意力的魅力。

為反對者而創作

反對者一直都存在，我們為他們而創作。我們想要做的事情是，改變他們對世界、對人生、對事物的原始認知，但他們的疑慮、成見、反對，是我們創意的前提。理解你的對立者，給予他們與你一樣多的觀、看、想、說的權利，這牽涉到兩個方面的問題。

首先是理解世界的能力。提高自己的心靈境界，這就要求我們首先放棄自己的偏執、成見，擴大自己內心創意空間，允許自己的心靈開放，各種新的東西才會被接納進來，否則我們的創意會像大多數人那樣，永遠停留在故步自封的層次。

二流的故事構思是容易的，從自己的視角出發，不給你的反對者任何爭議、抗辯的權利，僅僅從外部取笑他們，東方嘲笑西方，農民嘲笑地主，無產階級嘲笑資產階級，窮人嘲笑富人，這樣的創意其實在加深我們對世界的偏見。像這樣的例子太多了，我們簡直就是在閱讀這樣的故事中長大，但是最好的故事不是這樣的，比如我們在宣揚革命、讚美暴力的時候，有沒有像雨果一樣想到：「在絕對正確的革命之上，還有一個絕對正確的人道主義？」（《九三年》）。

其次才是表達這個世界的能力。從對立者的角度去看待這個世界，這個世界或許出乎我們的意料，依然正確，當然我們更會發現在自己的世界之外，還有一個精彩的空間，這個世界對自己、對更多的人來說，更具吸引力。

《我的名字叫紅》敘述了一個謀殺案，但是這個謀殺案的過程卻有多個相關者分別去描述它，其中有受害者，有兇手，有審判者，還有見證者，「我」的名字叫紅，也叫黑，也叫上帝，也叫真主等等，所有的敘事者都是平等的，上帝不高於安拉，但是安拉也不高於一匹馬。上帝的視角、馬的視角、「紅」的視角、「黑」的視角、姨丈的視角、凶手的視角，都是平等的，一切都充滿歷史的同情。

這樣的創意是人道主義、和平協商的，世界不像我們想像的那樣簡單，西方反對東方，第一世界反對第三世界，固然是歧視，強加給世界一個等級；然而當我們號召第三世界、弱勢文明去反抗歐洲中心或基督文明的時候，本身不也是在製造新的等級和隔閡嗎？《好奇害死貓》給每一個當事者都公平地配置了自己的視角，每個人的祕密和痛苦都是平等的，不可忽視也不可蔑視。

與《瘋狂的石頭》一樣，電影不厭其煩地將每個故事的細節反覆交代得清清楚楚，每個人的故事都不寄居在別人的故事中，都有自己的開頭。故事開始的權利是平等的。相同的故事從每個人的視野中展現出來，就呈現出不同的生活理解方式、不同的人性、不同的痛苦。正如保全對千羽說，在你眼裡，我就那麼簡單嗎？

《上海地王》的主角是一群地產商，他們在當代中國的語境裡身分是可疑的，甚至在某種意義上成了阻礙中國經濟發展和國民生活改善的公敵。然而從地產商角度看，他們的工作同樣具有建設性，一個國際大都會的大建築不是出自他們的理想嗎？做為商人，他們也願意合法地賺取屬於自己的那一份報酬，事情弄到今天這個樣子，責任在他們嗎？

從對立者角度去看待這個世界牽扯到敘事倫理，選擇何種形式、何種視角，絕不是簡單的技巧問題，它與認識我們的人生、世界相關，也關涉到我們創意的品位。實際上，優秀的文學創意不是提供一種關於人生和世界的結論，相反，它提供的是一個途徑、一個啟發。

高級文化多元主義

高級文化多元主義（high cultural pluralism）這一概念由美國學者馬克・麥克格爾率先提出，是第二次世界大戰後尤其是二十世紀八〇年代以來美國創意寫作發展的核心特徵之一。美國是眾所周知的移民國家，其第二次世界大戰後蓬勃發展的經濟、文化對諸多持有移民傾向的別國人產生了極大的吸引力，特別是高度發展的高校教育體制，更為美國在爭取高層次海外移民的博弈中增加了吸引力。

多元現代性強調對個體生命的充分關注，因而文化多元主義既是由這種複雜的民族構成、社會結構必然催生的產物，反過來，在彌合不同階層間罅隙的方面也發揮了顯著作用。這也使得文化多元主義在美國文化中得到了相對一致的認可。「做為當代技術型現代主義審美的配對者，同時也是下層中產階級型現代主義審美的反向補充，高級文化多元主義支配了戰後美國小說中的許多作品。」（註139）

創意寫作的根本理念，在於承認每個人都有進行創意寫作的能力，反對「作家寫作能力與生俱來」的「天才論」，提倡「寫作能力可透過後天學習而獲得」的「養成論」。因而在美國，創意寫作發展史同時具有某種民主化進程史的性質，即創意寫作推廣過程中，淡化了寫作技巧對寫作者嚴格的準入要求，一定程度上擺脫了「技術型現代主義」對科班技巧的偏執強調，尊重各個社會群體和階層的話語權，並為其代言，使之發聲。但是，更深入地說，每個人都能寫作、發出自己的聲音，這不僅是能力，更是權利。

註138：（美）約翰·蓋利肖，《小說寫作技巧二十講》，99頁，北京，北京十月文藝出版社，1987。

註139：（美）馬克·麥克格爾，《創意寫作的興起：戰後美國的「系統時代」》，33頁，桂林，廣西師範大學出版社，2012。

有意味的故事講述者

家庭女教師

侯門深似海，正因為一般人進不去，所以格外引人好奇，大家都想聽貴族豪門的故事，但由誰來披露、由誰來講呢？上流貴族社會的成員，沒有動機暴露他們的祕密，而且他們視自己的生活為理所當然，也缺乏選擇故事的好奇角度。因此，再也沒有比家庭女教師更具「故事優勢」的了。她們從外面進入那原本對外封閉的系統，地位不內不外、不上不下，還有，她們隨時可能被捲入故事中，成為故事的一部分，甚至一轉身發現自己成了故事輻軸關係的中心。因而她們訴說故事，既切身又陌生，既親密又新奇，是最能吸引聽眾與讀者的。這個說故事的人，不能一開始就對內幕、祕密瞭若指掌，那樣就失去了故事的懸疑性；這個說故事的人，也不能純粹冷靜客觀、事不關己，他必須引領聽故事的人一步步走進充滿陌生現象的環境裡，然後一步步弄清楚其間的道理，卻也在這個過程中，讓自己跟故事越來越分不開，換句話說，讓聽故事的人跟故事越來越分不開，於是本來是豪門巨室裡的祕密故事，變成了大家都想知道、非知道不可的共同渴望了。

瘋子與傻子

《喧囂與騷動》的敘述者是「白癡」；《塵埃落定》的敘述者是「傻子」；《狂人日記》的敘述者是「瘋子」。這樣的故事還有很多。

《狂人日記》的「日記本文」採用白話文體，卻又精心設計了一個文言體的「小序」，從而形成了兩個對立的敘述者（「我」與「余」），雙重敘述，雙重視點。白話語言載體裡表現的是一個「狂人」（非正常）的世界，主角卻表現出瘋狂中的清醒，處處顯示了對舊有秩序的反抗；文言載體卻表現了一個「正常人的世界」，主角最後成為候補官員。這樣，小說文本就具有了一種分裂性，對立的因素相互嘲弄與顛覆、消解，形成反諷的結構。

貓

《我是貓》中，「貓」是動物，相對於人類，它的眼光是陌生化的，可以在習以為常、平淡無奇的地方看出怵目驚心、光怪陸離；牠又是寵物，生活在人類之中，可以近距離觀察人類特別是主人生活的隱密世界，發現主角不為人知的祕密，看透一個人物、一種生活的真實面貌。牠又身手敏捷，出沒多個家庭，遊走不定，又串聯起更多的場景，串聯起更多的人物、生活，同時，牠的遊走、牠的發現可以做為線索、做為懸念使用。

兒童

《小城三月》小說採用一個不諳世事、充滿稚氣、生活在溫暖環境中的女中學生的視角，講述小城和發生在小城裡的愛情故事，這就使一切顯得明朗、歡欣、美好和溫暖，同時，它也避免了從成人角度、知識分子角度看待問題所必須的理性和是非判斷。這是蕭紅的最後一部有關家園和家庭的小說，在生命的最後關頭，她原諒了令她不悅的一切，只想在精神上回到小城和童年，重溫或得到久違的快樂。她不再剖析、批判小城的國民劣根性和憎恨小城的落後、殘忍與醜陋，而是在精神上皈依故土。

真實性與真實性的較量

歷史故事的真實性展現在故事材料的客觀，為維護其真實感、權威性，它們自覺迴避主觀視角、第一人稱敘述。然而，第一人稱敘述的「親歷」、「親為」、「親見」也帶來另一種真實，「一種故事，兩種說法」（註140），形成「真實性」與「真實性」的較量。

革命歷史故事的敘述者是「我們」，後革命歷史故事的敘述者卻不再充當歷史或「我們」的代言人：他只知道自己知道的那部分，講述「我」的或「我」所知道的歷史，第一人稱或第三人稱限制視角取代全知視角，從而使被敘事的「事件」帶有強烈的主觀性與私人性。如喬良的《靈旗》同樣以湘江之戰為書寫對象，但是卻透過事件的親歷者青果老爹個人的晚年回憶來主觀呈現，使這段「既定」的歷史呈現出「非既定」的面貌；莫言的《紅高粱》透過「我父親」的視角來講述「我爺爺」、「我奶奶」的故事（歷史），歷史變得具體，卻不再莊嚴。在這些故事中，「我」的虛擬親歷性和體驗性，去爭奪歷史的真實性，起因是，它們已經對「我們」的歷史不再相信了。

後浪推前浪，對歷史真實性的質疑與發掘，到了網路歷史小說那裡，人物已經不是歷史人物（或是虛擬歷史人物，代言人），而是當下的「我」（大學生）直接「回到」歷史現場，去核對總和展示最「真實的」真實性。

註140：徐英春：《一種故事兩種說法——革命歷史小說與新歷史小說比較研究》，載《學習與探索》，2004（4）。

工坊活動

一、重述《聖經》（註141）

把一個《聖經》故事或者其他傳統故事做為你的故事中的故事重新闡釋，使用它表達你的一種觀點，或是給出建議，轉移或影響一個讀者：該隱和亞伯，亞伯拉罕和以撒，莎拉和阿加爾，約瑟夫和他的兄弟們，摩西（幾個摩西的故事），約書亞，丹尼爾和獅子，大衛和巨人歌利亞，大衛與所羅門王等等。

讓一個對立者做為故事中的故事的敘述者，或者是讓一個對立者做故事中的故事的聽眾。

讓一個你的語言的對立者來講一個故事。

一個佈道者所說的故事，或者是其他公開演講中的故事。

用其他的形式來寫故事中的故事：報告、備忘錄或是信件等等。

想想以上任何一個建議的給出的原因。

二、給自己的「敵人」寫封信

與你處處作對的人是誰？利益衝突、觀點衝突、生活習慣不一致，還是其他？現在給他寫一封信，勸說他放棄自己的那一份利益，轉變自己的觀點，改變自己的生活習慣。

要求：

用對方能接受的方式；

詳細說明原因；

描述你們和解的前景。

現在轉換角度，假設你就是你的「敵人」，設身處地、換位思考，對你剛才的去信一一作答，說出「敵人」——現在的「我」——的正當性，並且反向提出要求，說明理由。

三、作品改寫

以魯迅先生的《故鄉》中的閏土、《阿Q正傳》中的阿Q為例。作家的敘述力量太強大了，以致於長期以來，我們認為閏土是愚昧的，被生活壓抑得失去了思想與感知能力，而那個埋藏在稻草灰裡的燭臺，就成為他迷信、麻木的最好證據。但是我們想過沒有，在閏土的眼裡，魯迅的故鄉又是什麼樣子？他的傷感又如何理解？或許，在閏土這些人眼裡，那些高高在上的知識分子、那些將中國農村當作政治試驗田的革命黨人，是真的不理解農民，而不是農民不理解後者。

在阿Q的眼裡，他的生活方式有錯嗎？他在未莊這個地方，又該怎樣生活呢？不做阿Q，就做王胡、小D，或者其他。那麼王胡、小D呢，又該如何？換一個角度閱讀，對不同的人物持同情性理解，會打開一個完全不同的作品世界，看到一個個完全不同的人生。正如我們在前文中說過的那樣，要理解我們的對立者。現在我們中斷講課，請同學們分角色討論：如果你是阿Q，你會怎麼想？如果你是閏土，又該怎麼想？

現在分別以閏土或阿Q的身分，改寫《故鄉》或《阿Q正傳》，重新講述作品故事。

註141：案例引自John Schultz, Writing from Start to Finish: The "Story Workshop" Basic Forms Rhetoric-Reader, Columbia College (Chicago)．Boynton/Cook Publishers, INC, 1990, 179頁。

第六章

故事邏輯

SASAKI

第六章 故事邏輯

「想像力像小孩，邏輯力才是成人。」一個故事若缺乏足夠的邏輯力制約，想像力會走向胡編亂造。「以通俗的話來說，藝術想像是一種『合理想像』，而『胡編亂造』則是一種『無理想像』。兩者的基點不同，品質也不同。」（註142）

我們珍愛自己的「孩子」，對於別人的孩子，卻不會有持久的耐心。「讀者身居要津，在任何時候他都可以放下書，不再讀它。有兩種原因可以促使他這樣做：一是他發現小說沒有意思，再就是他發現小說不合情理。」（註143）「不合情理」讓故事不可信，完全失去價值。巴爾札克說：「當我們在看書的時候，每碰到一個不正確的細節，真實感就向我們叫著：『這是不能相信的！』如果這種感覺叫的次數太多並且向大家叫，那麼這本書現在與將來都不會有任何價值了。」（註144）

好的故事各要素——人物、事件與見解——之間，必定有著這樣那樣的邏輯關係。人物產生行動，行動構成事件，事件反過來改變人物，產生價值觀的變化，流露出感情。人物的外部生活與內心生活以及二者之間的一致性與不一致性，人物之間的勢能關係以及人物與外部世界的錯位等構成故事衝突，形成懸念，產生趣味。與此同時，故事的發生又與它的時空背景——時代與文化——保持著密切的關聯。

打造堅實的故事邏輯鏈條，讓我們的故事更緊密；檢查故事的邏輯鏈條，讓故事更可信。

註142：曹布拉，《金庸小說技巧》，156頁，杭州，杭州出版社，2006。

註143：（美）約翰・蓋利肖，《小說寫作技巧二十講》，88頁，北京，十月文藝出版社，1987。

註144：王先霈，《小說技巧探賞》，76頁，成都，四川文藝出版社，1986。

第一節

情理、可然律／必然律及故事邏輯

故事創作就是透過虛擬一個故事世界，設置一個或幾個人物，透過他們的形象與行動、事蹟與命運，虛擬地解決作家提出的問題，間接地表達自己對生活與現實世界的感受、見解和觀點，從這個意義上說，創意寫作也是一種「證明自己」／「說服他人」與「表現自己」／「影響他人」的過程。在這個過程中，形象與事件承擔著故事見解、感情的「論證」功能，此時邏輯的重要性就突顯出來。邏輯是抽象的，而故事是具象的，但故事有沒有邏輯？認知敘事學者大衛．赫爾曼說，「我所使用的『故事邏輯』，既指故事本身所具有的邏輯，又指故事以邏輯的形式而存在。」（註145）

雖然大衛．赫爾曼關注的是人的心理是如何建構和理解「世界」的，也沒有揭示「故事邏輯」和「故事的邏輯」是什麼，但他認為故事存在邏輯，而且本身以邏輯的形式存在。而在日常的閱讀行為中，我們雖然不會留意一個故事正確的邏輯是什麼，但是卻能敏銳地發現，一個不遵守邏輯的故事將會是什麼樣。有人也指出，《王的盛宴》在故事上存在巨大的邏輯漏洞：「又是一個因為食物引發的血案。看來，不必邏輯，是這部電影最大的邏輯。」（註146）「因為食物引發的血案」指的是《一個饅頭引發的血案》，以佯謬、反諷的形式「攻擊」了《無極》電影故事的邏輯漏洞，引起《無極》導演的極大不滿。

縱使最為荒誕不經的幻想故事，其推進也應建立在給定的前提基礎上，步步為營。多數情況下，要是你所寫的一連串事件不合邏輯，由此造成的紕漏，沒有幾個讀者會視而不見的，而編輯就更不用說了。重讀自己的作品時，要把這個問題牢記在心：「每個事件是否合乎情節的邏輯？」（註147）

註145：張萬敏，《大衛・赫爾曼的認知敘事學思想》，載《長春師範學院學報》（人文社會科學版），2012（5）。

註146：李婷，《情懷不能解決故事邏輯問題》，載《文匯報》，2012-11-30。

註147：（美）艾蘭・W・厄克特，《短篇小說的二十五種常見病》，載《格桑花》，2014（2）。

情理

「意料之外，情理之中，是一切敘事性文學作品在情節構思上的基本要求。反過來，『意料之中，情理之外』，看到開頭，知道結尾，胡編亂造，不合情理，則是文學的大忌。」（註148）

與「邏輯」相近，使用更廣泛的概念是「情理」，而「情理」又與「真實」、「逼真」相關。南宋劉辰翁評《世說新語》，謂其「語本不足道，而神情自近，愈見其真」。容與堂本《李卓吾先生批評忠義水滸傳》：「《水滸傳》事件都是假的，說來卻似逼真，所以為妙」（第一回評語）。芥子園本《水滸傳》指出：小說之妙，正在「極盡人情世故，此文心細而真，文筆曲而繞處，諸小說必不能及」（第二十四回）。這些評論都讚揚了「真」，怎樣才能做到「逼真」？關鍵是作者要寫出「人情物理」。容與堂本《李卓吾先生批評忠義水滸傳》第九十回評論認為：「《水滸傳》文字不好處只在說夢、說怪、說陣處。其妙處都在人情物理上」。寫出「人情物理」要求作家注重在情節發展中展示出可信的人物性格，相反，可信的情節發展也能襯托出人物性格：「基於人物的性格邏輯就產生了情節的發展邏輯。情節的發展邏輯又會反轉過來表現人物的性格邏輯。二者的關係是相輔相成的。而只有充分表現人物的性格邏輯和情感邏輯，才能增強現實主義小說的真實感和可信性。」（註149）

「人情物理」來自哪裡？毫無疑問首先來自生活。錢谷融先生說「文學是人學」，並提醒我們「千萬要把文學中的人物當人看」，這是樸素的真理。故事的世界也是生活的世界，做為現實世界的鏡像比照存在，同樣遵循現實生活的邏輯。理解了現實世界的生活邏輯，方可在故事世界建立真實的故事邏輯，所謂「世事洞明皆學問，人情練達即文章」。但是，比照生活又不必拘泥生活的真實，「應該把『虛構句子』看成是指代作家『創造』的一個特殊世界，這個特殊世界近似於現實世界，但它有自己的背景、人物及其銜接模式。」（註150）

正因為故事有著「自己的背景、人物及其銜接模式」，因此其「真實性」應建立在它自己獨特的「故事邏輯」上，尤其是那些幻想故事、英雄故事、獨特人物故事以及哲學故事，其「不可能」又以「可能」為基礎。如金聖歎評點《水滸傳》所言：「皆未必然之文，又比定然之事，奇絕妙絕。」（《第五才子書施耐庵水滸傳》第二十二回夾批）

註148：袁昌文，《微型小說寫作技巧》，83頁，北京，學苑出版社，1988。

註149：吳功正，《小說情節談》，46頁，北京，文化藝術出版社，1985。

註150：（美）M．H．艾布拉姆斯，《文學術語詞典（中英對照）》，191頁，北京，北京大學出版社，2009。

可然律／必然律

亞里斯多德在《詩學》中指出，「詩人的職責不在於描述已經發生的事，而在於描述可能發生的事，即根據可然或必然的原則可能發生的事。」（「可然或必然的原則」更多時候叫做「可然律或必然律」，本書隨俗也稱為「可然律」或「必然律」）《詩學》認為藝術是模仿現實，但在模仿的時候，可以按照現實本來面目，也可以藝術加工，將其表現得更美或更醜。藝術模仿的物件從存在形態上說有三種：一種是過去有的或現在有的事情，一種是傳說中或人們相信的事，再一種是現實未有但應當有的事。悲劇就是按照「應有」的樣子去表現更好或更壞的現實，模仿具有普遍意義的典型人物和事件，在這個意義上，悲劇優於史詩。

亞里斯多德在《詩學》中有十五處明確提到「可然律」或「必然律」，主要落實在悲劇的「形式」上，形式的主要成分是「情節」和「性格」。要使藝術符合「形式」（「必然律」），首先要使情節和性格符合「可然律」和「必然律」。所以，他在《詩學》中反覆強調：某種「性格」的人物說某一句話，做某一樁事，須合乎必然律或可然律；一樁事件隨另一樁而發生的須合乎必然律或可然律。（註151）

情節如何符合可然律和必然律呢？

亞里斯多德認為，情節是一個有機的整體，完整而一致，「事件的結合要嚴密到這樣一種程度，以致若是挪動或刪減其中的任何一部分就會使整體鬆裂和脫節。如果一個事物在整體中的出現與否都不會引起顯著的差異，那麼，它就不是這個整體的一部分。」（註152）

另外，一個完整情節的三個最重要成分「突轉」、「發現」和「苦難」，可以構成一個「複雜行動」，而複雜行動的情節也必須遵守可然律或必然律：「這些應出自情節本身的構合，如此方能表明它們是前事的必然或可然的結果。這些事件與那些事件之間的關係，是前因後果，還是僅為此先彼後，大有區別。」（註152）

在《詩學》中，亞里斯多德對性格的設置提出了四點要求：

第一，也是最重要的一點是，性格應該好。我們說過，言論或行動若能顯示人的抉擇（無論何種），即能表現性格。所以，如果抉擇是好的，也就表明性格亦是好的。每一類人中都有自己的好人，婦人中有，奴隸中也有，雖然前者可能較為低劣，後者則更是十足的下賤。

第二，性格應該適宜。人物可以有具男子漢氣概的性格，但讓女人表現男子般的勇敢或機敏卻是不合適的。

第三，性格應該相似。這一點與上文提及的性格應該好和適宜不同。

第四，性格應該一致。即使被模仿的人物本身性格不一致，而詩人又想表現這種性格，他仍應做到寓一致於不一致之中。」（註153）

人物的性格刻劃也同樣必須遵守可然律或必然律，「刻劃性格，就像組合事件一樣，必須始終求其符合必然或可然的原則。這樣才能使某一類人按照必然或可然的原則說某一類話或做某一類事，才能使事件的承繼符合必然或可然的原則。」（註153）

亞里斯多德在談及「情節」與「性格」設置時，始終有一個「悲劇」體裁前提，他是在體裁規定性下談可然律與必然律，下文將進一步談到。

註151：參閱許建明，《亞里斯多德「可然律」與「必然律」之我見》，載《南京師大學報》（社會科學版），1998（3）。

註152：（古希臘）亞里斯多德，《詩學》，78頁，北京，商務印書館，1996。

註153：（古希臘）亞里斯多德，《詩學》，112頁，北京，商務印書館，1996。

邏輯

故事邏輯

我們綜合亞里斯多德及「情理」觀點，傾向於這樣認為，故事邏輯就是故事中情節、人物性格、時空背景與主題等，諸要素之間的因果聯繫與一致性。

它「主要由三個層面構成：（1）表層邏輯，即外在故事情節發展的事理邏輯，亦即故事中事件與事件之間客觀性、現實性的因果關係；（2）中層邏輯，即故事中的人物心理邏輯，亦即人物言行背後的心理動機；（3）深層邏輯，即故事深層的文化邏輯和精神邏輯，它為故事情節發展和人物言行提供深層的文化合理性和精神合理性」（註154）。

註154：鄧集田，《張藝謀電影〈英雄〉的故事邏輯問題——〈英雄〉誤讀現象分析之二》，載《淮南師範學院學報》，2008（1）。

事理邏輯

這主要展現在一般性的故事之間，事件與事件、人物與人物、人物與事件之間的前後、連動、因果等聯繫，遵循一般性的「人情物理」，即「人之常情」、「世之常理」，比如人物的行動、選擇跟他自己的經歷、外貌、具體情境之間的關係。類似這樣的細節：在鴻門宴上，「項莊舞劍，意在沛公」的主角之一項莊的劍從哪來的？扭轉僵局的關鍵人物樊噲如何突破三百人的阻攔進入宴會？更大的問題是，坐擁七十二城的韓信為何還要投奔劉邦？這些，故事都沒有給出答案，引起吐槽（《王的盛宴》）。再比如，一個被葉傾城啃掉一口的饅頭，為何多年後又完好如初了呢？唯一的解釋是：一個叫「導演」的人如此安排的（《一個饅頭引發的血案》）。

註定的取經人

唐僧師徒四人去西天取經，面對的困難有：路途遙遠；妖孽橫行；核心人物沒有任何異能；（唐僧肉）招妖怪。取經隊伍貌合神離，除了唐僧，其他成員（包括白龍馬）的西行出自被迫、贖罪或者報恩。結果是：他們隨時可以停下來（實際上他們也多次表現出撂挑子行為）。西遊之所以得以成行，完全在於唐僧百折不撓的堅持。

為什麼這樣？原因就在於唐僧的堅持，唐僧非取經不可，為取經而生。第一，他是如來佛祖第二弟子金蟬長老轉世，又經十世修行，現在到了正位成佛的時候；第二，他是唐朝皇帝李世民的御弟，在世俗層面，他是文化使節，代表著國家行為；第三，他是如來佛與觀音菩薩選定的取經人（《西遊記》）。

拉斯蒂涅單挑巴黎

拉斯蒂涅決心要成為「上流社會最美麗的女人旁邊的那一位」。在故事結尾，我們看到他慾火炎炎的眼睛盯住巴黎城最繁華的上流社會的區域，恨不能一口把其中的甘蜜吸盡。他氣概非凡地說了句：「現在咱們倆來拼一拼吧！」一個人單挑一個城市，底氣來自哪裡？

貴婦鮑賽昂夫人和野心家伏脫冷是他的助手，幫助他看清楚了巴黎上層社會虛偽墮落、道德敗壞、骯髒醜陋、道貌岸然、爾虞我詐的真相，又在具體的行動計畫上提供得力的幫助。

鮑賽昂夫人給了他步入上流社會、貴族圈子的通行證，伏脫冷則以更凶殘的方式為他累積資本，兩種方式：一種見血，一種不見血。而高老頭則成為拉斯蒂涅的一面鏡子，讓他看清楚良知、愛心、親情等一切高尚的東西，在巴黎的上流社會一文不值，毫無用處，甚至成為埋葬自己的灰土。高老頭的死，讓他流乾了最後一滴含有良知成分的眼淚，關閉了最後一扇通向道德的門，他已經完全從一個幼稚、懵懂、熱情的青年變成老謀深算、心狠手辣、破釜沉舟的野心家，徹頭徹尾的壞人，完成了一次徹底的墮落、逆向的成長。他的故事開始了。鮑賽昂夫人、伏脫冷以及高老頭是拉斯蒂涅成長的「先行裝備」（《高老頭》）。

不平凡的人生

高加林若沒有在軍隊任職的高級軍官叔叔，他就沒有機會經歷人生的大起大落（《人生》）。孫少平有一個農民企業家的哥哥、一個地委級的幹部嫂嫂，有一個地主出身的姑娘的初戀，有副縣長背景的姑娘的友情，同時又透過這個管道觸及到了縣級、地區級以及省級的官場，自己還有一個一九七五年「高中生」的身分，這在農村是少見的（《平凡的世界》）。能夠成為故事主角的，他一定是一個例外、一個傳奇，絕不是一個普通的凡人，他的人生也絕不是一個平凡的人生，「一地雞毛」、「一件小事」、「一介書生」真的成就不了故事。

幸福不會從天而降

簡．愛是個孤兒、家庭教師，在桑菲爾德．羅賈斯特家做家庭教師之前，在里德舅母家、達勞渥德孤兒院生活過，在與羅賈斯特的婚禮上出走後，曾一度在北方陌生小縣城行乞，最後被聖．約翰先生收留。但，簡．愛最後的「成功」並非沒有任何「取勝」的機會：（1）羅賈斯特有一個失敗的甚至有害的婚姻。（2）簡．愛有從一個階層「上升」到另一個階層的通道：因為她可以繼承叔父約翰．愛兩萬英鎊的遺產，也就是說，她是有財產的人（《簡愛》）。

心理邏輯

外在條件是促使人物這樣行動的「充分條件」、「誘因」，不是人物行動的「必要條件」，人物的行動、選擇除了受到外在環境要求他如此之外，個人的獨特心理反應是關鍵因素。同一個外部環境，不同人物的感知與刺激反應不盡相同，從而會做出不相同的選擇，這就與簡單的「慾望—行動」關係有所不同。包括三種情況：（1）特殊的性格或心理，例如英雄、怪僻人物、特殊心理人物等，其行動只能從其自身得以解釋。比如，華容道放走曹操，這件事只能是關雲長才能做得出來（《三國演義》），這就是特殊性格的邏輯。（2）人物心理的更深層次，比如潛意識，其行動只是「症候」的反應，它多與「力比多」有關。（3）強敘述故事中的人物。某些觀念性強的故事，人物只是符號，引導他們行動的是作者強行賦予的心理活動。

哪些行為可以構成「症候」？

精神分析學認為，夢、不自覺地說謊、移情、藝術昇華、窺視、掩飾等等，都是具有精神創傷的（病）人的症候特徵。許多研究者感覺到，二姑姑和蘭花在暴雨之夜對「我」和阿圓夫妻生活的窺視，繡蝶的「藝術創作」，她們一口咬定「姑爹」「三朝兩天來託夢」，「公子帽，寶藍衫，常在這園裡走」，給山房裡的小生物以「福公公」、「虎爺爺」、「青姑娘」這些帶有強烈性別意識的命名，安排「我」和阿圓住宿在「姑爹」「最喜歡」的避月樓房間……等等，均可看作二姑姑力比多的轉移宣洩和精神創傷的補償。在言談中，「我」和阿圓間接瞭解到，二姑姑對姑爹一往情深，忠貞不二。他們的人鬼之戀超越生死，感人至深。但二姑姑真的對自己的荒唐行為無怨無悔嗎？她的自縊真的是出於殉情嗎？未必。我們不能忽略某竹山房裡的一個細節：鍾馗捉鬼圖。在姑爹最喜歡的避月樓裡（也是二姑姑和蘭花所說的姑爹常回來的地方），「西牆上掛著一幅彩色的『鍾馗捉鬼圖』」，「鍾馗手下按著的那個鬼，披著髮，張開血盆大口，露出兩隻大獠牙，栩栩欲活。」熟悉中國傳統文化的讀者不難知道，鍾馗的工作是專職殺鬼的，而姑爹無論怎麼講，都是一個鬼。小說進一步提示道，「這時覺得那鍾馗，那惡鬼，姑姑和蘭花，連同我們自己倆，都成了鬼故事中的人物了。」這無疑揭示了二姑姑的「殺夫情結」。巨大的生理折磨和心理壓力使二姑姑的人格扭曲變態，「鍾馗捉鬼」已經顯示了她隱秘的殺夫慾望，而對丫頭蘭花的人生操控，完全出自發洩仇恨、轉嫁痛苦、報復他人的陰毒心理。（註155）

哪裡有壓迫，那裡就有壓抑；哪裡有壓抑，那裡就有「症候」。石秀寄居義兄楊雄家，發現楊雄妻子潘巧雲與和尚海闍黎偷情，他告知了楊雄，楊雄準備懲罰妻子然而有所猶豫。這個時候，石秀的表現比當事者更激烈，他搶先一步殺死了潘巧雲和丫鬟迎兒，在死者的血肉淋漓中感受到了極大的歡樂。其反常表現，除了透露梁山好漢的「正義感」外，其嗜血慾望更多地是與石秀的性心理相關。原來，楊雄公務繁忙，怠慢了年輕妻子，飢渴之下她欲親近石秀，然而遭石秀慨然拒絕。當石秀以為潘巧雲覬覦自己健壯身體，渴慕自己英雄人格，進而壓抑本性、沉浸於自我崇高時，他發現了姦情。他終於明白，潘巧雲要的只是一個男人而已，哪怕是一個和尚（一個健壯的和尚）。在潘巧雲身體面前，他與和尚沒有什麼區別。他憤怒、屈辱，或許有些許後悔……尖刀比他的意識，（代他）更快進入潘巧雲裸露的身體……（《石秀》）施蟄存的另外一些小說故事，比如《梅雨之夕》、《鳩摩羅什》、《將軍地頭》，也都是從性心理角度解釋人物莫名其妙的行動。

文化邏輯

我們看下文兩個年輕作者的作品：

當清晨的第一縷陽光還未灑向神聖的土地時，人們早已走在轉經的路上。走出家門的大多是老人，念珠和轉經筒從不離手。遠遠望去，拉薩這座城市依稀可見，桑煙嫋繞不絕。奶奶牽著我的小手，嘴裡唸著經文，走在朝聖的人群中。太陽漸漸升起，中午時分，拉薩有名的帕廓街熱鬧非凡。我們繞著帕廓順時針轉了一圈，開始逛街。身邊是五花八門的小商品，首飾、唐卡、民族服裝、佛像、古董什麼的應有盡有，這也是拉薩最繁華的商業街。帕廓是最著名的轉經路，因為它最接近大昭寺裡的釋迦牟尼（覺阿）大佛的神聖位置。人們都說，帕廓街不僅僅是提供轉經禮佛的環形之街，還是整個西藏社會全貌的一個縮影。

轉經回來後，我依偎在奶奶的藏袍裡，看著夜幕降臨，用懵懂的眼神告訴奶奶還想繼續聽她講故事，奶奶撫摸著我的頭髮講起了關於聶赤贊普的來歷。

——德慶卓嘎《聶赤贊普的故事》

（上海大學第一屆創意寫作夏令營作品）

雖然他們母子吃不飽，睡不暖，每日每夜被伯父和姑母虐待著，但是生性剛烈的母親在心裡並沒有屈服於命運，只想著快點報仇。於是，她敦促小男孩尋訪咒師，習練巫術，在母親的一再催促下，小男孩開始了尋師習術。

小男孩先後拜了幾個師父，他心裡想著伯父跟姑母的無情，母親與妹妹的無奈，專心學習巫術。因他勤奮肯受苦，很快學有所成。他咒殺了同村三十五人，還召喚過冰雹，盡毀全村一年的收成。雖然他報仇了，但同時致使年輕的他由此造下黑業。

——拉姆次仁《苦行者》

（上海大學第一屆創意寫作夏令營作品）

兩個故事一個具有民族風格，另一個卻是民族敘事。《苦行者》是一個宗教故事，宣揚了大罪之人棄惡從善、苦修得救、立地成佛的佛教經義，但也是一個民族故事，故事事件與敘事態度、敘事立場透露了一個民族獨特的生活景象與觀念，具有可貴的民族志價值。故事主角「噶舉派三大祖師之一的苦修者米拉熱巴或尊者米拉熱巴」及其母親「尋訪咒師，習練巫術」並「咒殺了同村三十五人」、「盡毀全村一年的收成」的行為及其冷峻的敘事腔調，對深受儒家「忠恕」思想薰陶的漢族人來說，是難以理解的。

相同的人生境遇和時代背景，人們卻有不同的行動選擇，這種既是個人又具有群體性的行動，或許只能用文化來解釋了。

文化有多種解釋，格爾茲在《文化的解釋》一書中，引用克萊德·克拉克洪的《人類之鏡》對文化的逐層定義：

（1）「一個民族的全部生活方式」。
（2）「個人從他的群體獲得的社會遺產」。
（3）「思維、感覺和信仰方式」。
（4）「來源於行為的抽象」。
（5）「人類學家關於一個人類群體的真正行為方式的理論」。
（6）「集中的知識庫」。
（7）「對多發問題的一套標準化適應方式」。
（8）「習得行為」。
（9）「調節和規範行為的機制」。
（10）「適應外部環境和其他人的一套技能」。
（11）「歷史的沉澱」。（註156）

在這個意義上，我們會理解《馬橋詞典》、《阿Q正傳》中人物各種「反常」的行動，他們這麼說、這麼做，是因為他們遵循的是自己的文化邏輯，是一個地方性的典型反應模式；

作者「如實」紀錄他們的故事，出於對文化的不同理解，只不過前者是想永久地保存，為即將被「現代性」蕩平一切的世界保留地方一脈，後者是出於永久地消除，蕩滌這個民族身上的污垢，迎接更美好的文明生活。

在「新文化」、「啟蒙主義」視角下，阿Q的麻木、看客心理以及劊子手的凶殘都是傳統文化的糟粕、被批判對象，但是在莫言這裡，卻有了另外的意義。

《檀香刑》全書瀰漫著一種難以言狀的血腥暴力感，然而這種暴力和血腥又是那樣美，以致於當代文學理論界對此束手無策。如何解釋這種特殊情況的「美」，我們需要一種該地方性知識的內部邏輯。清末，劊子手做為一種職業，是一種擁有著特殊文化含意的符號，頂級的劊子手被奉若神明，不是因為他行刑的能力，而是這種文化符號的力量。《檀香刑》中的行刑不再是一場殺人的簡單「行為」，而是一場具有超越訴求的文化儀式。對於這樣的「刑罰」，如果我們不能找出其地方知識的含意，那麼我們如何解釋？那幾乎是不可能的。（註157）

哲學

「文化邏輯」與「哲理因果」類似，都是人物行動、事件推進，用常見的「人情事理」難以解釋，但是它在許多故事中的確存在，因為它們是「圖解或是某些觀念和概念的象徵」（註158）。

情節只是某個哲理的印證，人物行動有時候「不可理喻」，然而這「不可理喻」的部分正是故事的見解。在《等待果陀》故事中，兩個流浪漢戈戈與狄狄他們漫無目的談話、等待，什麼也沒有發生，但是「漫無目的」的談話和等待行動本身就是故事的見解。故事要傳達的就是存在主義關於生活、世界與人生的看法：漫無目的、毫無意義。

註155：參閱許道軍，《「最毒婦人心」：對〈茱竹山房〉精神分析的分析》，載《名作欣賞》，2008（4）。

註156：（美）柯利弗德・格爾茲，《文化的解釋》，4頁，南京，譯林出版社，1999。

註157：參閱葛紅兵，《小說類型學的基本理論問題》，上海，上海大學出版社，2012。

註158：李森，《托多羅夫敘事理論研究》，新疆大學2003年碩士論文，19頁。

第二節

檢驗故事邏輯

每個故事都是作家創造的世界，這些世界因人而異：「《加普的世界》其實是歐文自己奇妙的世界。對奧康納而言，則存在著另外一個世界。福克納和海明威有他們自己的世界。對奇佛、厄普代克、辛格、埃爾金、貝蒂、奧齊克、巴塞爾姆、羅賓森、基特里奇、漢娜和勒奎恩來說，都存在著一個與他人完全不同的世界。每一個偉大的作家，甚至每一個還可以的作家，都在根據自己的規則來建構世界。」（註159）

故事世界，從人物與事件的關係上說，其實就是一個「誰對誰（或與誰）在什麼時間／什麼地點／以什麼方式／為什麼／做了什麼」的過程與結果（當然對讀者來說也是一個「心理模型」）（註160）。但是，所有這些世界要獲得讀者的認可，就一定得經得起讀者的檢驗：「為了獲得趣味，你就必須獲得可信性。因而，你一定要使小說中的任何事物對讀者來說都是一清二楚的。」（註161）

若要使讀者對你的故事「一清二楚」，你首先得清楚地瞭解自己的故事人物與故事世界。檢驗故事邏輯，不妨從這幾個方面著手：

重新認識自己的人物

你瞭解自己的人物嗎？他是否有自己獨特的經歷、豐富完整的人生？他的外貌、內心生活如何？他的行動是源自自己的意志、性格還是你的一廂情願？如果你的人物是豐富自足的，那麼他／她還有哪些故事是你不知道的？如果按照他／她的意願，在你的故事裡他們會怎麼行動？

下面我們參照諾亞・盧克曼的設計方案，重新認識自己的人物。

表面生活

請從如下角度描述自己人物的表面生活：

（1）從員警的角度考察人物的外貌（像畫師描繪嫌疑犯那樣）：他／她長相如何？有無特別的地方（比如「雙手過膝，兩耳垂肩」；「刀疤臉」；嘴角有一顆痣等），你能否憑外貌，一眼就從千萬人當中將他／她區別開來？

（2）從媒人的角度勾勒人物的行為習慣（比如介紹一個陌生人去一個陌生地方與你的人物相親）：他／她的形體及行為習慣如何，有無象徵性動作，比如「穿長衫站著喝酒」（《孔乙己》），與眾不同的地方，比如濃重口音、氣味、口頭禪，比如「兄弟在英國的時候」（《圍城》），能否一眼從一群人當中被分辨出來？

（3）從醫生的角度考察人物的生理健康狀況：他／她是否有病？留下什麼後遺症？在食物及起居上有何禁忌？

（4）從心理醫生的角度考察人物的心理狀況：他／她心理正常嗎？是否心理陰暗，有抑鬱症，有怪僻／潔癖嗎？他／她的心理陰影是來自童年還是成年後的某次特殊經歷？有戀父／戀母情結嗎？有養寵物嗎？

（5）從領養人的角度考察人物社會關係：他／她出自什麼樣的家庭，有無重要的遠房／遠方親戚，有無被拋棄／失散／失聯的親人，曾是某個大人物的恩人（在許多故事中，他們會在主角山窮水盡的時刻出場）等等，有無敵人、陰魂不散的仇人？

（6）從雇主的角度考察人物的經歷：他／她受過什麼樣的教育，有何工作經歷，工作態度如何，有無特殊的訓練、特別的技能？比如藍波的越戰經歷直接影響了他的心理，也讓他具有成為「殺人機器」的技能（《第一滴血》）。有無犯罪紀錄，或與某個重大事件相關？

（7）從銀行家的角度考察人物的經濟狀況：他／她出身什麼樣的家庭，貧窮還是富裕？

有錢嗎？靠什麼賺錢？在乎錢嗎？甘於貧窮還是發誓「我要有錢」？家裡有哪些貴重物品？祖傳的還是自己賺取而來的？

（8）從婚姻仲介的角度考察人物的羅曼史：他／她結婚了嗎？如何看待婚姻、家庭？對婚姻現狀滿意嗎？初戀什麼時候？初戀對象是誰？結婚後還有來往嗎？

（9）從房屋仲介的角度考察人物的成長環境：他／她住在農村還是城市？城中村、一般社區還是富人區？鄰居都是什麼人？古風猶存還是紙醉金迷？友善還是充滿敵意？居住環境如何？風景秀麗還是垃圾滿地？

內心生活

內心生活是人物的隱私，隱私不會輕易讓人發覺，然而讀者恰恰喜歡打探人物的隱私，而做為創作者，也必須深入瞭解人物的內心生活，深知他們的隱私。要考察的項目有：

（1）天賦／缺陷：是否有特殊才能或特別的生理缺陷？

（2）宗教：是否有宗教背景，或者沒有入教卻有宗教意識？是否有宗教禁忌？

（3）靈性：如何看待宇宙、自然、生命？

（4）身分：一直扮演什麼角色？以為自己是什麼人？

（5）信仰：相信／反對／懷疑什麼？從什麼時候開始的？

（6）道德：是否作假，具有雙重人格？是否是個偽君子？若背叛，籌碼是多少？
（7）性：性取向正常嗎？是否有過婚前性行為，次數頻繁嗎？曾經接受過什麼樣的性教育？性觀念如何？第一次性行為在什麼時候？
（8）動機：有什麼樣非凡的志向、願望？最想實現的事情是什麼？最害怕什麼？
（9）友誼：平日跟哪些人交往？都是些什麼層次的人？這些人對他／她有什麼影響？最相信誰？
（10）談話焦點：平常聊天重複的話題是什麼？女人、錢、地位、藝術、遠方，還是其他？
（11）自我認知：如何看待自己？瞭解自己嗎？知道別人怎麼評價自己嗎？
（12）價值觀：認為什麼最重要？又會為什麼放棄其他？
（13）時間分配：如何安排時間？有緊迫感嗎？
（14）藝術創作衝動：有某種藝術才能或藝術愛好嗎？
（15）英雄：最崇拜的英雄是誰？以誰為榜樣？有犧牲精神嗎？還是憤世嫉俗、懷疑一切？
（16）政治和意識形態：加入了什麼黨派？信仰什麼理論？政治上激進還是保守？
（17）與權威的關係：見官就跪、錚錚鐵骨，還是咄咄逼人？
（18）惡習：有無不良的嗜好、劣跡？

（19）時間線：如何看待時間，喜歡回憶過去還是展望未來？是安於現狀、從不思考、活在當下，還是永不滿足？

（20）與食物的關係：喜歡吃什麼，是素食主義者還是饕餮？

（21）習慣：經常重複做什麼？

（22）怪僻：有無特別的癖好？

（23）愛好：正常愛好是什麼？

（24）慈善：是個志願者嗎？愛打抱不平嗎？曾經捐過款還是一毛不拔？

表面生活與內心生活的一致性與不一致性

以上對人物的考察結果，人物自己會認同嗎？（註162）

情節與細節

內部生活與外部生活的資訊構成了人物的全部身分細節，是人物如此行動的基礎和證據，它們將在情節的不同部分被展示出來，或者做為基石發展出情節線。「情節不是架空的，它是由無數的藝術細胞——細節構成的，細節構成和豐富了情節的表現內容，並且催動著情節的發展。」（註163）

關於人物內部生活與外部生活的細節是無窮無盡的，但是我們不必展示出所有的細節，我們只需要給出必要的資訊，如布倫德爾所說，要盡量減少敘述。如果有人問時間，我們肯定沒有必要告訴他手錶的製作方式。在進行敘述時，你可以先退一步，理清頭緒，自問「讀者真的需要這些資訊，才能理解故事嗎？」如果答案是否定的，那就終止敘述。

根據細節在故事情節中的重要性，我們把細節分為充分的細節、必要的細節和核心的細節。

所謂「充分的細節」，就是故事所提供的有助於把握人物形象、加深對人物行動的理解進而瞭解整個故事情節的資訊；「必要的細節」是那種若缺乏交代，我們就無法得知故事為何發生以及為何如此發生的關鍵資訊，它們大多與情節點有關，也可以促成情節的突轉；「核心的細節」是建立在上述資訊基礎之上，既能生發出故事情節點又能生發出情節線的資訊，在功能上，它們既充分又必要。比如，一個人物的健康資訊，對人物形象塑造來說，是充分細節；若故事情節的發展與這些健康資訊息息相關，特別是與某個情節點相關，那麼我們說這些資訊就不是可有可無的細節，而是必不可少的必要細節；反過來，如果整個故事的情節全部建立在這個人物（尤其是主角）的健康狀況基礎之上，比如《沙床》中主角肝纖維硬化這一「家族病」導致他對戀人、配偶們的情感決絕，那麼這些細節就是核心的細節。

故事與時代

巫忠說：「依姐兒這麼說，非但『女權』二字，沒有懂得，竟是生就的『奴隸性質』了。」葉氏道：「甚的『女權』？甚的『奴隸性質』？這是甚麼話，我都不懂呀！」巫忠呵呵大笑道：「你不懂得麼？也難怪你。你可知還有甚麼『男女平權』，『女子世界』呢！你再過去七百三十多年，就知道了。」

——吳趼人《痛史》第二回

「聞警報度宗染微恙　施巧計巫忠媚權奸」

吳趼人在《痛史》中寫到，巫忠為巴結賈似道，欲騙出宮女葉氏送與他。巫忠問葉氏如能出宮是否願意嫁一富人家，葉氏回答說，自己進宮，生就奴才命，派在宮裡當值，是皇上天恩。巫忠於是說出了上面的話。從主題角度說，巫忠勸說葉氏出宮自然是黃鼠狼給雞拜年，沒安好心；從歷史事件發生的「必然率」或「或然率」來說，也是不可能發生的事情，完全不符合歷史小說所要求的「歷史真實」，幾乎可以當作「敗筆」來處理，如《吳趼人小說四種》中，就把這段對話刪去了。將小說當作啟蒙和「群治」的工具，實施「新民」的救國理想，是新小說慣有的手法，但是如此肆無忌憚地時空穿越，搬運「七百三十多年」後的觀念對古人進行人權啟蒙，參與小說情節的進展，卻是中國歷史小說頭一遭的事情。從歷史小說類型的演變來看，它開啟了歷史架空敘事的先河。這種歷史敘事得到大規模的呼應，並成為一種類型歷史小說，卻是將近一百年之後的事情。

《痛史》是個例外，但故事是否與時間（年代／歷史）資訊一致，這是故事邏輯重要的一環。在歷史故事中，我們不能出現這樣的常識性錯漏：一個南北戰爭時的大兵用口琴吹著一首半個世紀後才有的曲子，一個一八二〇年的邊民手持一把一八三五年才發明的左輪手槍。實際上，任何一個故事都是時代故事（當然也是空間／地方性故事，包括架空故事，它們也有自己的時代與空間設定）。

故事與現實生活

厄克特說：「只要你想像得出的東西，幾乎都有參考書把它們描述得一清二楚。因此不要偷懶，不要胡猜瞎編想當然。你瞞得過一些人，但只消幾處敗筆，整篇故事在許多人眼裡就變得一文不值了。」（註164）厄克特所說的，更多的是指專業知識。故事與現實生活的聯繫，還包括與常識的聯繫。常識是一般大眾所周知的知識，它與生俱來，無須特別學習，無須解釋，加以論證。對一個理性的人來說，就是一種合理的知識，即「日常知識」。讀者深諳常識，是貨真價實的「專家」，挑戰常識，就是挑戰讀者。錢谷融先生說，千萬要把故事裡的人當人看，其實指的是創作與閱讀要尊重常識。

與體裁的關聯

在現代「動作」故事，比如警匪、槍戰、西部等，我們認為一個英雄人物可以透過自己先天的體質、後天的特別訓練、危機時刻的潛能激發等因素，其「能量」可以達到十分驚人的地步，但無論如何，都不應該有像中國武俠故事人物那樣飛簷走壁、開山裂石的「功力」。後者「貶低寶劍，突出內功，目的是強化俠客做為打鬥主體的主觀能力。而這跟作家要弘揚的東方哲學精神，以及現代人所追求的自由境界，不能說毫無聯繫」（註165）。但進一步說，「武功」再高的大俠也不可能呼風喚雨、撒豆成兵，因為那是神話故事裡的人物，故事類型不同。故事能否成立，產生「現實主義幻覺」，也跟體裁／故事類型有關。在《詩學：什麼是結構主義》中，茨維坦．托多羅夫認為，人們判定逼真性的首要標準是體裁標準，即故事要有逼真效果，必須首先符合體裁標準。

有些故事讓我們感到不真實，有時候並非事件本身不可能發生，而是它不應該這樣發生、在這裡發生。比如，在一個喜劇故事裡，主角死了，會讓我們很難接受，雖然我們知道主角不是不可以死去。

註159：（美）雷蒙德．卡佛，《三乘五寸的卡片——論寫作》，載《常州日報》，2009-04-25。

註160：張萬敏，《大衛．赫爾曼的認知敘事學思想》，載《長春師範學院學報》（人文社會科學版），2012（5）。

註161：（美）約翰．蓋利肖，《小說寫作技巧二十講》，152頁，北京，北京十月文藝出版社，1987。

註162：以上考核目錄參閱諾亞．盧克曼，《情節！情節！——透過人物、懸念與衝突賦予故事生命力》，1～36頁，北京，中國人民大學出版社，2012。

註163：吳功正，《小說情節談》，51頁，北京，文化藝術出版社，1985。

註164：（美）艾蘭．W．厄克特，《短篇小說的二十五種常見病》，載《格桑花》，2014（2）。

註165：陳平原，《千古文人俠客夢：武俠小說類型研究》，103頁，北京，新世界出版社，2002。

工坊活動

一、「採訪」自己的人物

對照人物「表面生活」與「內心生活」項目，逐一採訪自己故事中的人物，包括主角、對立人物及其他人物。

二、檢查上述細節如何表現在情節點和情節線之中

1、故事中的人物表面生活資訊：外貌／相貌、行為習慣、體質、社會關係、工作經歷、經濟狀況、羅曼史、居住條件／環境等，如何影響了情節？

2、故事中人物的內部生活資訊：天賦、宗教、靈性、身分、信仰、定式、道德、性、動機、友誼、談話焦點、自我認知、與權威的關係、惡習、時間線、與食物的關係、習慣、怪癖、愛好、慈善和人格等，如何影響情節？

三、列舉利用人物表面生活與內部生活的資訊細節而「生長」出來的故事

例如：

外表的故事：《金瓶梅》、《漂亮朋友》、《三國演義》、《亂世佳人》、《暖》、《西遊記》、《簡愛》、《高處的木頭》、《爬滿青藤的小屋》、《第二人》等。

年齡的故事：《羅麗塔》、《小鬼當家》、《老人與海》、《愛麗絲夢遊仙境》等。

健康的故事：《沙床》（家族肝病肝纖維硬化）、《日光流年》（人活不過四十歲）、《恩寵與勇氣》、《美麗心靈》、《查泰萊夫人的情人》、《搏擊俱樂部》（失眠）、《搜索》（淋巴癌）、《叫我第一名》（先天性疾病大腦損傷，不時控制不了自己的身體，找不到工作，自己去小學教書，戰勝疾病）、《王者之聲》（國王口吃，訓練師幫助克服）、《梅花烙》（鬼丈夫）、《生命中不可承受之輕》等。

家庭的故事：《教父》、《激流三部曲》、《雷雨》、《玩偶之家》、《金鎖記》、《白鹿原》、《妻妾成群》、《大宅門》、《喬家大院》、《紅樓夢》等。

教育的故事：《戰國縱橫：鬼谷子的局》、《偷拳》等。

職業的故事：《駱駝祥子》、《心理醫生》、《黃金三殺手》、《古惑仔》、《員警故事》、《賭王系列》、《福爾摩斯》等。

嗅覺的故事：《香水》等。

感覺的故事：《曖昧》、《色醉》等。

將上述每項增加十個案例。

四、寫作人物小傳。

給自己的故事人物（主角和對立人物）寫一個人物傳記。

範例（註166）：

（1）伍挺舉：男一，二十五～三十五歲，甬商大佬，滬上金融實業家，逐步成為上海商會會長。出身書香門第，儒雅，深受儒家王道思想影響，家庭遭災，科舉不成，至滬創業。始終恪守中正和合的為人處世哲學，在十里洋場縱橫捭闔，取財有道，同時在淤泥濁水中保持自尊，艱難但卻踏實地為實現其實業救國、達濟天下的大我理想而努力不已。商會初期爾虞我詐的內部爭鬥及你死我活的利益傾軋，讓他深為痛惜，亦使其痛下決心，努力使商會成為一個團結和合、利國濟民、救亡興邦的純淨商業組織。伍挺舉的成長過程，堪為大多數清末民初有宏大抱負的實業家的成長楷模。特點：追求目標明確，正氣中帶些書卷氣，話少但有力，有足夠的智慧，屬於行動派，溫文爾雅，爆發則嚇人。

（2）甫順安：男二，二十四～三十四歲，又名傅曉迪，甬商大佬，滬上金融實業家，一心欲做上海商會會長，將商會變成牟利工具。出身梨園世家，父吃喝嫖賭抽五毒俱全，母早年曾為歌妓。是挺舉好友，因理念不同而成對手。為改變自己的低賤社會地位，易名傅曉迪，放棄自尊，走上一條利己損人的實用處世之道，處處鑽營，時時投機，為達目的不擇手段，利用女人上位，先投清朝遺老，後又投向北洋軍閥。個性複雜，處事有底限，但受章勝控制，底限被一步步打破。人生悲劇：欲超越挺舉，但始終未超越；欲擺脫章勝，但始終脫不開。個性特色：工於心計，見不得「戲」字，不近舞臺，卻有表演天賦，生活中不時引入戲文及戲中道具，做出表演動作。

（3）陳迥：男三，二十七～三十七歲，男一的朋友，同盟會員，理想主義革命志士，孫中山得力臂膀，利用清洪幫勢力在上海灘從事推翻清朝活動，辛亥革命中在總商會支持下光復上海，成立軍政府，為首任都督。後又反袁，劇終時被袁暗殺。特色：乾脆俐落，有詩人氣質，有犧牲精神，心腸硬，關鍵時刻毫不手軟。人物原型：陳其美。

（4）章虎：男四，二十六～三十六歲，又名章嘯林，男二朋友，心狠手辣，既重江湖義氣，又有一身匪氣，善搞陰謀，逐步控制順安，欲將其變為手中利器，漸漸成為上海灘流氓大亨。

（5）葛荔：女一，十七～二十七歲，聰明活潑，秀外慧中，剛柔兼濟，為東方文化薰陶下的完美女性。有三副面孔：一是青幫大小姐，二是老阿公面前的撒嬌女，三是男一號面前的搗蛋鬼。始終如一愛男一號，面對其他男人的追求，既不為所動，又善於利用，以保持對挺舉的吸引力，並在魏老爺子幫助下，助挺舉成就人生理想。特色定位：上得廳堂，下得廚房，百變適應，剛柔並濟，愛情堅定，把握分寸。

（6）魯碧瑤：女二，十六～二十六歲，錢業巨頭魯俊逸的掌上明珠，對生意不感興趣，在嬌生慣養中長大，過分沉溺於自我，不愛交際，追求感覺，頗有詩才，自比江南才女吳藻，但決心跳出吳藻宿命，尋到一個真正愛她、知她的知音王子，結果卻落入根本不懂詩情的順安圈套，先戀其父，後戀順安，在二者皆失後，無奈地嫁給男一號，卻不知真正追求的人竟然天天躺在自己身邊。

——寒川子《第一商會》

註166：寒川子，《第一商會》電視連續劇劇本，未刊稿。

第七章

故事類型

SASAKI
SASAKI
SASAKI

第七章

故事類型

「文學作品以族群也就是以類型的方式而生存，乃是文學史的一個客觀事實。」（註167）這個發現的確讓那些認為「文學全然是獨創」的人沮喪，因為文學「類型化」不僅不是個別現象，而且是基本的存在方式。「古今中外，小說向來多以類型形態存在。即使所謂『純文學』的小說，一般它們也可以納入到某種小說類型之中；如果創新到極端一點的，也難以擺脫為某一類型小說『開先河』或『領軍』成為代表作的結果。」（註168）但是，如果我們足夠誠實，直接面對並接受這個事實，也會讓我們受益：「優秀的作家在一定程度上遵守已有的類型，而在一定程度上又擴張它。總的說來，偉大的作家很少是類型的發明者，比如莎士比亞和拉辛、莫里哀和本・瓊生、狄更斯和杜思妥也夫斯基等，他們都是在別人創立的類型裡創作出自己的作品。」（註169）

為何能這樣？

巴赫金指出：「體裁中保留的陳舊成分，並非是僵死的而永遠是鮮活的；換言之，陳舊成分善於更新。」(註170)

看不到這一點，我們的創作會盲目「創新」，為創新所累，而批評也會面對「類型創新」現象不知所措，固執、傲慢而迷茫。

一方面，他們因為已有故事的類型化而沮喪（或許因看出類型化的「把戲」而沾沾自喜？）：「好萊塢電影經過幾十年的發展已經形成固定的敘事結構」，「好萊塢電影不管是科幻片、愛情片還是動畫片等基本都遵循著這一敘事套路，《星際效應》也不例外」。另一方面，他們又不得不承認，「而諾蘭的聰明之處便在於善於將老套的故事置於時空交錯的非線性敘事框架中」，「依然是好萊塢經典的個人英雄式的敘事，不過是給時間與空間相互交錯的非線性敘事結構披上或科幻或動作的外衣，使故事更加津津有味。這是諾蘭的獨特之處，這也讓他在眾星雲集的好萊塢中脫穎而出」(註171)。

將自己的故事放置於同類故事的歷史長河中，可以檢驗它的創新程度。尊重已有故事的類型成規，讓我們的故事更容易被人接受。實際上，沒有成規，我們連創作都無法開始；不瞭解成規，我們無法真正創新。如什克洛夫斯基所說，任何一般的藝術作品都是做為與某個樣板相似或相反的東西創造出來的，也就是說，創新是對它之前的包括創作模式、創作框架在內的成規的陌生化，新形式的出現不是為了表達新的內容，而是為了取代已失去自身的藝術性的舊形式。因此，故事創新應從故事類型成規上路，有的放矢。反類型、兼類型、混類型或超類型創作，是我們故事創新的基本途徑。

註167：石昌渝，《明代公案小說：類型與源流》，載《文學遺產》，2006（3）。

註168：馬相武，《把握類型小說的發生脈絡與發展趨勢》，載《文化藝術報》，2008-07-15。

註169：（美）勒內・韋勒克、奧斯丁・沃倫，《文學理論》，279頁，南京，江蘇教育出版社，2005。

註170：（俄）巴赫金，《詩學與訪談》，140頁，石家莊，河北教育出版社，1988。

註171：李書娜，《〈星際穿越〉：經典敘事模式的再度成功》，載《中國產經新聞報》，2014-11-28。

第一節

成規與價值

如何找到自己故事的「同類」，用於檢驗創新點、創新程度或者用於創作借鑑？

根據故事發生的空間，我們可以把故事分為「中國故事」和「外國故事」；根據故事發生的時間，故事可以分為「現代故事」和「歷史故事」；根據其他非窮盡的標準，故事可以進一步分為：「民間故事」（社會生活標準）、「革命故事」（政治意識形態性質標準）、「滑稽故事」（內容與風格標準）、「法制故事」（題材標準）、「灰姑娘故事」（人物與情節標準）、「愛情故事」（題材與主題標準）、「影視故事」（載體標準）等。芬蘭學者阿爾奈將民間故事分為「動物故事」、「常規民間故事」和「幽默故事」三大基本類型，每一個類型又可以繼續細分。但這些分類有些是有效的；有些只是一個權宜角度，比如「影視故事」；有些存在理解歧義並在逐漸歷史化，比如「革命故事」；有的過於泛化，比如「外國故事」。根本原因在於我們沒有找到同類故事真正的相似性，即故事內部的一致性，進而與其他故事區分開來，或者說它們不是真正的「類型」，我們在分類上已經出現偏差。

類型

「genre」（類型）又譯作「文類」，批評中表示文學作品分類的一個術語。艾布拉姆斯認為，類型「在文學批評中指文學的種類、範型以及現在常說的『文學形式』」。在這裡，「類型」更多地是普通的標準：「文學作品的劃分向來為數眾多，劃分的標準也各自懸殊。」但在羅蘭·巴特這樣的結構主義批評家看來，「類型就是一套基本的成規和法則，隨著時代的變化而變化，但總被作家和讀者透過默契而共同遵守。」（註172）羅蘭·巴特認為「類型」是事物內部的「成規」和「法則」，而竹內敏雄則認為，「類型」是不同事物之間和同類事物的不同層次之間的差別，這種差別對外表現為「相異性」，對內則表現為「相似性」，「簡而言之，這個概念包含了對於自己的共同性和對於他物的相異性兩個方面的含意。」（註173）

從這個角度回頭來檢驗上述故事分類，我們說「中國故事」、「影視故事」之所以難以成立，主要原因在於它們內部難以找到「共同性」和「一套基本的成規和法則」。

竹內敏雄對於藝術類型做了進一步補充：

第一，類型是具象的，「可以做為具象的統一，直接訴諸形象直覺地予以把握」，是「透過一定的『形』呈現出來的類的『型』」，「一切類型都是做為一定的可以直觀的存在形態的整體形象而成立的」。

第二，類型是相對的。類型是在相互比較中產生的，但類型與類型之間，「仍然無法像種類和種屬那樣加以區分」，「個別事物的所屬關係不一定都很明確，也有不少時候說不清是屬於某一類型還是不屬於它」，因此，各種類型區分僅具有相對意義。

與此同時，「一定的類型在個別現象上的具象化，由極其明顯到極不明顯之間有無數漸變性的差異」，也就是說，類型並非是「純潔」的，在一個類型內部，它的類型從中心到邊緣，從典型形態到邊緣作品，其類型特徵逐漸減弱。

拉爾夫·科恩對類型的認知更接近故事本身，他認為類型大致可以分為兩類：「一類列出長串共同特徵、態度、人物、範圍、場所等等，即強調組成類型的語義因素；另一類則強調未確定的或可變因素之間的關係，這些關係可稱為類型的基本句法。不難看出，語義方式強調類型的建構材料，而句法方式則關注這些材料安排在一起的結構。」（註174）

類型既包括內部的材料，也包括對這些材料的組織方法，也就是說，類型是結合內容與形式的。

註172：陳平原，《小說史：理論與實踐》，125頁，北京，北京大學出版社，2005。
註173：（日）竹內敏雄，《藝術理論》，81頁，北京，中國人民大學出版社，1990。
註174：（美）拉爾夫．科恩，《類型理論、文學史與歷史變化》，載《天津社會科學》，1996（5）。

故事類型與類型故事

根據上述類型概念的啟發，參照「內容和形式相結合的原則」、「可變性和穩定性相結合的原則」、「規律性和相對性相結合的原則」、「分類標準的統一性和唯一性相結合的原則」、「邏輯性與自然性相結合的原則」（註175），並借鑑「小說類型」概念思路，我們傾向於這樣認為：

所謂「故事類型」，是指具有一定歷史，形成一定規模，通常呈現出較為獨特的審美風貌，並能夠產生某種相對穩定的閱讀期待和審美反應的故事集合體。

所謂「一定歷史」，是指這個故事類型的存在有一定的時間長度，足夠從容地發展、成熟，並形成自己的個性，曇花一現的故事群要嘛很快被歷史化，不再被人記起；要嘛其材料與形式被其他故事類型所汲取，進而以新的面目出現。

所謂「一定規模」，是指故事類型是一個族群、集合體，一個故事成為不了一個類型；在典型作品的感召下，湧現出一大批相仿、追隨的作品。

所謂「獨特的審美風貌」，是指類型有區別於其他故事的題材、主題、情節模式、價值取向等，它可以集中表現在某一個代表故事（這個代表故事就是類型的「型」）上，也可以分散在許多同類故事之中，不約而同地呈現出集體相似性。

而「某種相對穩定的閱讀期待和審美反應」則指類型與某種價值和審美趣味相關，承擔著某種社會或群體的集體願望的實現，即「一是存在一部代表作，足以造成廣泛而持久的影響；二是同一或相似題材的作品呈現一定的數量，具有相當的規模。」（註176）

故事是關於生活世界的模擬與想像，生活世界大致可分為歷史世界、現實世界和幻想世界，關於對幻想世界的想像與模擬，發展出「幻想故事」類型。幻想故事虛擬人類面向未知事物、異己力量和可能世界，探討人類如何發掘自己的潛能，利用自己的智慧，憑藉自己的人性去揭開謎團、克服困難、戰勝恐怖，開始可能的、新的生活。

這樣的故事無論是在過去，還是在今天，只要存在未知事物、異己力量和生活的可能性，人類對它們的探討就不會結束，這樣的故事也將繼續講下去。但是，「未知」、「異己」和「可能」的因素總是在變化，過去的「未知」現在「已知」了，過去的「異己」要嘛被消滅，要嘛已經與人類和諧共處，過去的「可能」在今天是「可能」了，但新的「未知」、「異己」

和「可能」仍在湧現，於是新的幻想故事出現了。

過去只有「神怪故事」，現在則有了「科幻故事」，隨著網路的普及，「網遊故事」、「奇幻故事」、「玄幻故事」、「穿越故事」、「修真故事」又成為表現幻想故事的生力軍。（註177）它們都具有幻想故事的類型特徵，但是又以時代的新形式出現。

我們把故事類型中那些具備相當的歷史時段、具有穩定的形式或者內涵樣貌、具有一系列典範性，同時又在讀者心目中能引起比較固定的閱讀期待的故事樣式，稱為「類型故事」。上述幻想故事中的時代新形式就是幻想故事中的類型幻想故事，它們是幻想故事的子類型，或者說類似於艾布拉姆斯所說的「亞類型」（註178）。

從縱向上看，一個有生命力的故事類型在發展過程中，總是在不斷成長，並滋生出更多的子類型（也就是類型故事）。從橫向上看，故事類型是抽象的，而類型故事是具象的，故事類型總是以類型故事的形式存在。比如西方「言情故事」類型，它在發展過程中先後滋生「引誘言情」、「蜜糖言情」、「肉慾言情」、「歌德言情」、「色情暴露」、「醫生護士言情」、「歷史言情」、「家世言情」等類型言情故事，我們說「言情故事」，可能在不同的時代指稱不同的具體形式。其中某些言情類型故事已經歷史化了，比如「歌德言情」，但是許多卻依舊呈現出強大的生命力。

註175：葛紅兵，《小說類型學基本理論問題》，上海，上海大學出版社，2012。

註176：葉天山，《明代英雄傳奇小說類型的文化成因》，載《文教資料》，2007（7）下旬刊。

註177：在二○○五、二○○六年中國圖書市場上，「奇幻小說」的影響力和銷售量僅次於「青春文學」，奇幻世界、幻劍書盟、龍的天空、爬爬E站等是奇幻小說創作的主要陣地，起點中文網有「奇幻小說」專門版塊；專門雜誌有《科幻世界奇幻版》、《魔幻》、《魔界》、《奇幻》等；二○○九年公布的網路文學十年評點最後入圍作品中，奇幻小說也佔有相當比例。

註178：（美）M．H．艾布拉姆斯，《文學術語詞典（中英對照）》，217頁，北京，北京大學出版社，2009。

類型成規

類型能夠成為自己，保持穩定性與獨立性，在於它們具有屬於自己的類型成規。所謂「類型成規」，指的是故事類型在具體的創作中，歷史地形成的人物、事件、主題、表現方法、創作原則等方面的一致性。它超越了形式、內容的二分，又充分表現在結合形式和內容的敘事模式上，並表現在同一類型內部的一致性和與其他類型的相異性上。它既是引入的外部標準，又從故事內部材料中得出。它不僅僅表現在文本或文體的表面，深層次成規還隱藏在千變萬化的形式之下，以「母題」、「原型」、「模式」等方式存在，潛在而深刻地對敘事語法、故事結構、人物設置、價值取向、意義生成等形成影響。

「歷史小說故事」是一個非常古老，也是非常龐大（也許可以說是最為龐大）的故事類型，它在題材上的共性是過去的事情，不僅「敘述多有來歷」（註179），而且都是「大人物」、「大事件」：「要嘛不寫歷史小說，要寫，不可避免地會寫帝王將相」（註180）。在情節模式上，它們都在講述「人物／事件如何成為他／她自己」；在價值取向上，借古諷今，以史為鑑，放眼過去，立足當下，卻指向未來。「大人物」、「大事件」、「真實性」、「思考中國向何處去」及解釋「歷史人物／事件何以成為他／她自己」是歷史故事的成規。（註181）做為成規，它維持了歷史故事成為歷史故事的可能性。但成規是生成而非僵化的，它只是一套法則而不是具體的規定，是指向而不是結果，它沒有也不會扼殺歷史故事創作的生產力。就上述「歷史故事」而言，「真實性」、「大人物」、「大事件」等是不變的，但什麼是「真實」，怎樣的歷史才是真實，什麼樣的人物、什麼樣的事件才是大人物、大事件，卻在不同的歷史時期有不同的理解，因此歷史故事在不同的時代可以不同地講下去，常講常新。

註179：魯迅，《中國小說史略》，84頁，上海，上海古籍出版社，2006。

註180：金東方，《歷史小說創作諸問題》，參閱吳秀明主編：《中國歷史文學的世紀之旅——中國現當代歷史題材創作國際研討會論文集》，46頁，瀋陽，春風文藝出版社，2004。

註181：參閱許道軍，《千秋家國夢：中國現代歷史小說類型研究》，39頁，上海，上海大學出版社，2012。

類型與價值

類型表面是故事形式，但深層卻是特定時代、文化與社會等的審美趣味、價值取向的反映。人物選定、配置，衝突類型、內容，情節發展，事件結局、人物命運等等，在特定類型中的相似性或一致性，反映了故事創作者與接受者一致的要求。「就審美上來講，它們有著自己的藝術規範和魅力；就認識論上講，它們有認識世界的特定視角和模式；就價值論而言，它們有著相應的精神訴求，審美地承當了人類價值域的某一隅」(註182)。比如武俠小說故事，「根本觀念在於『拯救』。『寫夢』與『圓夢』只是武俠小說的表面形式，內在精神是祈求他人拯救以獲得新生和在拯救他人中超越生命的有限性。」(註183)在職場故事中，縱有反面角色想不付出艱辛努力輕鬆成功，如靠出賣色相（黛西、琳達等）風光一時，但做為主角的，往往是那些自尊的菜鳥（杜拉拉、喬莉、楊小楊、丁約翰等），他們依靠自己的勤奮、苦練，最終獲得現代職場的能力要素和心智，以喜獲大訂單、升職加薪等形式實現目標，展現「天道酬勤」的文化智慧。（註184）

同樣的故事類型，中西方也表現出文化差異，我們以「才子佳人故事」和「言情小說故事」為例。「才子佳人故事」，即中國古代言情，其模式「私訂終身後花園，落難公子中狀元，奉旨成婚大團圓」，儘管在五四時期遭到嚴厲批評，但在相當長時期內，蘊含和代表了中國古代國民尤其是知識分子（士人）的愛情、婚姻、家庭、政治理想觀念，因而廣受歡迎，並以各種變體形式出現。而西方「言情故事」，主要是英美言情故事，則主要探討男女之間的浪漫關係，「以戀愛開始，以婚姻結束」，它們主要點在「性」、「道德」和「宗教理想」，在價值上與中國古代言情有重大區別，而這個價值上的區別也最終落實在故事情節上。「不管其情節多麼曲折變化，其核心點是強調戀愛和婚姻的結果，並且總是以女性價值為觀察點和評判標準，具有強烈的女性意識。有的學者把言情小說稱為「女性的幻想讀物」（註185）。

註182：張永祿，《現代小說類型批評實踐檢視與類型學建構》，上海大學2009年博士論文。

註183：陳平原，《千古文人俠客夢——武俠小說類型研究》，207頁，北京，新世界出版社，2002。

註184：參閱張永祿、許道軍，《職場小說：新的文學崛起》，載《當代文壇》，2011（6）。

註185：王晶，《西方通俗小說：類型與價值》，46頁，昆明，雲南出版社，2002。

類型與創新

某個或某些故事發展成為一個類型，甚至導致類型化潮流，這不是故事的墮落，而是故事發展成熟的表現。但凡事都有兩面性，具有正面和負面效應。

其正面效應主要是：（1）滿足閱讀期待，緩解社會情緒；（2）便於模仿，新手上路避免盲目寫作；（3）為創新提供路標。

其負面效應主要是：（1）故事類型一旦形成類型化潮流，極容易導致故事的模式化，而模式化是創新的大忌；（2）滿足而不是引導價值趣味，容易出現庸俗化、媚俗化現象；（3）集中講述某個故事，過度消耗同一題材，會導致該故事類型迅速「消費殆盡」。

第二節 類型化寫作

對故事類型進行細緻的劃分，目的是為了更加準確地描述和認識它：「分類本身並不重要，重要的是你將某部作品置於某一類型背景而進行的解讀。」（註186）相反，沒有切合實際地分類，或者弄錯一個故事在該類型中的層次，也會帶來比較與解讀的困難：「儘管每一部小說都具有獨特之處，反映著作者個人的思想、觀點與創作手法，然而，如果我們搞錯了一部小說的類別，那麼也許在閱讀和評價過程中就會導致某種誤解。」（註187）如羅伯特・休斯所言，「在文學閱讀和文學批評方面，大多數嚴重的誤讀和大多數錯位的評價都與讀者或批評家對樣式的錯誤理解有關。」（註188）然而，對故事進行準確類型定位以及細緻研究，受益的並非只有閱讀和批評。從故事研究到故事寫作，類型是重要的環節，也是最重要的切入口。但我們特別要強調的是，類型化寫作不是對某個類型的典範作品中的人物、事件、情節、主題等等簡單仿寫，而是在類型成規的基礎上結合個人經歷及時代、文化、地方性等要素，進行個性化的變數創新。類型化寫作不等於模式化寫作，更不是抄襲、剽竊。

註186：陳平原，《小說史：理論與實踐》，135～136頁，北京，北京大學出版社，1993。
註187：（挪威）傑瑞米·霍索恩，《小說研究》，載《文藝理論研究》，1990（6）。
註188：（美）羅伯特·休斯，《文學結構主義》，205頁，北京，三聯書店，1988。

從成規上路——類型化寫作

許多年輕作家想以自己，或類似自己的人物為主角，寫他們在人生關卡處經歷的一些事情，以及經過這些事情之後，體驗深刻，獲取了經驗教訓，人生也相應發生了重大變化，心生感慨。這樣的題材該如何把握，最容易、最適合寫成什麼樣的故事呢？其實這既是一個普遍性的寫作問題，也是一個普遍性的人生問題。有些作家不假思索地回答了它；有些作家卻苦惱很久，尤其是新手。若從類型角度去考量，它們就是成長故事的題材，最適合寫出成長故事。

抽取要素，總結成規

成長故事是世界性的故事類型。從中世紀時期的德國騎士史詩《帕爾齊伐爾》，到維蘭德《阿迦通的故事》再到《少年維特之煩惱》，成長故事開始成熟成型，影響深遠，代表作有《威廉·邁斯特的學習時代》、《魯濱遜漂流記》、「狄更斯成長三部曲」（《霧都孤兒》、《大衛·科波菲爾》、《遠大前程》）、《傲慢與偏見》、《愛瑪》、《簡·愛》、《弗洛斯河上的磨坊》、《天路歷程》、《兒子與情人》、《人生的枷鎖》、《一個青年藝術家的肖像》、《約翰·克利斯朵夫》、《年輕的古德曼·布朗》、《紅字》、《湯姆·索亞歷險記》、《哈克貝利·芬歷險記》、《野性的呼喚》、《海狼》、《麥田守望者》、《嘉莉妹妹》、《珍妮姑娘》、《美國悲劇》等等。近年來韓國成長小說「十七歲的天空成長季」（包括《我是誰的阿凡達》、《十七歲的頭髮》、《如此灼熱的藍》、《我心中的颱風》、《口袋裡的鯨魚》、《小雀斑和豆餅臉》、《十九歲》、《獴哥組》、《十七歲的人生論》等）引發新的「寒流」。這些故事有男性的成長，有女性的成長，有教徒的成長；有的成長成功，有的卻是「逆成長」，走向虛無甚至毀滅。

這些故事有什麼共同的要素？我們借用「成長小說」概念來說明。美國學者莫迪凱·馬科斯在《什麼是成長小說》中將「成長小說」界定為：「成長小說展示的是年輕主角經歷了某種切膚之痛的事件之後，或改變了原有的世界觀，或改變了自己的性格，或兩者兼有；這種改變使他擺脫了童年的天真，並最終把他引向一個真實而複雜的成人世界。」這個定義是成長故事的主導品格，概述了故事的主角、行動模式、事件過程和結局以及主題模式。對成長故事寫作而言，它既是規範，也是引導。成長故事源遠流長，在全世界佳作頻出，影響深遠，它們並不因為是同一個類型而「公式化」、「模式化」，也不存在因擔心相互抄襲、剽竊而不敢下筆，相反它們因自覺或不自覺地遵循了成長故事的成規，從而獲得了特定的審美效果和感染力。

「人物」「經歷事件」後價值觀、性格等發生「改變」，這是一般故事的成規，也是成長故事的組成要素，但「成長故事」之所以能確立自己的類型性，在於它對此基礎性的要素有自己的特別強調、類型規定，與其他類型故事區別開來。

首先，這裡的「人物」指「年輕主角」，在生理與心理上處於不成熟、待成長狀態。

其次，所經歷的事件對年輕主角來說一定非常重要，「切膚之痛」，但這些事件從功能上說，不是引發另一些事件或是另一些事件的結果，而是做為年輕主角成長的考驗，若順利、妥當度過，那麼象徵著他們在人生觀、價值觀或性格等其他方面有了真正的改變。

最後，年輕主角的成長需要有人指導或陪伴，無論後者在場不在場，後者對主角的成長作用，都要超過「助手」、「幫手」。

變量創新

總結與歸納出故事類型的成規，目的在於根據成規要素進行變量創新。年輕主角經歷切膚之痛事件成長這是不變的品格，但「年輕主角」、「考驗事件」、「領路人」以及更為普遍的故事元素的具體內容是變量，即「誰在成長？」、「考驗事件是什麼？」、「誰引導他們成長？」。我們繼續以「成長故事」的「中國化」和「當代化」為例。

「新人」的成長

主角在革命的大熔爐裡，在革命領路人的引導下克服種種困難，完成艱鉅任務，最終實現思想和價值觀的全面超越，成為社會主義新人，代表作有《紅旗譜》、《青春之歌》、《創業史》、《歐陽海之歌》、《閃閃的紅星》、《戰鬥裡成長》等。其中，《紅旗譜》和《青春之歌》被稱為「中國農民的成長史和中國知識分子的成長史」典型。（註189）

在這些小說故事中，待成長的人物具備這樣的要素：「出生於底層貧苦家庭、單一而明晰的信仰、高位格的道德境界和由『被範導者』成為『範導者』」（註190），而「領路人」則均是「黨」，考驗事件是「黨和人民交給的艱鉅任務」，透過考驗成長為革命戰士，「這個儀式一般都是入黨」（註191），最終表達無論是農民還是小資產階級知識分子，都只有在共產黨的領導下，才能更好團結起來、戰勝階級敵人、解放自己這一主題。

「新生代」的成長

主角多為一九六〇年代出生的大學生，他們自覺以現代西方思想為內心準則，抗拒傳統教育和世俗社會，立志成為新的市場環境下的獨立個人，代表作有《在細雨中呼喊》、《英格力士》、《成長如蛻》、《私人生活》等。與「新人」成長故事中的主角相比，引導他們成長的要嘛是尼采、薩特、佛洛依德等現代生存哲學家，要嘛是個人的身體，他們除了自己和自己的身體，誰也不相信（當然，身體之所以值得信賴，背後仍舊有關於身體理論的支持，比如「女權主義」等）。最後成長的象徵不是成為別人，像「新人」最終由「被範導者」成為新的「範導者」那樣，而是成長為自己想要成為的那個「個人」。

「獨一代」的成長，也就是八〇後、九〇後（註192）的成長故事

這些主角主要的生活空間是校園，因此他們的成長跟校園、同伴（同學）有密切的關係。他們的成長沒有新人成長小說濃重的歷史感和方向感，也沒有新生代成長小說濃厚的幻滅感和孤獨感。他們既不可能按照傳統的方式被引導成長（像十七年小說中找到精神父親），又不能獲得足夠的力量自我引導（像新生代們從西方的現代物質和思想中獲得力量自我引導）。他們只能憑依同齡人的夥伴情意在彼此安慰、彼此同情中摸索，因為他們的同伴跟他們自己一樣，也是不成熟、未成長的。因此這類小說主角的成長是未完成和不可能完成的，屬於未

完成型的成長故事，代表作有《三重門》、《夢裡花落知多少》、《逃之夭夭》、《這些，那些》等等。

註189：參閱蘇小星：《論「十七年」革命歷史小說的敘事模式》，西南大學二〇〇八年碩士學位論文。

註190：樊國賓，《主體的生成》，7～24頁，北京，戲劇出版社，2003。

註191：張永祿，《當代成長小說三種敘事模式》，載《小說評論》，2013（2）。

註192：相當於臺灣的七年級生和八年級生。

置換變形

盛行於明清時期的「才子佳人」故事因其創作的模式化和主題思想的封建，在五四時期遭到了新文學陣營的嚴厲打擊，一時煙消雲散。魯迅先生對它做了如此評價：「『才子佳人』之遇合，就每以題詩為媒介。這似乎是很有悖於父母之命、媒妁之言的婚姻，對於舊習慣是有些反對的意思的，但到團圓的時節，又常是奉旨成婚，我們就知作者是尋到更大的帽子了。那些書也沒有一部好……」（註193）

然而，做為一個關乎理想「愛情」、「婚姻」與「事業」的故事類型怎麼能輕易退出知識分子和普通民眾的精神生活呢？實際上，它一刻也沒有離開我們的文學作品，甚至在某些時候成為潮流，雅俗共賞，老少咸宜，成為「中國作風」、「中國氣派」的代表。這是如何做到的？其實，它只是使用了一個障眼法——置換變形，就達到了浴火重生。

學者蘇興是這樣描述「才子佳人」模式的：「綜觀才子佳人小說，必須具備下述幾個條件：一是男女雙方家庭都是官僚或富家（包括上二者的沒落階段）；二是男女雙方都是年輕美貌且有才（才的強半是詩作得敏捷而漂亮）；三是男女個人以某種機緣接觸（不一定見到面），這接觸往往與詩有關（題壁或考試）；四是小人撥亂其間（是小人，不是大惡之人），中間發生許多誤會與意想不到的波折（偶然性起主導）；最後是男方及第，圓滿成婚（多半是天子賜婚），富貴壽考。」（註194）

從主體、人物設置及情節發展來看，才子佳人故事類型的確與現代生活、現代思想相去甚遠，受到批判不足為奇，甚至也很有必要，但做為一個與價值相關的類型，只要類似的生活情境、價值需求、心理需求存在，它一定會「捲土重來」。實際上，它在「革命文學」和新中國成立前文學中曾兩次大行其道，而在隨後的文學中仍舊進一步置換變形，廣泛存在。

懷有對政治與性愛浪漫理解的左翼作家，普遍採用「革命加戀愛」模式，這個模式是「才子佳人」的變異。「才子」轉換為「革命知識分子」，「佳人」是進步女性，政治行為是「革命」，愛情方式是「戀愛」。因為現實中的革命成功遙遙無期，使「才子」不可能在勝利的禮炮聲中迎娶「佳人」，註定「才子」與「佳人」的戀愛與革命成為一種衝突，不能兩全。

可以這麼說，「革命加戀愛」模式是「才子佳人」與「忠孝不能兩全」兩模式複合後的置換變形。這種改頭換面、捲土重來現象，是五四新文學始料未及的吧！但是存在的一定有道理。在解放區「才子佳人」文藝裡，「才子佳人」被置換成了「戰鬥英雄」、「勞動模範」和「覺醒女性」，衝突變成了面對面的階級搏殺。衝突的解決是革命成功了，愛情成熟了，革命和戀愛之間不再衝突，相反緊密聯繫在一起，「革命」、「翻身」、「戀愛」三位一體。沒有「革命」，就沒有「翻身」，不「翻身」，就談不上「戀愛」成功，「革命」是最關鍵的一環，如王貴與李香香、大春與喜兒、小二黑與小芹等。它巧妙地把解放區人民政治、經濟上初步「翻身」的喜悅與報應觀念、大團圓觀念等傳統審美心理、審美觀念接軌，真正具有「中國作風」，讀者「喜聞樂見」。

按照弗蘭克・莫特對「暢銷書」訂下的標準：「一本書出版十年期間，其銷量達到該國人口的百分之一。」（註195）《小二黑結婚》在太行山解放前後銷售近四萬冊，考慮到當時的識字人口，這個數量已經是天量了，稱其為「超級暢銷書」一點都不為過，其中的原因很大程度上在於對「才子佳人」故事成規的利用和置換變形。（註196）

這裡「才子」是小二黑，他的才不是吟詩作賦，而是「特等射手」，打死兩個敵人，「黑」是健康的象徵（非白臉書生），這就符合特定時代的審美與實用標準；「佳人」小芹是進步開放女性，漂亮專一。兩人的相識不是在後花園，而是在自然而然的生活與工作中。他們的家庭在都市看來，無疑是裝神弄鬼，然而在農村卻是權威的象徵。阻力來自小人，小人就是金旺與興旺兄弟，阻止他們結婚。危急關頭，是共產黨領導的區政府——以區長為代表——執行了皇帝的功能，認可了他們的戀愛合法性，給予結婚證——這就是賜婚了，這下就踏實了，凡事還是需要最高權威的認可。金旺、興旺被打倒後，小二黑的「青抗隊長」名至實歸，也算中狀元了，只不過是「武狀元」。

在上述所舉的作品例子中，其中不乏「先鋒」、「探索」作品，說明類型寫作與作品的雅俗無關，等級無關，它只是解讀作品的一個角度、創作的一個通道。

註193：魯迅，《中國小說的歷史的變遷》，32頁，北京，人民文學出版社，1982。

註194：蘇興，《天花藏主人及其才子佳人小說（二）》，選自蘇興等：《才子佳人小說述林》，22頁，瀋陽，春風文藝出版社，1985。

註195：蔡騏、孫有中，《現代美國大眾文化》，112頁，北京，中國經濟出版社，2000。

註196：參閱許道軍，《「文本的快樂」——談〈小二黑結婚〉中的模式功能》，載《克山師專學報》，2002（2）。

類型的自我更新——反類型寫作

當一個故事類型大行其道、形成壓倒性潮流的時候，一定會有作品以「叛逆者」、「先鋒」、「探索者」的身分，對所謂的「類型化」現象給予迎頭痛擊。我們總是不僅高估了後者的藝術價值，而且經常不恰當地賦予它道德意義，以為前者是陳詞濫調，後者是全面創新。但實際上，這其實是故事類型在發展演變過程中的正常自我更新，仍舊是屬於「類型化創作」的一種，完全不具備倫理上的意義。從技巧上講，相對於長久形成的類型成規，它只是簡單、討巧的一種創新。我們把這種現象叫做「反類型創作」，它是在堅持該類型主導品格的基礎上，根據時代主題、文化語境、審美趣味等變化，反向結構故事而已。

新歷史小說興起於「革命歷史小說」方興未艾之時，以「叛逆」、「先鋒」、「探索」的姿態直接站到革命歷史故事的對立面，但是其「叛逆」、「先鋒」、「探索」卻完全建立在革命歷史小說類型以及傳統歷史故事類型的成規基礎之上。

我們將二者的要素做個比較：

傳統歷史小說故事

（1）主題模式：「家國指向」（王朝／新中國）。

（2）人物模式：「大人物」（帝王將相／戰鬥英雄）。
（3）事件模式：「大事件」（殺伐征戰／官場戰場）。
（4）問題模式：「歷史是怎樣的？」／「中國向何處去？」（江山氣數／新中國是怎樣建立起來的）。
（5）證據模式：「敘事有來歷」（正史／黨史）。
（6）結論（歷史規律）：「必然性／已然性」（歷史有規律）。
代表作：《保衛延安》、《紅日》、《紅旗譜》、《苦菜花》、《創業史》、《三家巷》、《三國演義》、《說岳全傳》等。

新歷史小說故事

（1）主題模式：「家族／個人指向」。
（2）人物模式：「小人物」（草莽英雄／流氓地痞）。
（3）事件模式：「小事件」（五行八作、三教九流／田間地頭、鄉鎮市井）。
（4）問題模式：「歷史／中國就是這麼（奇怪）來的」。
（5）證據模式：「野史／地方誌／家族回憶／傳說／個人經歷」。
（6）結論：「偶然性」（歷史無規律）。

代表作《靈旗》、《青黃》、《花腔》、《一九四二》、《夜色猙獰》等。

自覺的革命歷史小說故事總是試圖以客觀、擬史的形式，建構起革命歷史的起源、過程及未來方向。在敘事方式上，作者總是要跳出個人的視野侷限，以第三人稱的全知全能來組織歷史事件，給人一種事件自己發生發展的客觀再現圖景，試圖達到一種「擬科學」和「擬史」的文本效果。（註197）

而新歷史小說故事卻反其道而行之，在敘述過程中，作者與敘事者分離，不再充當歷史或「我們」的代言人：他只知道自己知道的那部分，講述「我」的或「我」所知道的歷史，第一人稱或第三人稱限制視角取代全知視角，從而使被敘事的「事件」帶有強烈的主觀性與私人性。如喬良的《靈旗》同樣以湘江之戰為書寫對象，但是卻透過事件的親歷者青果老爹個人的晚年回憶來主觀呈現，使這段「既定」的歷史呈現出「非既定」的面貌；莫言的《紅高粱》透過「我父親」的視角來講述「我爺爺」、「我奶奶」的故事（歷史），歷史變得具體，卻不再莊嚴。這些小說的「真實性」以自身（「我」）的親歷性和體驗性為保證，但是主觀的「歷史」卻在文體上失去了敘事的權威。

但是，「新」歷史小說故事畢竟不是「反」歷史小說故事，它只是「反類型」創作，「很大程度上，『新歷史小說』的『再敘事』正是針對『革命歷史題材小說』這一『前敘事』而

展開的。」（註198）

正是自覺做為「革命歷史題材」小說的對立物，做為一種互文式寫作，「新歷史小說」才具有「新」的資格。新歷史小說故事提供了一些新的材料、見解與認識，但仍舊堅持了歷史小說故事的主導品格，沒有改變這個故事類型的成規，比如：「小人物」撬動了歷史，承擔了「大人物」的功能，依舊是「小人物」；「小事件」引發歷史轉折，是歷史的導火線，成為「大事件」的前身；雖然是「野史」、「地方誌」，但它們相信，這更接近真實，「是『紅色經典』符合歷史的真相呢？還是我們這批作家的作品更符合歷史真相？我覺得是我們的作品更符合歷史的真相。」（註199）在它們看來，歷史沒有規律，充滿偶然性，然而，歷史無規律也是對歷史規律認知與探究的結論的一種。

註197：參閱孫先科，《當代文學歷史話語的意識形態特徵》，載《文藝理論研究》，1995（5）。
註198：孫先科，《「新歷史小說」的敘事特徵及意識傾向》，載《文藝爭鳴》，1999（1）。
註199：莫言、王堯，《從〈紅高粱〉到〈檀香刑〉》，載《當代作家評論》，2002（1）。

類型的綜合——兼類型寫作

單一故事類型大致沿著「類型傾向」—「初具模型」—「模型成熟」—「類型變體」（變量創新）—「反類型」的方向演進，自我更新，但不同類型之間也並非老死不相往來，相反，它們時時處於碰撞、學習與借鑑之中：「原有的主題和模式已經喪失再生能力，需要再一次深化和綜合使它完成跨時代的轉折」（註200），於是出現兼類型現象。

所謂「兼類型」，是指一個類型在發展過程中，主動汲取其他類型的故事材質、表現技巧後所形成的一個類型同時兼具幾個類型審美內涵的類型。所謂「兼類型寫作」，是指以一種類型品格為基礎，兼收兩種或幾種類型材質，加強故事的表現力與綜合審美效果。

類型「兼併」之後，它屬於原類型，還是「變異」為新類型？有以下幾種情況：

堅守原類型成規，汲取其他類型元素為自己服務

類型的個性要求它保持某種程度的「純潔性」，在強化優勢領域時自覺規避另外的生活內容，比如，「官場」和「戰場」是歷史故事類型的強勢領域，以致於在一些學者眼裡，許多歷史小說就是軍事小說（註201），而「讓女人走開」則是它的潛規則。因此「愛情」一旦進入歷史故事，會引起「類型純潔者」的某種不適應：「這正如同在一曲雄渾動聽的交響樂之中，

突然加入了幾個刺耳的不和諧音，使人不禁感到一絲不悅和遺憾。」（註202）但很快，「言情」甚至「情色」因素納入進來，不僅僅是做為點綴，甚至上升到故事情節的行動元層面，讓古老的類型煥發出新的光彩，如《歷史的天空》中的梁大牙參加革命陣營，就是因為東方聞音的承諾；《亮劍》中的李雲龍攻打平安縣城，有點「衝冠一怒為紅顏」的意味；《父親進城》中石光榮的婚姻完全是因為褚琴的美貌，而他「進城」後的主要日常生活就是與褚琴的相處。但在這些故事中，雖然「言情」佔據著越來越重要的地位，但是它們依舊為革命歷史敘事服務，所以這樣的兼類型依舊是革命歷史故事，正如古龍的武俠故事引入意識流元素，而金庸的《鹿鼎記》、《碧血劍》、《書劍恩仇錄》和梁羽生的《萍蹤俠影》，儘管如此「忠於歷史」，以致於「不太像武俠小說，毋寧說是歷史小說」，「最多只能說是『反歷史』的『歷史小說』」（註203），但我們說，「歷史」只是「仗劍行俠」的指定時間、「浪跡天涯」的指定空間，並沒有改變「行俠仗義」、「快意恩仇」、「笑傲江湖」的主題取向和審美趣味，也就是說，「兼併」後的兩個類型依舊指向「武俠」而不是「歷史」，所以我們說它們依舊是武俠故事。

但像諸如何大草的《衣冠似雪》、高陽的《荊軻》這樣的故事，是用武俠的敘事模式講述歷史故事並指向家國夢想，呈現歷史故事的武俠化色彩，我們說這樣的故事則屬於歷史故事類型。凌力的《少年天子》、二月河的《康熙大帝》等故事在鋪敘主角一生的行狀時，引入「成長小說」模式以表現他們的精神生活，將「歷史事件」和「歷史人物的成長」結合起來。

兩種類型成規並存並相得益彰，呈現真正的兼類

憑藉個人智慧和推理，依據法律法規，偵破疑難案件，揭開懸念謎底的故事，我們稱之為「偵探故事」。它的基本要素是：（1）敘述犯罪情況；（2）調查；（3）破案；（4）解釋案情；（5）結局（順序可以變化但不可缺一）。基本行動格式是：（1）尋找證據；（2）獨立觀察；（3）運用推理（尋找兇手，破解謎案）。而人物組合則一般是偵探與助手，二者往往呈現互補：聰明／愚蠢；不近人情／喜感；手無縛雞之力／高手等。而歷史故事則是講述「歷史人物如何成為／不能成為他自己」的經歷，「大人物」、「大事件」、「指向家國」等是其基本要素。兩個故事成規的結合、兼類，就是《神探狄仁傑》這樣的故事。

《神探狄仁傑》將歷史故事與偵探故事元素完美結合，當然其吸引人之處還在於引入武俠、言情敘事語法。一般來說，偵探小說的敘事語法在於懸疑和推理，並不一定需要大事件、大人物做額外保證，比如福爾摩斯系列小說中，主角其實就是個民間偵探，其貌不揚，「鬼鬼祟祟」，所接手的案件也多是民事小案件。

但是《神探狄仁傑》卻將這些一般偵探小說的普通案件置換為事關朝廷、民族、歷史的大事件，每一個看似很小的案件背後卻隱藏著驚天的陰謀、無比的兇險，小說人物既是在執行一般的案例偵探，也是在暗中執行歷史使命，換句話說，偵探小說的語義要素是歷史的人物、事件，而其句法要素是指向家國夢想的。

「『蛇靈』組織的這些妖人陰險毒辣，為達目的無所不用其極。數年前的幽州，他們聯絡突厥叛臣莫度，險些將吉利可汗置於死地，如不是我們及時勘破陰謀，兩國戰火已起，生靈必遭塗炭。而幾年後在崇州，他們竟然又故技重演，險些引發北地的全面戰爭。如燕，『蛇靈』一日不破，國家便無寧日啊！」（註204）

從偵探故事類型角度來看，《神探狄仁傑》是偵探故事，只不過發生在真實歷史上的著名政治人物身上。從歷史故事角度看，它又是歷史故事，因為這個故事指向家國，與此同時，主角在歷史上並不以戰場運籌帷幄、官場起落沉浮顯名，相反他以「神探」的面貌被記憶，偵探故事至今流傳，因此「偵探」就成為「歷史人物成為他自己」的手段，這個故事因而成為歷史故事。

幾種類型兼併後，由於著力不同，則分屬不同類型

做為一種想像動作，「穿越」可以穿越到過去、未來以及異度空間。「穿越」到未來，或者從未來「穿越」到現在，往往發展成科幻故事，比如《終結者》；「穿越」（或者本身就在）到異度空間，往往成為架空故事；而「穿越」到過去，也就是有明確記載的歷史空間，則呈現出兩種面貌，出現兩種故事類型。

具有一定現代知識、觀念和抱負的年輕男性「穿越」到歷史空間，由於他的巨大優勢（科

技、專業知識、大學培訓、知曉歷史大事和細節、現代生活經驗等）和對歷史發展、國家命運的憂思，促使他萌生「改變歷史走向」的念頭並付諸行動，終於在想像中「改變」了中國歷史的走向、國運，實現了個人政治抱負，這樣的故事發展成為「架空歷史故事」，它屬於歷史故事的一種亞類型，代表作品有《新宋》、《隋亂》、《明》等。而現代知識女性（女孩）穿越到歷史現場後，普遍沒有表現出類似男性那樣的政治抱負，反而熱衷於和歷史大人物進行一場轟轟烈烈的戀愛，其全部行動指向情感。男人和女人之間呈現的是男女關係（而非政治關係），行動指向「愛情」和「婚姻」，相信「女人一定要有真愛」（未必要結婚），堅守女性主義的立場，交織「性」（愛與慾）、「感傷」及「道德」綜合元素，這些都指向「言情故事」。我們與其說這類故事是「虛假的歷史故事」（歷史穿越），不如說發生在虛擬歷史中的言情故事。這類故事有《交錯時光的愛戀》、《夢回大清》、《木槿花西月錦繡》、《鸞》、《迷途》、《末世朱顏》等。

註200：孔慶東，《超越雅俗——抗戰時期的小說論》，190頁，北京，北京大學出版社，1998。

註201：參閱林凌，《論20世紀中國軍事文學的美學特徵》，載《南京政治學院學報》，2005（4）。

註202：因為《紅日》插入了沈振新與黎青、梁波與華靜、楊軍與阿菊、石東根與紅姑等幾條愛情線索，描寫了日常生活，引起評論者的不悅。馮牧：《革命的戰歌，英雄的頌歌》，載《文藝報》，

1958-07-21。

註203：陳平原，《千古文人俠客夢——武俠小說類型研究》，75頁，北京，新世界出版社，2002。

註204：錢雁秋，《神探狄仁傑Ⅱ》，15頁，北京，中國社會科學版社，2009。

敘事邏輯／故事三角——超類型寫作

敘事邏輯

克勞德．布雷蒙認為，敘事作品的符號學研究可以分成兩大方面：一方面是關於敘述技巧的分析；另一方面是關於對所敘述故事發揮支配作用的那些規律的研究。這些規律本身又分別屬於兩個組織層次：任何事件系列構成故事形式都必須服從一定的邏輯制約，否則就會讓人無法讀懂，這些規律反映的就是這些邏輯制約。除了這些對任何敘事作品都適用的邏輯制約以外，各種特殊的事件系列又具有一定的文化、一定的時代、一定的文學體裁、一定的作者風格，甚或僅僅這個敘事作品本身所規定的特性，因此，這些規律除了反映那些邏輯制約以外，還反映這些特殊敘事領域本身具有的約束。（註205）

布雷蒙其實將所有故事看作遵循同一個敘事邏輯的類型，不同之處在於不同文化、地區、時代、風格、體裁等變數因素賦予故事不同的變量，因此故事才千變萬化，不盡相同。

故事三角

羅伯特．麥基將「情節」定義為「用以建構和設計故事的具有內在的連貫一致，而且相互關聯的、在時間中運行的事件模式」，「是作者對事件的選擇以及事件在時間中的設計」（註206）。根據情節特徵將銀幕劇故事分為「大情節」、「小情節」和「反情節」三種。由於這三種情節模式普遍存在於故事之中，而這種劃分超越了主題、價值取向、人物等與類型直接相關的元素，我們姑且稱之為「超類型寫作」。

所謂「大情節」，指「經典設計」情節，即「圍繞一個主動主角而建構的故事，這個主角為了追求自己的慾望，經過一段連續的時間，在一個連貫而具有因果關係的虛構現實中，與主要來自外界的對抗力量進行抗爭，直到以一個絕對而不可逆轉的變化而結束的閉合式結局。」

「小情節」則是「最小主義」的變更，指「作者從經典設計的成分起步，然後對它們逐漸進行削減——對大情節的突出特性進行提煉、濃縮、削減或刪減。」小情節並不意味著無情節，因為其故事必須像大情節一樣給予精美的處理。

所謂「反情節」，它在電影中的作用相當於反小說或新小說和荒誕派戲劇。這一套反結

構變體並沒有削減經典，而是反其道而行之，否認傳統形式，以利用甚至嘲弄傳統形式原理的要義。（註207）

從「大情節」到「小情節」再到「反情節」的情節漸變過程中，存在大量作品，這些作品呈現出三角關係，麥基稱之為「故事三角」。

實際上，麥基的「故事三角」及「大情節」、「小情節」與「反情節」，類似於我們所說的「通俗故事」（克里弗稱之為「麻辣故事」）、「詩化故事」、「筆記小說故事」以及「反小說故事」（與反類型不盡相同）。這個界定（或者是發現）對我們的故事創作亦有相當大的啟發。

註205：參閱（法）克勞德·布雷蒙，《敘述可能之邏輯》，選自張寅德編：《敘述學研究》，153頁，北京，中國社會科學出版社，1989。

註206：（美）羅伯特·麥基，《故事——材質、結構、風格和銀幕劇作的原理》，51頁，北京，中國電影出版社，2001。

註207：參閱（美）羅伯特·麥基，《故事——材質、結構、風格和銀幕劇作的原理》，51～54頁，北京，中國電影出版社，2001。

工坊活動

一、成規抽取訓練

第一步，選出自己認為最成功、最能代表自己個性與創造性的作品，然後列出一個你認為與你作品相似的作品清單（最低十部／篇）。要求：不論自己是否閱讀過，也不論作品的名氣大小、成功失敗與否。

第二步，反覆研讀這些作品，將作品內容按照標題、主題、價值取向、語體語貌、人物設置、事件組合、情感態度等進行細分，逐項對照並做紀錄（最好做表格）。

第三步，比較、整理紀錄，歸納、抽取出各項最常見、最穩定的部分，按照它們在結構中的功能，組合成一個抽象作品結構。特別注意觀察哪些成分不可或缺，哪些成分改變了外在表現形式但是結構功能沒有發生變化。

第四步，對照這個抽象的作品結構，逐項觀察自己的作品與其相同之處和不同之處。

第五步，按照這個抽象的作品結構，改寫自己的作品，盡量做到與這樣的作品「相像」。

第六步，對照這個作品結構和列入清單的作品，在不改變作品類型的前提下，看看自己的作品可以在哪些地方改進或改變，做到盡可能的創新。

二、類型化、反類、兼類寫作訓練

1. 小組討論發言，盡可能多列舉故事類型，或者打開小說網站介面，列一個故事類型的名單。
2. 列舉這些故事類型的代表作品。
3. 就自己閱讀（或網路調查研究）過的，描述這些故事類型的特徵。
4. 嘗試對這些類型進行仿造構思。
5. 嘗試對這些類型進行反類型構思。
6. 對這些類型進行兼類構思，比如「都市」與「驚悚」、「盜墓」與「成長」、「架空」與「言情」等。

三、故事情節改寫訓練

檢查自己的故事，依據羅伯特・麥基標準，判斷這個故事屬於「故事三角」中哪一種情節模式，然後構思將「大情節」改為「小情節」，將「小情節」改為「反情節」，將「反情節」改為「大情節」，以此循環，嘗試各種可能性。

第八章

故事馬甲

SASAKI
PRACTICAL PEN
TRADE
MARK

第八章

故事馬甲

故事常有，講故事的方式不常有。最初的故事，雖然我們不知道是誰先講出、講了什麼，但我們可以肯定，它是口頭創作、口耳相傳的，也就是說，最初的故事是用嘴「講」出來的，是用耳朵「聽」到的——這才是我們所說「講故事」的本義。後來我們所說的「講故事」活動，已經偏離了這個「講」的本義，而是「寫故事」與「演故事」，與之對應的接受故事的動作是「讀故事」與「看故事」（用眼睛看，而非內心語言閱讀）。

「講故事」、「寫故事」與「演故事」三種活動在今天是並存的，並沒有因為「紙面文學」或「網路文學」時代的到來（註208），或者「影視是文學的未來」（註209）成真，而逐一淘汰更替，相反，相同的故事在不同的「講故事」活動中得以傳遞，而不同的講故事方式的技巧與智慧被相互學習，在彼此身上留下印跡。

但是，我們也要特別指出，由於看不到「講故事」、「寫故事」與「演故事」時代講故事方式的變遷，以及各個時代故事形式的變化，我們很難理解一些現象的發生。比如，一些曾經大受歡迎，甚至得到意識形態鼓勵的講故事的方式突然消失了，雖然我們希望它存在，如趙樹理的「板話小說」，「做為一個類型，就從根本上消失了」（註210），而某些小說「晦澀而乏味」，卻獲得了「崇高的地位」（註211），如《尤利西斯》；某些小說，紙質出版的時候大行其道，廣為流行，一旦改編為電影，故事更柔和，卻遭到意識形態的抵制，比如《活著》。我們以前總是喜歡從政治、社會學等角度去解讀，卻忽視了另一些早已存在卻被忽視的因素：故事的載體與文體同樣決定故事的「講」與「聽」。

從「口頭文學」到「紙面文學」再到今天的「電子文學」，講故事的方式在發生改變，故事的存在形式也在發生改變。這種改變，不僅表現在載體上、文體上，也表現在講故事的「模式」上。作者一旦「自覺意識到小說是寫給讀者看的，而不是說給聽眾聽的……就因這『一念之差』，許多過去不可想像的表現手法，一下子變得很好理解了。梁啟超等人推崇的『一起之突兀』的開局，這在說書場中無法運用的手法，印在紙上一點也不神祕了。」（註212）在今天，不僅故事存在的載體與文體多種多樣，「講故事」的經驗與技巧也空前豐富。故事到底有多少種「講」法，你最擅長的講故事方式是什麼？你的故事到底適合怎樣講？在經過系列工坊活動後，我們做最後一次檢查：我們的故事這樣寫真的好嗎？

我們是否還有沒有發現的潛力？我們的故事是否還可以用別的文體來講述？

註208：參閱葛紅兵，《口頭文學、直面文學、網路文學》，見葛紅兵：《文學概論通用教程》，234～237頁，上海，上海大學出版社，2003。

註209：趙牧，《影視是文學的未來？》，載《文匯報》，2008-01-07。

註210：趙樹理創作這種小說類型，當初受到解放區乃至國統區許多作家的好評，許多作家把趙樹理當作模仿對象。當初農村小說受眾，甚至相當多的城市受眾，都靠「聽」來欣賞小說，但是，隨著讀者群體的變化，越來越多的人不是「聽小說」，而是靠自己識字，從紙面上讀小說，這種適合發聲的「板話小說類型」就漸漸失去了讀者群，這種小說也就消失了。葛紅兵，《小說類型學基本理論問題》，38～39頁，上海，上海大學出版社，2012。

註211：李建軍，《小說修辭研究》，81頁，北京，中國人民大學出版社，2003。

註212：陳平原，《中國小說敘事模式的轉變》，281頁，北京，北京大學出版社，2003。

第一節
故事馬甲

故事的講述方式，從載體上看，大體經歷了用口頭語言講故事、用書面語言講故事、用形象（演員）表演故事的三個階段（當然，三個階段也是平面化存在的，用「演員」演故事也早已存在，比如先秦時期的「屍祭」；與書面語言講故事幾乎是同時出現了「戲劇」、「戲曲」等「演故事」方式，而今天紙面故事的產量超過任何一個歷史時期），三個主要階段分別孵化出了多種講故事文體或者與故事相關聯的文體，比如話本、小說、敘事詩、記敘散文等。需要指出的是，理論上，口頭故事浩如煙海，但是能夠保存、流傳下來的仍舊是書面形式，可做為對象考察的也是書面形式。這些形式中，著意保留口頭故事內容和「模仿」講故事形式本身、影響又最大的文體，大約是「史詩」、「話本」和「擬話本」。紙媒故事中，「小說」是最主要的文體，但「散文」和「詩歌」也講述故事，它們構成了「寫故事」的主體；「劇本」（包括戲劇劇本和影視劇本）是「演故事」的腳本，雖然也可以做為「書面故事」傳播與接受，但主要不是為了閱讀，而是為了透過「表演」而「觀看」。

「講」與「聽」的故事

詩曰：

每說婚姻是宿緣，定經月老把繩牽。
非徒配偶難差錯，時日猶然不後先。

話說婚姻事皆係前定，從來說月下老赤繩繫足，雖千里之外，到底相合。若不是姻緣，眼面前也強求不得的。就是是因緣了，時辰來到，要早一日，也不能勾。時辰已到，要遲一日，也不能勾。多是氤氳大使暗中主張，非人力可以安排也。

唐朝時有一個弘農縣尹，姓李。生一女，年已及笄，許配盧生。那盧生生得偉貌長鬚，風流倜儻，李氏一家盡道是個快婿。一日，選定日子，贅他入宅。當時有一個女巫，專能說未來事體，頗有應驗，與他家往來得熟，其日因為他家成婚行禮，也來看看耍子。

李夫人平日極是信她的，就問她道：「妳看我家女婿盧郎，官祿厚薄如何？」

女巫道：「盧郎不是那個長鬚後生嗎？」

李母道：「正是。」

女巫道：「若是這個人，不該是夫人的女婿。夫人的女婿，不是這個模樣。」

李夫人道：「吾女婿怎麼樣的？」

女巫道：「是一個中形白面，一些髭鬚也沒有的。」

李夫人失驚道：「依妳這等說起來，我小姐今夜還嫁人不成哩！」

女巫道：「怎麼嫁不成？今夜一定嫁人。」

李夫人道：「好胡說！既是今夜嫁得成，豈有不是盧郎的事？」

女巫道：「連我也不曉得緣故。」道言未了，只聽得外面鼓樂喧天，盧生來行納采禮正在堂前拜跪。李夫人拽著女巫的手，向後堂門縫裡指著盧生道：「妳看這個行禮的，眼見得今夜成親了，怎麼不是我女婿？好笑！好笑！」

那些使數養娘們見夫人說罷，大家笑道：「這老媽媽慣扯大謊，這番不準了。」

女巫只不作聲。

須臾之間，諸親百眷都來看成婚盛禮。元來唐時衣冠人家，婚禮極重。合巹之夕，凡屬兩姓親朋，無有不來的。就中有引禮、贊禮之人，叫做「儐相」，都不是以下人做，就是至親好友中間，有禮度熟閑、儀容出眾、聲音響亮的，眾人就推舉他做了，是個尊重的事。其時盧生同了兩個儐相，堂上贊拜。禮畢，新人入房。盧生將李小姐燈下揭巾一看，吃了一驚，打一個寒噤，叫聲「呵呵！」往外就走。

親友問他，並不開口，直走出門，跨上了馬，連加兩鞭，飛也似去了。賓友之中，有幾個與他相好的，要問緣故。又有與李氏至戚的，怕有別話錯了時辰，要成全他的，多來追趕。有的趕不上罷了，那趕著的，問他勸他，只是搖手道：「成不得！成不得！」也不肯說出緣故來，抵死不肯回馬。

眾人計無所出，只得走轉來，把盧生光景，說了一遍。那李縣令氣得目睜口呆，大喊道：「成何事體！成何事體！」自思女兒一貌如花，有何作怪？今且在眾親友面前說明，好教他們看個明白。因請眾親戚都到房門前，叫女兒出來拜見。就指著道：「這個便是許盧郎的小女，豈有驚人醜貌？今盧郎一見就走，若不教他見見眾位，到底認做個怪物了！」眾人抬頭一看，果然丰姿冶麗，絕世無雙。這些親友也有說是盧郎無福的，也有說盧郎無緣的，也有道日子差池犯了凶煞的，議論一個不定。

李縣令氣忿忿的道：「料那廝不能成就，我也不伏氣與他了。我女兒已奉見賓客，今夕嘉禮不可虛廢。賓客裡面有願聘的，便赴今夕佳期。有眾親在此作證明，都可做大媒。」

只見儐相之中，有一人走近前來，不慌不忙道：「小子不才，願事門館。」

眾人定睛看時，那人姓鄭，也是拜過官職的了。面如傅粉，唇若塗朱，下頦上真個一根髭鬚也不曾生，且是標緻。

眾人齊喝一聲采道：「如此小姐，正該配此才郎！況且年貌相等，門閥相當。」就中推兩位年高的為媒，另擇一個年少的代為儐相，請出女兒，交拜成禮，且應佳期。一應未備禮儀，婚後再補。是夜竟與鄭生成了親。鄭生容貌果與女巫之言相合，方信女巫神見。

成婚之後，鄭生遇著盧生，他兩個原相交厚的，問其日前何故如此。盧生道：「小弟揭巾一看，只見新人兩眼通紅，大如朱盞，牙長數寸，爆出口外兩邊。那裡是個人形？與殿壁所畫夜叉無二。膽俱嚇破了，怎不驚走？」

鄭生笑道：「今已歸小弟了。」

盧生道：「虧兄如何熬得？」

鄭生道：「且請到弟家，請出來與兄相見則個。」

盧生隨鄭生到家，李小姐梳妝出拜，天然綽約，絕非房中前日所見模樣，懊悔無及。後來聞得女巫先曾有言，如此如此，曉得是有個定數，嘆往罷了。正合著古話兩句道：有緣千里能相會，無緣對面不相逢。

——凌濛初《初刻拍案驚奇》第五卷

「感神媒張德容遇虎　湊吉日裴越客乘龍」

這是比較典型的模仿「講故事」文體，我們稱之為「擬話本」。

口頭講故事是民間自發的活動，「說話」則是職業講故事，後來，人們以「話」代指口傳的「故事」。

「說話」興起於漢唐，興盛於宋，逐漸成為城市居民日常生活的一部分。隨著說話活動的日益興盛，在書場中流播的故事越來越多，而以口傳故事為藍本的文字紀錄本，以及受說話體式影響而衍生的其他故事文本等，也日見其多，後世統稱之為「話本」（註213）。

擬話本小說是指文人模仿話本形式編寫的小說，魯迅在《中國小說史略》中最早應用這一名稱，指的是宋元時代產生的。《大唐三藏法師取經記》和《大宋宣和遺事》等作品，它們的體裁與話本相似，都是首尾有詩，中間以詩詞為點綴，詞句多俚俗。但與話本又有所不同，「近講史而非口談，似小說而無捏合」，「故形式僅存，而精彩遂遜」（《中國小說史略》）。新中國成立後，一些學術著作應用「擬話本」這一名稱，專指明末文人模仿話本形式編寫的白話短篇小說，即魯迅稱為「擬宋市人小說」的作品，如「三言」中的部分小說，以及「二拍」、《西湖二集》、《清夜鐘》、《石點頭》、《醉醒石》、《幻影》等。

我們結合其他文本，來考察「講故事」文體特徵：

體制

第一，故事內容通俗，生活化，貼近聽眾日常生活，按照一般老百姓可以理解、可以接受的方式進行；第二，講述語言口語化，化繁為簡；第三，講述具有現場感，保持與聽眾的互動，調動聽眾的積極性，達到最佳接受狀態；第四，在文本形式上做調整，便於聽眾對故事的理解，比如先用入場詩點題，再用口語破題，然後講一個扣題，又與下一個故事密切相關、但是簡單得多的故事，以做鋪墊，「且先引一個故事來，權做個得勝頭回」。實則這個小故事與將要細述的故事有著某種類比關係。顯然，入話的設置，乃是說話藝人為安穩入座聽眾、等候遲到者的一種特意安排，也含有引導聽眾領會「話意」的動機。接下來是「正話」，即話本的主體，故事展開後，一般情節曲折，細節豐富，人物形象鮮明突出。「正話」之後，往往以一首詩總結故事主題，或以「話本說徹，權作散場」之類套話做結。

「說話人」

「講故事」與「聽故事」活動一體，故事講述者與接受者均在場，因此話本／擬話本也模仿了二者之間的互動：「（滴珠）算計定了。侵晨未及梳洗，將一個羅帕兜頭扎了，一口氣跑到渡口來。說話的若是同時生，並年長，曉得他這去不尷尬，攔腰抱住，掣胸扯回，也不見得後邊若干事件來。」（《初刻拍案驚奇》卷二「姚滴珠避羞惹禍 鄭月娥將錯就錯」）。「若是說話的同年生，並肩長，攔腰抱住，把臂拖回，也不見得這般災悔！卻教劉官人死得不如：《五代史》李存孝，《漢書》中彭越。」（《警世恆言》卷三十三「十五貫戲言成巧禍」）。

「說話人」出場了，但是從中西比較上來說，「說話人」不同於敘事學中的敘述者。

熱拉爾・熱奈特認為敘述者有五種功能：做為與敘述接收者相呼應的主體——傳達職能；做為小說的講述者——敘述職能；做為敘述進程的控制者——指揮職能；做為對敘述中的故事之評論者——評論職能；自己做為一個人物——自我人物化職能。但說話人除了身兼敘述者五職之外，還負責現場調度，君臨故事世界之上，同時又自由出入，模仿其中人物的行動。（註214）敘述者是閱讀文本的產物，而說話人是口耳故事的產物。當然，故事文本一旦固定成為直接存在，說話人的活動也就凝固了，功能下降為敘述者。

雖然話本以紙媒的形式傳世，在今天已經成為重要的紙媒故事讀本，但是它最初是做為口頭講述而出現，並且在題材內容、語言風格、敘事模式等體制的諸方面都打上了「講故事」的痕跡。「說話」在歷史上主要有「四家」，「小說」不過是其中一種，但在今天我們都一併稱之為「小說」。做為現代小說的上游，它的「講故事」痕跡一直保留到五四時期以及當代，甚至做為「中國特色」而加以辨認。「話本」為小說累積了素材，也培養了小說講故事的能力。「小說是從故事裡誕生的，最初的小說作者都是『講故事』的高手……可以說，故事的『結構律則』，影響甚至決定著小說的結構方式。」（註215）

與之做為對照的是與其同世的文言小說，後者在歷史上是做為自覺「書寫」和以內心語言「閱讀」而存在的。同為講故事的小說，有學者認為：「大部分文言小說與白話小說甚至在素材上都不相借用，而是各有專司。這兩者的差別遠非只是語言上的，不可能有一本文言的《水滸傳》，也不可能有一本白話的《閱微草堂筆記》或《浮生六記》。它們各有不同的起源、不同的發展過程、不同的常用題材、不同的形式特徵、不同的敘述者身分和讀者社群。它們應當說是兩個相當不同的文類，距離相當遠。」因此，「就中國文化傳統而言，白話小說很難與文言小說同時做為同一文類加以討論。」（註216）這種發現是敏銳的，看到了兩種故事創作與接受的形式。

註213：參閱袁行霈，《中國文學史》，244頁，北京，高等教育出版社，1999。

註214：參閱趙毅衡，《苦惱的敘述者：中國小說的敘述形式與中國文化》，26～27頁，北京，北京十月文藝出版社，1994。

註215：曹布拉，《金庸小說技巧》，57頁，杭州，杭州出版社，2006。

註216：趙毅衡，《苦惱的敘述者：中國小說的敘述形式與中國文化》，6頁，北京，北京十月文藝出版社，1994。

「寫」與「讀」的故事

用於「閱讀」的故事，在今天主要是小說、散文和詩歌這三種文體，當然，散文和詩歌不以「講述」故事為己任。

小說中的故事

小說是一種以塑造人物為中心，透過描述完整的故事情節和具體的生活環境，形象深刻多方位地反映社會生活的敘事性文學體裁，傳統小說中，人物、情節和環境三要素構成了完整的小說世界。

與詩歌、散文相比，小說的主要目的是「講故事」。不存在無故事的小說，即使是那些詩化的小說、意識流小說也是如此，「所謂散文化、無故事的小說，多半是用一系列小故事代替通篇的大故事，用沒有甚麼戲劇性的故事代替戲劇性強的故事罷了。」(註217)同樣，它具有故事情節，但是「小說的故事情節則是一個寬敞的概念，故事情節構成了小說的基本骨架，它可以強化情節，也可以淡化情節，充盈於故事情節之中的是大量的生動的細節和非情節因素。」(註218)

故事離不開人物，但以事件為核心，小說逐漸從故事中獨立出來，開始從寫事轉向寫人，

「這樣一種傳統小說的基本格局，雖然也主張人物『做什麼』和『怎麼做』，但對於人物『想什麼』卻關注得不夠。沒有強調表現人物的豐富性與複雜性。直到明、清時期，中國的小說創作才真正從寫事轉到了寫人。而西方的小說，也同樣經歷了這樣一個漫長的時期。例如西方的流浪漢小說，不過是用人物來貫串那複雜而龐大的情節而已，人物是為故事服務的。直到十八世紀，一大批傑出的小說家才真正把小說藝術變成了人的性格的活寫真。」（註219）因此，「凡是好的作家身後總是站著一排人物。」（註220）

雖然存在許多號稱「非虛構小說」的作品，但現代小說越來越偏重於虛構，超越事件意義上的真實而追求邏輯意義上的更高的真實。許多作家都號稱故事是真實的，就像狄更斯在他的第一部小說《匹克威克外傳》中說的那樣：「我們只是努力用正直的態度，履行我們做為編輯者的應盡之責……我們只能說，我們的功勞只是把材料做了適當的處理和不偏不倚的敘述而已。」（註221）《三國志通俗演義》的作者在自序中說「晉平陽侯陳壽史傳，後學羅貫中編次」，但實際上，「當故事走進了小說，它就演變成了情節」（註222），已經不是現實生活意義上的真實，成為虛構的一部分。

散文中的故事

散文有廣義、狹義之分。廣義的散文包括報告文學、雜文、回憶錄、自傳等，狹義的散文指取材廣泛、結構靈活、寫法自由、篇幅短小並能靈活記敘見聞、自由抒發真實感受與見解的文學體裁。

從題材上說，散文則不必以某個人物為中心，也不必敘述完整的故事情節，而往往攝取生活中的一個片段、側面，寫人、寫景、敘事、詠物，無所不可。《蘭亭集序》、《湖心亭看雪》等就是這樣：一次聚會（事件／行動）後，抒發一些感受（見解／感情），一篇作品就這樣誕生了。

在很多散文中，「故事」只是一個引子，引出更多的回憶／故事、情感／見解。如：「接到手書，知道你要到我的故鄉去，叫我給你一點什麼指導」，下面就引出我對故鄉烏篷船的介紹，以及我對它的感情（《烏篷船》）。「不逢北國之秋，已將近十餘年了。在南方每年到了秋天，總要想起陶然亭的蘆花，釣魚臺的柳影，西山的蟲唱，玉泉的夜月，潭柘寺的鐘聲。」（《故都的秋》）如果把這篇散文的故事「把我回憶北京」的句法結構分析一下的話，我們會發現它著眼點在於故事的「狀語」（地點狀語：「北京」；時間狀語：「秋天」）。

「我曾經使用過一輛紡車，離開延安那年，把它跟一些書籍一起留在藍家坪了。後來常常想起它。想起它，就像想起旅伴，想起戰友，心裡充滿著深切的懷念。」（《記一輛紡車》）在抒發見解與感受上，不用像小說、劇本那樣另外塑造主角、人物形象或「隱含作者」來抒發自己的感情、表達自己的見解，也不必虛構故事、編製情節，在想像的敘事中傳達自己的生活態度、人生見解。相反，散文作者一般就是抒情主角，表達的是作者的真實情感與見解，真實作者、隱含作者、敘述者、主角在很多時候高度一致。在材料處理上，散文則只對生活材料做恰當的選擇、調度、剪接，而不用虛構的方式，選材廣泛，更生活化和日常化。

詩歌中的故事

詩歌中的故事有多種形式。有的故事非常完整，人物形象生動，事件充分情節化，做為詩歌敘事的對象而存在；有的故事高度濃縮，以單元的形式鑲嵌在其他內容之中，配合其他材料共同為主題服務；有的則更加稀薄，依稀透露出故事的影子。從存在方式上，詩歌中的故事大約有以下幾種形式：

碎片化的故事

去年今日此門中，人面桃花相映紅。
人面不知何處去，桃花依舊笑春風。

——崔護《題都城南莊》

從時間「去年」、「今日」，地點「此門中」，以及「去年」「今日」物是人非的事件

線索來看，這裡似乎隱藏有一個動人的故事。實際上，這裡的確有個（或生發出）「絳娘與崔護的桃花緣」故事。（註223）

從寫作學角度來說，這個「故事」卻是自己的經歷，因而這首詩是因事而寫、緣情而發。「故事」是抒情的緣由、基礎，抒情是「故事」的感悟和昇華。從接受角度來說，讀者只是從詩裡捕捉到故事的碎片、隱隱的線索，然而由於這些碎片的印象連綴構成了一個普遍的人生情境，觸及了人類普遍情感，因而觸動了自己的情緒，也產生了強烈的共鳴。對於讀者來說，無須瞭解作者完整的故事，就已經與這首詩的情感息息相通了。

隱藏有個人或他人故事的抒情詩，其成功之處並不在於抒發的感情真摯與否，交代的故事充足與否，而是在於詩歌是否揭示了一個普遍的人生情境，抒發了一種普遍的人生情感，因此這個故事不僅對於詩人有意義，對於每一個讀者也有意義。

在某種意義上，故事的碎片化或意象化、印象化，反而給讀者的理解留下空間，在其敘事不到處填充自己的生活經驗，呼應這個永恆的人生境遇。「記得小蘋初見，兩重心字羅衣。琵琶弦上說相思……」（晏幾道《臨江仙》）字句，告訴了讀者具體的記憶細節，然而這個細節卻具有普遍與永恆的結構，彷彿在世界的每一個角落、每一個人身上反覆發生：記得那個時候，我們第一次相見，他／她穿著那樣的衣服，至今歷歷在目。在那次美麗的邂逅，他／她向我透露了少年的心思……因而，結尾句「當時明月在，曾照彩雲歸」才有那樣打動人心的力量，將人生意味引向「失樂園」、「人生幾回傷往事，山形依舊枕寒流」（劉禹錫《西塞山懷古》）這樣普遍「物是人非」的傷感。

賦予新意的故事

將他人故事做為關照對象，藉此理性抒情，抒發見解，這也是故事在詩歌中存在的方式。與真正的敘事詩相比，其寫作中心並沒有放在故事的情節化方面，而是注重在新的時代、文化語境中重新體味故事，理解故事，賦予故事新的認知。

> 在向你揮舞的各色手帕中／是誰的手突然收回／緊緊捂住了自己的眼睛／當人們四散離去，誰／還站在船尾／衣裙漫飛，如翻湧不息的雲／江濤／高一聲／低一聲／美麗的夢留下美麗的憂傷／人間天上，代代相傳／但是，心／真能變成石頭嗎／為眺望遠天的杳鶴／錯過無數次春江月明／沿著江岸／金光菊和女貞子的洪流／正煽動新的背叛／與其在懸崖上展覽千年／不如在愛人肩頭痛哭一晚
>
> ——舒婷《神女峰》

詩人路過神女峰，看到傳說中的「神女」依舊在「懸崖上展覽」，已達千年，忽然想到

自己，「手突然收回／緊緊捂住了自己的眼睛」，開始思考，「心／真能變成石頭嗎」，「為眺望遠天的杳鶴／錯過無數次春江月明」，又值得嗎？詩歌中的「神女」有三個原型，從詩歌的愛情題材來看，抒情對象結合了實景的傳說和宋玉筆下《高唐賦》、《神女賦》兩則詩歌中的主角。

在文學故事中，巫山神女在愛人去世以後，兩度遭遇愛情的誘惑，一是癡心人楚襄王，一是才子宋玉，但最後都理性戰勝了情慾，忠於懷王，矢志不改，成為貞潔重於生命的模範。在男人筆下，女性的忠貞行為值得讚揚；在男權文化主導的歷史語境，這麼去理解和鼓勵一個享受虛假愛情的女性，也是不假思索的事情。然而，時代發生了變化，今天，「金光菊和女貞子的洪流／正煽動新的背叛」，個性意識、女權主義開始甦醒了，女性已經有了女性的價值評判標準，有了自己的生活，「神女」這麼做的價值在哪裡呢？一個新的見解誕生了：「與其在懸崖上展覽千年／不如在愛人肩頭痛哭一晚」。這既是新時代女權主義的宣言，也是詩人對過往故事的理解。

單元化的故事

有些故事，虛構或實際發生，在流傳過程中，因其較高的知名度和被約定俗成的闡釋，逐漸成為成公共知識、歷史記憶的一部分，並做為某些具體人生情境的象徵或情感符號而存在，這樣的故事也稱為「典故」。因其事件濃縮、意義與情感指向具體，並且事件本身高度公共化，因而被詩歌這種文體廣泛徵用。在這類詩歌中，故事最小化，做為抒情的單元而存在。在使用過程中，做為「典故」的故事發揮著如下功能：

借意

水流山石間沉澱下你我／而我們成長，在死底子宮裡。／在無數的可能裡一個變形的生命，／永遠不能完成他自己。／我和你談話，相信你，愛你，／這時候就聽見我的主暗笑，／不斷地他添來另外的你我，／使我們豐富而且危險。

——穆旦《詩八首》之二

穆旦的《詩八首》被認為是中國現代主義詩派的經典之作，也被稱為最難懂的詩作之一。這種「難懂」或與詩歌中所流露的「存在主義」哲學思想和中國二十世紀四〇年代接受語境的陌生相關，也跟詩作中使用了許多西方文化典故有關，即詩歌中有我們中國讀者不熟悉的背景故事。比如「永遠不能完成他自己」，脫離上下文中的典故，我們會把這句詩一廂情願地理解為「人類成長」、「成為自我」之類勵志式主題，然而，這恰恰是與「人生荒誕處境」的主題相悖的。

「水流山石間沉澱下你我／而我們成長，在死底子宮裡。」這裡借用了世界許多民族和文化中都存在的「泥土造人」典故，以及「生閉環」和「向死而生」的東西方雜糅哲學思想。但這個「泥土造人」卻是人類「自造」，「主」／「神」並未對我們特別地眷顧，我們也並非「天之驕子」，這就為下文描述「神」對「人」的玩弄做了鋪墊。

「一個變形的生命，／永遠不能完成他自己」來自於柏拉圖的《會飲篇》。故事說，人原本分三種，男人、女人和陰陽人，但他們都是球形人，四手四腳，臉孔相背，器官數量是現代人的雙倍，十分完美。男人可做雙男，女人可做雙女，陰陽人即是一男一女。一日，陰陽人要造諸神的反，宙斯想削弱他們但又不想失去獻祭來源，因而將他們劈成兩半，形成殘缺。經過整形手術後的人終於成了現在的樣子，然而被劈開的兩半十分思念自己的另一半，就開始尋找自己的另一半。自此，人來到世界，除了帶有供奉諸神的使命，還要滿世界漫遊，尋找自己的另一半。找到了另一半，男女一體，人生方算得上圓全完美，「完成他自己」。所謂愛情，就是尋找自己的另一半。

人生就是這樣，我們有主，信主，然而主並不為我們做主，反而處處為難我們，嘲笑我們，讓我們的命運充滿挫折、荒誕，「我和你談話，相信你，愛你，／這時候就聽見我的主暗笑」。在追逐愛情、尋找另一半的過程中，主不斷給我們增添困難，「不斷地他添來另外的你我，／使我們豐富而且危險」，使我們不斷地「所愛非人」。這首詩的主題，建立在宙斯對其子民不懷好意的基礎之上，這個典故也幫助詩歌實行了其主控思想。

借境

撐著油紙傘，獨自／彷徨在悠長、悠長／又寂寥的雨巷，／我希望逢著／一個丁香一樣的／結著愁怨的姑娘。

——戴望舒《雨巷》

「我」為何希望逢著一個「丁香」而不是「牡丹」、「茉莉」一樣的姑娘？因為「丁香」不僅是一個「意象」，而且自身蘊藉著豐富的資訊，是一個有「故事」的意象。首先，它關乎著女性的陰柔「美」，「丁香體柔弱，亂結枝猶墊」（杜甫《江頭四詠・丁香》）。其次，它與「愛情」相關，「瑤姬一去一千年，丁香筇竹啼老猿」（李賀《巫山高》）；「青雲自有黑龍子，潘妃莫結丁香花」（溫庭筠《蔣侯神歌》）。透過「丁香」，連結了「瑤姬」、「潘妃」這樣更多的故事，構成了一個深遠的故事鏈。再次，它關乎著情感狀態：「青鳥不傳雲外信，丁香暗結雨中愁」（李璟《浣溪沙》）；「芭蕉不展丁香結，同向春風各自愁」（李商隱《代贈二首》）等等。眾多有關愛情、哀愁、美麗的故事濃縮進「丁香」符號裡，成為詩歌意境的一部分。

代言

借過往的故事比擬當下，讓歷史熟悉的情境再現，可以發揮警示、映射的作用，一切盡在不言中。「煙籠寒水月籠沙，夜泊秦淮近酒家。商女不知亡國恨，隔江猶唱後庭花。」（杜牧《泊秦淮》）詩人要說的是時局，說出的卻是歷史故事。「後庭花」是一首詩名，原名叫「玉樹後庭花」，出自一個君恬臣嬉、身死國滅的警世故事。後來，「後庭花」就成為亡國之音、不祥之兆的代名詞，而「後庭花」類似時代的歷史重現，也被認為是南陳時代即將再現。

「黑雲壓城城欲摧，甲光向日金鱗開。角聲滿天秋色裡，塞上燕脂凝夜紫。半卷紅旗臨易水，霜重鼓寒聲不起。報君黃金臺上意，提攜玉龍為君死。」（李賀《雁門太守行》）這首詩裡隱藏著「易水」、「黃金臺」兩個故事，後者包含「知遇之恩」，前者包含「慷慨赴難」之意，詩人借這兩個故事，表達了將士們決絕的態度和堅強的意願。

「惜秦皇漢武，略輸文采；唐宗宋祖，稍遜風騷。一代天驕，成吉思汗，只識彎弓射大鵰。」（毛澤東《沁園春・雪》）這首詩更是一氣呵成，勢如破竹，串聯了歷史上最英雄、最豪邁、最風流的人物與故事，盡顯詩人氣度。

「早歲那知世事艱，中原北望氣如山。樓船夜雪瓜洲渡，鐵馬秋風大散關。塞上長城空自許，鏡中衰鬢已先斑。出師一表真名世，千載誰堪伯仲間。」（陸游《書憤》）借「塞上長城」與「出師一表」兩個故事，抒發了壯志未酬、英雄無用武之地的悲涼。

註217：樊俊智，《中外小說35種創作樣式》，11頁，鄭州，海燕出版社，1988。
註218：陳果安，《小說創作的藝術與智慧》，40頁，長沙，中南大學出版社，2004。
註219：傅騰霄，《小說技巧》，29頁，北京，中國青年出版社，1992。
註220：徐春萍、東西，《寫我們內心的祕密——關於長篇小說〈後悔錄〉的訪談》，載《文學報》，2005-08-04。
註221：（英）狄更斯，《匹克威克外傳》，54頁，上海，上海譯文出版社，1979。
註222：陳果安，《小說創作的藝術與智慧》，34頁，長沙，中南大學出版社，2004。
註223：參閱http://baike.sogou.com/v152032.htm。

「演」與「看」的故事

「演」與「看」的故事是戲劇和影視。戲劇故事和影視故事有具體的差別，但是相對於「寫」與「讀」的故事，它們之間的共性就凸顯出來。

我們結合《活著》這個電影故事（其實《活著》也是非典型電影故事）來描述它們的特徵：

其一，最低要有兩個人物，一個是主角，一個是對手。即使是《等待果陀》這樣高度抽象的故事，果陀也是一個人物，一個對手，雖然他始終以不在場的方式存在。

其二，對手必須是人。像《二〇一二》這樣的災難故事，人物的對立面依舊不是大自然，而是複雜的人類，大自然的災難只是為他們緊張的關係提供了一個變化的契機、考驗的形式。

其三，雖然小說故事中的人物與人物之間也存在著尖銳的衝突、緊張的對抗，但是小說作者可以控制、延宕、壓抑這種衝突和對抗，甚至有權決定讓其隱匿，但是影視與戲劇故事卻要強化衝突，表現對抗的過程與結果。

其四，無論電視劇有多少集，同一個人物可以使用多少個演員，但是，戲劇與影視故事的時間與空間高度壓縮，將生活壓縮至最基本也是最本質的那一刻。戲劇強調「三一律」並非刻意壓制創作者的創意天才，實則是對戲劇故事的保護。

其五，相對於小說故事，影視故事、戲劇故事的主題與故事要簡單得多，線條也簡單得多。

其六，由於戲劇與影視故事主要由人物自己去表現自己，作者要盡可能地退出故事，因此故事的生活邏輯要求就嚴格得多。其中的紕漏，影視故事與戲劇故事作者即編劇無法使用「強敘述」給予解決，而這些則在小說中廣泛使用。

一則案例——小說《活著》VS. 電影《活著》

小說《活著》（余華）梗概

「我」在年輕時獲得了一個遊手好閒的職業——去鄉間收集民間歌謠。在夏天剛剛來到的季節，遇到那位名叫福貴的老人，聽他講述了自己坎坷的人生經歷：地主少爺福貴嗜賭成性，終於賭光了家業一貧如洗，窮困之中福貴因母親生病前去求醫，沒想到半路上被國民黨部隊抓了壯丁，後被解放軍所俘虜，回到家鄉他才知道母親已經過世，妻子家珍含辛茹苦帶大了一雙兒女，但女兒不幸變成了聾啞人。家珍因患有軟骨病而幹不了重活；兒子因與女校長血型相同，為救女校長抽血過多而亡；女兒鳳霞與隊長介紹的城裡的偏頭二喜喜結良緣，生下一男嬰後，因大出血死在手術臺上；而鳳霞死後三個月，家珍也去世了；二喜是搬運工，因吊車出了差錯，被兩排水泥板夾死；外孫苦根便隨福貴回到鄉下，生活十分艱難，就連豆子都很難吃上，福貴心疼便給苦根煮豆吃，不料苦根卻因吃豆子撐死……生命裡難得的溫情被一次次死亡撕扯得粉碎，只剩得一頭老牛伴隨著老了的福貴在陽光下回憶。

電影《活著》（導演：張藝謀；主演：鞏俐、葛優、郭濤；編劇：余華、蘆葦）

國共內戰時期，福貴（葛優飾）是當地一個顯赫有錢人家的長子，他天性懶惰，嗜好賭博。儘管他的妻子家珍（鞏俐飾）多次威脅要離開他，福貴還是很快就把他家的財產輸給了狡詐的皮影劇團的領班龍二，福貴的父親氣得一病不起，不久就死了。家裡突然變窮了，福貴被迫沿街賣線。六個月後，福貴和他原來的長工長根帶著那個皮影箱子，在鄉下走街串巷靠表演皮影謀生，他們碰上了蔣介石的國軍，被強征入伍，悲慘的經歷使福貴明白了生活的真意。兩年後，福貴投降了毛澤東領導的共產黨軍隊，並被釋放回家。

福貴回到了現在已經被解放的村子，被告知他母親已經死了，鳳霞耳朵聾了，龍二被新政府定為惡霸地主，被槍斃了；福貴和家珍決定重新建設他們的新生活。到了一九五八年，開始「大躍進」，全民大煉鋼鐵。煉了三天三夜後，福貴正要休息時，有慶的同學找到他，說是縣長要見他。儘管家珍反對，福貴還是堅持把疲憊不堪的有慶帶到學校。那天晚上，夫婦得知有慶是睡覺時被縣長的汽車倒車時撞倒院牆給砸死了。當縣長來參加葬禮表示歉意時，福貴吃驚地發現縣長竟然是長根，他過去最要好的朋友。

「文化大革命」開始了，福貴的皮影被斥為封建遺物，並被責令不得再進行皮影活動。長根被打成反革命，並遭到了批鬥。一天晚上，長根來到福貴家的門外，堅持讓他的老朋友收下那二百元。當福貴意識到長根想自殺時，試圖勸阻他。突然，從未原諒過長根的家珍打開門栓，衝了出去，對著長根大聲喊道：「長根，你必須活下去！別忘了，你還欠我們家一條命！要由你來還！」在此期間，嫁給了二喜（姜武飾）的鳳霞要生產了，福貴和家珍連忙把她送往醫院。

然而，他們發現醫院裡唯一的醫生只是一個學生，所有有經驗的醫生都已經被打倒了。二喜設法把一個有經驗的醫生（老教授）帶到醫院，但這個醫生由於飢餓和遭到虐待，虛弱得連頭都快抬不起來了。福貴給這個醫生吃東西，但他吃太多，以致噎得在地上打滾。雖然孩子健康地出生了，但鳳霞卻由於大出血死去了……經歷了種種不幸，主角仍舊相信未來，對明天充滿信心，福貴對饅頭說：「你是趕上好時候了，將來這日子就越來越好了。」

問題

電影《活著》獲法國戛納第四十七屆國際電影節評委會大獎、最佳男主角獎（葛優）、人道精神獎，全美影評人協會最佳外語片，洛杉磯影評人協會最佳外語片，英國「奧斯卡」最佳外語片。但在中國，據說是「大陸十大禁片之一」。

為什麼？其實這是兩種不同的講故事的載體與文體，正是後者特殊的文體——講述故事的模式——將電影《活著》推向了風口浪尖。

（1）小說故事的主角是福貴，對立面是抽象的社會、偶然、命運；電影故事對立面必定是人：龍二（皮影戲班主、賭徒、贏了福貴家老宅院、替福貴去死）、長根（縣長，上任去國小檢查學生「大躍進」，倒車撞倒院牆砸死有慶）、造反學生（將有經驗的醫生、老教授關押進牛棚）。

（2）小說故事的主角可以是被動人物，但電影故事主角卻必須是主動人物。在小說故事中，福貴經歷了父親（氣死）、母親（病死）、家珍（得軟骨病病死）、鳳霞（產後大出血而死）、有慶（抽血過多而死）、二喜（被夾死）、苦根（吃豆子撐死）先後死去，全家死光光後，仍舊處於懵懂狀態，沒有產生改變（實際上也無從改變）的慾望，只是逆來順受，樂天知命，努力與看不見的對立面保持協調。但電影主角與外在世界的關係緊張，時時處於高度「衝突」狀態，雖然他也想努力調和這個緊張狀態。從福貴被龍二掃地出門的那一刻起，他就被逼上了絕境，開始考慮「過日子」、「活下去」這個問題。到了淮海大戰戰場屍橫遍野的時候，他才有了刻骨的「活下去」、「活著」的慾望，故事真正開始了：福貴要活著，主動地去活著，他是主動人物，帶領一家人活著。一旦主角有了「活著」的慾望，那麼一切阻止他「活著」的因素都將成為對立面。很不幸，福貴與他的時代站在了矛盾的對立面。

（3）小說故事中，主角福貴離奇的命運一直處於「被講述」和「滯後講述」狀態，而他自己也被敘述者賦予了一種「花鳥」性格（至少敘述者這麼認為），無知無識，因此他命運的悲慘及自己的疼痛感知被忽略了，但電影故事中主角有了自己的視角、自己的感知，因此故事不得不去正視他的恐懼、屈辱、痛苦以及求生的掙扎，因為從前到後得到觀眾的認同、同情（許多過來人看完《活著》之後痛哭），悲劇就被正面表現了。

同一個故事在不同的載體與文體裡，呈現出不同的藝術力量，這說明「讀」的故事與「看」的故事有不同的講述模式。

第二節

適得其所

經典的故事經世流傳，被不同載體、文體演繹。口頭故事改寫為紙面故事（往往是以集體、反覆多次的形式），紙面故事改寫為戲劇故事、影視故事，也可以反過來，戲劇故事、影視故事改寫為紙面故事，比如「影視同期書」。但每種載體、文體都有自己的優越性與侷限性，同時對材料也有一定的規定性。魯迅先生說，他有整齊完整的故事材料，就去做小說，零碎的東西就去作雜感、隨筆，就是說明如此。文體與載體對故事有什麼樣的具體要求，以及故事進入何種文體方適得其所呢？

故事進小說

小說就是講故事，但是「小說是用一種特殊的方式講故事」（註224）。艾弗・伊文斯所說的

「特殊性」有許多是其他文體可以分享的，只有放在「口頭講故事」、「紙媒寫故事」與「演員演故事」這個更大的視野下，方可真正捕捉到屬於自己的「特殊性」。

小說的主體是故事，但故事講出多少、怎樣講是作者的權利

小說從故事演進而來，以講故事為己任，但這並不意味著，小說就一定要把故事事件按照它自然的順序、本來的樣子講述出來。我們現在所說的「詩化故事」、「心理故事」或「哲理小說」似乎是不需要故事、反故事的，但是我們要明白，它們是有完整故事基礎的，對立面、衝突、情節、邏輯等隱藏其中，但是作者要嘛掩飾它，要嘛省略它，反過來去強調另外一部分，比如氛圍、情境、內心生活等。可以參照的是山水畫的「留白」，我們知道露出畫面一角的山水，必有來路，必有去路，雖雲遮霧蓋但不等於它們不存在。「詩意」、「意識流」、「哲理」等效果或風格的獲得，是向繪畫、詩歌、散文等主動學習，將故事碎片化、情緒化、對象化處理的結果。

小說紀錄、處理事件，相對於口頭故事以及戲劇故事，有著自己獨有的經驗和便利，比如口頭故事與小說可以分享連貫敘事、插入敘事技巧，但交替敘事，這是口頭故事、戲劇故事難以達到的，「這種形式顯然和口頭文學失去了任何聯繫，因為口頭文學不可能有交替」（註225）。當然影視故事以「蒙太奇（註226）」、「閃回（註227）」的方式彌補了戲劇的缺憾，但即使是

影視故事，也難以連續表現大幅度跨時空的事件、情節與細節。

構思從人物與同類或異類關係入手

「小說是由什麼構成的？」龍一認為，小說不是由人物、情節、主題、懸念之類的東西組成的，小說的基本結構單位是「遇合」，即人物與同類或者事物（包括物體、異類、天氣等非同類）相遇，便構成了小說的最小單位。由遇合向前發展，兩個「人」發生了聯繫，就會變成大一點的建構，叫「交流」；在交流中發生了矛盾，是更大一點的「衝突」；衝突的結果造成了一方生活的細微的轉折，便是小情節。從發生衝突並造成細微轉折的小情節開始，再加以擴大，注入背景、次要人物和前因，形成「場面」；如果場面中主要人物與「阻礙因素」發生劇烈衝突，並給其中一方的行動或情感造成了較為重大的轉折，便會擴張為小說中至關重要的「戲劇性場面」，這些便是小說的基本構成。（註228）

龍一結合自己的創作經驗，並借鑑羅伯特·麥基的銀幕劇故事結構原理探討小說結構，是有真知灼見的。小說以刻劃人物形象為主要任務（外在生活或內心世界），而故事的事件本身也離不開人物，抓住了人物就抓住了關鍵。人物不僅決定了故事的事件，還決定了故事的長度。長篇小說為什麼「長」，根本原因在於人物多。人物多，關係就多，相應的事件就多起來。

使用小說權利

我們無法領略宋元時期勾欄瓦肆那些說話大師們縱橫捭闔、口吐蓮花的精彩，但那個時期的人們也無法領略今天發達影視技術的「畫面語言」，尤其是3D、4D時代的到來，影視語言更加令人震撼。其實，小說的語言也可以做到它們做不到的：其一，語言的歡樂，閱讀的快感：或優美，或明快，或幽默，或雄辯。其二，敘事的便利，可以深入到人物內心、潛意識，發掘與表現內心的衝突。其三，作者的聲音可以出現在作品中，影響讀者對故事或人物的判斷，提高表現力，引導讀者的移情，而在影視中，畫外音是拙劣的手法。其四，虛擬的簡潔。小說是虛擬的藝術，既有虛擬的權利，又有虛擬的便利，相對於影視、戲劇事物寫實展現的「笨拙」，小說幾乎可以天馬行空。

小說可以繼續走故事化的道路，也可以模仿影視故事，借鑑敘事空間化，將內心語言的「閱讀」轉化為「看」，或「零度寫作」，作者退出故事世界，讓人物自己行動，但他必須堅持自己特殊的權利，方可確立自己不可取代的地位。

「小說作者對於敘述過程的控制性要強於導演對於電影敘述過程的控制。在小說敘述中，讀者最終不得不跟著一個敘述者走；而電影觀眾對於影像的接受很可能完全不受導演意圖的控制。」（註229）作者對故事的控制、「強敘述」在這個意義上，是文體特性而不是明顯缺陷，這就是為什麼像《尤利西斯》、《追憶似水年華》、《芬靈根守靈夜》，甚至《信使》、《你是少年酒罎子》這樣的作品價值所在——它們不是用於「聽」，而是用於「閱讀」的。

註224：（英）艾弗．伊文斯，《英國文學簡史》，285頁，北京，人民文學出版社，1984。

註225：曹布拉，《金庸小說技巧》，15頁，杭州，杭州出版社，2006。

註226：蒙太奇（法語：Montage）是音譯的外來語，原為建築學術語，意為構成、裝配。經常用於三種藝術領域，可解釋為有意涵的時空人地拼貼剪輯手法。最早被延伸到電影藝術中，後來逐漸在視覺藝術等衍生領域被廣為運用。

註227：閃回通常指在一定的場景結構中插入另一場景或片斷。閃回可以是電影的一種片斷敘述手法，也可以形成全片結構形態，即閃回結構影片。從內容上看，閃回的內容一般為閃回前面鏡頭中某個人物的思維或回憶。它可以是情緒性的，也可以是敘事性的；可以是較長篇幅的，也可以是瞬間意識表現，目的是使觀眾更清晰地感受人物的思維、情緒和瞭解事情原委。

註228：參閱龍一，《小說技術》，89～90頁，天津，百花文藝出版社，2011。

註229：楊世真，《重估線性敘事的價值——以小說與影視劇為例》，101頁，杭州，浙江大學出版社，2007。

故事進戲劇／影視

戲劇、影視在本質上屬於大眾藝術、通俗藝術，尤其是當代，影視更是大眾工業的一部分。影視故事是給觀眾而不是給導演、編劇自己看的，我們要警惕「導演經常會說的謊話」：

新浪娛樂：但是姜文導演說《太陽照常升起》是拍給自己看的，而《讓子彈飛》是拍給觀眾看的。

羅伯特．麥基：這是導演經常會說的謊話，他們不會只是為了自己才拍這部電影，他們確實是為了全世界的人才拍的。但是當世界不喜歡的時候，他們會回頭說，其實是為了他自己才拍的這部電影，他並不在乎別人喜不喜歡，這是個私人的作品。當一部電影被大家喜歡，比如說《讓子彈飛》，他們就說是的，他是為了觀眾而拍攝這部電影的。對不起，我聽過這個謊話上千次了，這是導演維護自己的一種方式。你會花五十萬、五百萬美元，只是為了滿足你自己嗎？（註230）

提煉戲劇性

故事進戲劇、影視，成為影視故事，應做到：

任何故事都有戲劇性，但是戲劇、影視故事不僅要擁有戲劇性，更要突出戲劇性，故事情節圍繞這個「戲劇性」展開。相對於詩歌、小說，影視更接近「大眾文化工業」產品。產業屬性和載體屬性要求它更通俗、更有趣、更有「看點」。

讓人物自己表現自己

戲劇影視故事不允許編劇、導演出面，一般不能有敘述人的言語，只能靠人物自身的言語塑造形象，因此人物必須透過自己的行動和語言來表現自己，故事要性格化、動作化和視覺化。內心語言也要透過動作和畫面來展示。比如，如何表現人物性格？在小說或其他紙面文學故事裡，作家可以直接列舉這些形容詞：「內斂」、「孤僻」、「害羞」、「強勢」、「偏執」等等，但在影視故事裡，這種描述於事無補，「十個形容詞，都抵不上一個準確的人物反應」，它必須透過人物的行動表現，即「他／她此時會怎麼做？」「一個最簡單的公式：人物性格＝角色在每一個情境下的反應累加」，即「動作即性格」（註231）。

設置戲劇化場景與衝突

集中反映矛盾衝突。戲劇舞臺時間、空間的限制要求劇本集中地反映生活中的矛盾衝突，並使之達到劇烈程度。矛盾衝突不集中、不劇烈，劇情的發展必然會緩慢。矛盾衝突的集中展開也為人物展示性格提供了充分條件。戲劇的觀眾性也要求以劇烈的衝突吸引觀眾的審美注意力。現實生活種種矛盾在戲劇中被集中強化反映：人物與環境、人物之間；人物性格內在矛盾如：自身動機與行為；有戲沒戲；外在衝突與內在衝突。

獨特的故事結構

影視故事在結構方面有獨特的表述和要求，其結構單位分別以「事件」—「節拍」—「場景」—「序列」—「幕」—「集」方式存在，而其創作與呈現途徑也遵循著「大綱」—「臺本」—「劇本」程序，展現現代工業和故事藝術的結合。（註232）

幾乎無法改寫的二十本書（註233）

（1）《百年孤寂》（加布里・賈西亞・馬奎斯著）。
（2）《書頁之屋》（馬克・Z・丹尼利斯基著）。
（3）《葛瑞夫與莎賓娜：寄給我相同的靈魂》（尼克・班托克著）。
（4）《尤利西斯》（詹姆斯・喬伊斯著）。
（5）《失樂園》（約翰・米爾頓著）。
（6）《黑塔》（史蒂芬・金著）。

（7）《伐木》（湯瑪斯・伯恩哈德著）。
（8）《我彌留之際》（威廉・福克納著）。
（9）《到燈塔去》（佛吉尼亞・伍爾夫著）。
（10）《夾層樓》（尼科爾森・貝克著）。
（11）《八人幫》（丹尼爾・漢德勒著）。
（12）《瘋狂之山》（H・P・洛夫克拉夫特著）。
（13）《睡魔》系列（尼爾・蓋曼著）。
（14）《阿特拉斯聳聳肩》（愛茵・蘭德著）。
（15）《無盡的玩笑》（大衛・福斯特・華萊士著）。
（16）《字母表非洲》（沃爾特・阿比希著）。
（17）《微暗的火》（弗拉基米爾・納博科夫著）。
（18）《時光之輪》系列（羅伯特・喬丹著）。
（19）《鼠族》（阿特・斯皮格曼著）。
（20）《路》（科馬克・麥卡錫著）。

為何這些書（主要是小說）難以改編為影視？究其原因：

（1）人物：人物眾多（《百年孤寂》布恩迪亞七代人，名字重複）；或敘述者過多（《我彌留之際》多達十五個）；或人物難以塑造（《失樂園》中的上帝、撒旦、亞當與夏娃；《鼠族》用動物做為人物的替身，小說寓言化；《路》中的角色沒有名字）。

（2）情節：過於複雜（《百年孤寂》講述七代人的故事；《瘋狂之山》僅情節介紹就讓讀者迷惑；《時光之輪》系列有十四本；《睡魔》漫畫系列共七十五期）；過於簡單，動作性不強，故事主要發生在內心（《夾層樓》、《到燈塔去》等，《伐木》整部小說都是一個人對另一些人的評價）；或乾脆是意識流小說，沒有外在情節動作（《尤利西斯》）。

（3）概念：人物行動、背景知識需要特別說明（《書頁之屋》註腳之下還有註腳，《黑塔》奇幻故事世界完全陌生化，《八人幫》主要諷刺高中英語教材內容，《無盡的玩笑》章節附註達三百八十八條）。

（4）文體：書信體（《葛瑞夫與莎賓娜：寄給我相同的靈魂》）；詩體（《彌爾頓的魅力在於詩歌而不在於故事》）；演講體（《阿特拉斯聳聳肩》有長達七十頁的演講）；「字母體」（《字母表非洲》每一章都代表著一個新字母（按字母表排序），而所有單字的開頭字母必須在前面章節中出現過。這意味著第一章只能用以A開頭的字，而第二章只能用以A和B開頭的字）。

註230：王玉年，《麥基批中國電影模仿好萊塢 恐以後沒有話語權》，參閱http://ent.sina.com.cn/m/c/2011—12—10/19443504216.shtml。

註231：功夫查理，《一個新人的編劇筆記：〈星際穿越〉的野心和代價》，參閱http://mp.weixin.qq.com/s?_biz=MjM5NjE5Mzg0Mg==&mid=201945759&idx=2&sn=732648e2215c3afdeec54201e589a379&scene=2&from=timeline&isappinstalled=0#rd。

註232：參閱（美）羅伯特·麥基，《故事——材質、結構、風格和銀幕劇作的原理》，303～306頁，北京，中國電影出版社，2001。

註233：http://www.buzzfeed.com/louispeitzman/20—books，轉引自http://select.yeeyan.org/view/445374/384837。

故事進散文

沒有衝突或衝突不強的故事；事件沒有結局、衝突沒有解決或人物目標沒有實現的故事；只想不做的被動主角的故事；沒有主角的故事或只有眼睛在看的故事：這些構成不了小說和戲劇，但是仍舊可以形成優秀的作品。最簡單的散文：一個故事、一個轉折加上一個結論就可構成一篇個人隨筆；一個場景加上一個生命體驗即可構成一篇小品文；一條反思主線串起生命中幾個點就是個人回憶錄。

「小說和隨筆，各得其所，相互冒充不得。一篇小說，不單是寫情或狀物，它是一連串的事件，並且造成了一種非明確不可的情境。要記住，一篇小說的每個側面都必須是它無所不包的情節的一部分。而隨筆，按照韋氏詞典的解釋，是『一種文學體裁，具有分析或闡釋的性質，對主題的處理多少有些侷限或帶個人觀點，風格和手法可以有相當的靈活性。』」（註234）

傑克．哈特也指出：「敘事性散文通常以簡短的動作線開頭，卻很少以解決問題結尾。這類文章的重點應該是作者對生活的反思，總結經驗教訓，給讀者以啟迪。」（註235）小品文同樣不需要解決問題。其目標就是簡簡單單地捕捉生活真情流露的一面，但是，「它必須致力於提供一個擁有深刻主題的生命片段，且要能揭示通向美好生活的重要祕密。」（註235）

因為散文對故事題材的「不挑剔」，反而造成散文故事寫作的另外一種難度，因此它對「簡單故事」則要處理好觀看事件的角度、體悟生命的深度、由此及彼的廣度以及時空物我穿越的自由度關係。通常的處理是，我們從「小故事」中抽取出「大道理」，從「簡單故事」中發掘「深刻道理」，從「平凡故事」中表現「非凡見解」，而對於「超常難題」故事的回答，則要採取「舉重若輕」的態度去解決它。而感情的抒發，同樣要遵循情感處理的技巧或者邏輯，從反向著手，從冰冷的故事中抽取出溫暖的主題，從艱難的故事中抽取出勵志的主題，在溫暖的筆調中表達冰涼的感情等等，比如傳統技法中的「以樂寫哀」等即是如此。

故事進詩歌

提煉出詩意

無論什麼故事，進入詩歌，成為詩歌的一部分，它首先得成為詩，具有詩意。詩意的重要性如同戲劇性之於故事。什麼是詩意？所謂「詩意」，就是詩人透過對日常生活與現象世界的敏銳觀察和精粹提煉所傳達給讀者的獨特意義與新鮮感受。一個經常性的誤解是，「詩意」等同於「真」、「善」、「美」，以為只要描述了美的事物、善的行為和真的感情，或者使用了「美麗的句子」，詩歌一定有感染力。

事實是，「真情實意」是詩意產生的必要條件，但不是充分條件；「真理」也不是詩意的主要要素，因為是詩歌不是科學；「善」也是詩意產生的必要條件，卻不是充分條件；同理，「美」也不是詩意，描寫、歌頌美的東西不一定能產生詩意，相反，醜的東西進入詩歌未必不能產生詩意。詩意來自於對生活與事物新的意義和價值的認知，超越日常、塵俗的感受，「永遠第一次」「發現」或者「重新發現」這個世界。

詩意並非要一味追求新奇，日常生活、熟悉的事物也能產生詩意。瑪格麗特・懷茲・布朗在《重要書》中寫道：「天／重要的是／它永遠在那邊／真的」，僅僅因為一個陌生化的角度和兒童思維，我們重新「發現」了天，熟視無睹的「天」突然煥發出光彩。

要逃，就乾脆逃到蝴蝶的體內去／不必再咬著牙，打翻父母的陰謀和藥汁／不必等到血都吐盡了。／要為敵，就乾脆與整個人類為敵。／他嘩地一下就脫掉了蘸墨的青袍／脫掉了一層皮／脫掉了內心朝飛暮倦的長亭短亭。／脫掉了雲和水／這情節確實令人震悚：他如此輕易地／又脫掉了自己的骨頭！／我無限眷戀的最後一幕是：他們縱身一躍／在枝頭等了億年的蝴蝶渾身一顫／暗叫道：來了！／這一夜明月低於屋簷／碧溪潮生兩岸／只有一句尚未忘記／她忍住百感交集的淚水／把左翅朝下壓了壓，往前一伸／說：梁兄，請了／請了——

——陳先發《前世》

在中國民間傳說中，梁山伯與祝英台化為一對蝴蝶，雙雙飛離塵世，永不再受人間約束，享受愛情與自由的逍遙。這個故事被無數文藝形式表現過，留下許多膾炙人口的作品，那麼，做為題材，這個故事的創新點在哪裡？

陳先發的詩歌《前世》追問一個問題，並試圖還原一個過程：梁山伯與祝英台如何「化」

為蝴蝶的？他們「化蝶」成功之後，做為昆蟲，是否還保留愛情的記憶，遵守彼此的許諾？如果是這樣，這個美麗的行動必然伴隨著慘烈和決絕，有著被我們忽視了的肉身之痛和精神之苦。在梁祝「化蝶」之前，蝴蝶這個「物種」早已存在，所以，他們「化蝶」其實就是「進入」蝴蝶。「進入」蝴蝶，要伴隨著如下動作：放棄自己的肉身，「脫掉了自己的骨頭」；放棄自己的物質生活與精神生活，「脫掉了蘸墨的青袍」，「脫掉了內心朝飛暮倦的長亭短亭」，「脫掉了雲和水」。如果這就是「死去」，那麼「死去原知萬事空」，倒也罷了，但是，他們在雙雙化為蝴蝶之後，依舊是梁山伯與祝英台，依舊沒有忘記「前世」的往事，以及「脫不盡的優雅。到此，這個愛情故事的悲劇性和刻骨的美麗就真正展露出來。

《前世》透過陌生化的形式，讓梁祝故事抖落掉千百次轉述過程中累積的灰塵，重新煥發出人性與詩意的光輝。因此，對詩歌寫作來說，無所謂老套過時的題材，也無所謂陳舊的意義與情感，只有陳舊的眼光、單調乏味、沒有想像力、詞不達意的詩人。

使用詩歌語言

長者問：「妳願意嫁給玉素甫嗎？」

她說：「正合我的心願。」

長者問：「你願意娶吐拉汗嗎？」

他說：「早就盼望這一天。」

——聞捷：《婚禮》

詩歌與日常語言也是有差別的。《婚禮》中，兩個人其實表達的是同一個意思：「我願意」，但是他們一個說「正合我的心願」，一個說「早就盼望這一天」，這裡除了詩體對語言的要求，比如押韻、形式的對等之外，還因為其特別的裝飾性，比如「正」對應「早」，「合」對「盼望」，這種個人動機的強化，使詩歌有了一種特別的情調和感覺。

在許多以日常生活事件為題材並用日常語言寫就的詩歌中，我們要注意到詩歌語言的「日常性」、「口語化」只是一個讓步修辭，它一定有一個在意義和語感方面大大的飛躍。這樣的語言其實是對當代詩歌前一階段語言過於精緻化、意義化的反駁，它們在追求一種新的審美、愉悅的語感。它們不是做不到精緻，而是在刻意迴避精緻，或者在創造另一種精緻。

楊典在《前懺悔錄》的第一個段落裡，從三歲那年「我」殺死了一窩螞蟻的懺悔開始，羅列到十七歲的種種荒唐；第二段從一九八七年開始，逐一列舉二十餘年所做過的不堪往事。做為懺悔活動，其深度已經到了「靈魂深處一閃念」之間，不避齷齪與粗俗，甚至帶有某種「暴力」、「自虐」傾向，但是在結尾話鋒與意義卻發生了翻轉：「我愧對那些隨風而逝的菊花、白髮和古書」。

意象／物象結構

我打江南走過／那等在季節裡的容顏如蓮花的開落／東風不來，三月的柳絮不飛／你的心如小小的寂寞的城／恰若青石的街道向晚／跫音不響，三月的春帷不揭／你的心是小小的窗扉緊掩／我達達的馬蹄是美麗的錯誤／我不是歸人，是個過客

——鄭愁予：《錯誤》

詩歌的結構單位是意象／物象，即使是人物形象，也努力將其轉化成意象／物象或建立聯繫，這樣故事的講述成為意象／物象的流動，在虛實間抒情表意。

《錯誤》在故事層面是這樣的：一個過客「我」經過江南某個小鎮，恰恰有位女子在等待她的心上人，「我」的馬蹄讓她產生誤會，以為是自己心上人回來，結果發現是一個「錯誤」，在轉瞬間，由欣喜轉為失望，做為「肇事者」與「旁觀者」，「我」也深表遺憾。這個故事只是一個生活事件，令人產生感觸，但未必能產生美感以及其他更豐富的聯想。現在詩歌將這個故事的人物、行動／事件以及感觸均意象化了：容顏如「蓮花」，從欣喜到失望如「蓮花的開落」，心如「寂寞的城」，「春帷不揭」，「窗扉緊掩」，長久的等待如同傾

聽「青石的街道向晚」，卻一直「跫音不響」。這個事件的確是個錯誤，但是，它是一個「美麗的錯誤」。

註234：（美）艾蘭·W·厄克特，《短篇小說的二十五種常見病》，載《格桑花》，2014（2）。

註235：（美）傑克·哈特，《故事技巧——敘事性非虛構文學寫作指南》，10頁，北京，中國人民大學出版社，2012。

工坊活動

一、個人隨筆寫作

一千字篇幅的個人散文結構圖：

第一部分：敘述（六百五十字，非常具體）

第二部分：轉折（一百五十字，一般具體）

第三部分：結論（二百字，比較抽象）

——摘自傑克·哈特：《故事技巧——敘事性非虛構文學寫作指南》

二、戲劇性提煉

一個富商愛上了雇來參加週末聚會的妓女（《風月俏佳人》）

一個土匪要執行社會公平正義（《讓子彈飛》）

一群土匪要執行社會公平正義（《水滸傳》）

一個賊不惜用生命保護乘客的財產（《天下無賊》）

白富美愛上屌絲（《天仙配》）

人愛上妖（《白蛇傳》）

三、將自己的故事改寫為詩歌，抒情詩、敘事詩等不限。

主題是否有趣？有意義？別開生面？耳目一新？（詩意）

● 核心意象／動作是否清晰？
● 結構／語句是否完整？是否遺漏資訊？
● 是否有內在韻律？（情緒平衡與意義完整原則）

再做一次減法：

● 主題能否再小一點？
● 哪些意象可以刪除？
● 哪些句子、詞語可以刪掉或合併？

附錄A　簡談創意寫作工作坊(註236)

「創意寫作」(creative writing)興起於十九世紀末期美國高校文學教育教學改革，首先做為「一項在全美高校開設的小說、詩歌寫作課程的校園計畫」，以「一個招募小說家、詩人從事該學科教育教學的國家體系」形式出現。(註237)第二次世界大戰前後它在美國逐漸發展成為一場全國性的社會運動，在應對戰後軍人戰爭創傷、黑人教育、移民浪潮、女權運動、多元文化碰撞融合、文學類型化、美國夢形成以及文化創意產業發展等諸多問題方面發揮了巨大作用，與此同時自身也發展為一門成熟的學科，在歐美、澳洲及亞洲等國家地區推廣開來。招募作家進高校從事教學寫作工作，即是後來風靡世界的「駐校作家制度」的開始。作家教學寫作，改變了傳統的寫作教育教學模式，工作坊教學逐漸成為主流。

無論是做為寫作活動、社會運動，還是做為學科存在，創意寫作工作坊都在創意寫作中承擔著重要使命，並展現出相對於傳統寫作及寫作教育的創新性、優越性。創意寫作工作坊與創意寫作之間的關係，愛德華德．迪蘭尼描述為「車軸之於車輪」(註238)，重要性可見一斑。作家在創意寫作工作坊裡寫作或者教學寫作，學生在創意寫作工作坊裡鍛鍊寫作，是創意寫作工作坊的存在常態，如邁爾斯所描述的那樣，「寫作工坊做為一套流程，已經成為這段時期作家們的標準訓練和共同體驗。」(註239)

近年來，大陸地區的復旦大學、上海大學、中國人民大學、廣東外語外貿大學、北京大學、廣東財經大學等高校開始系統引進海外創意寫作學科，探索駐校作家制度，設置創意寫作系或專業，在大學生和研究生兩個層面創建中國創意寫作教育系統。推進創意寫作教育教學，實現寫作教育的革命性轉變，創意寫作工作坊是關鍵一環。

然而，何謂創意寫作工作坊、何謂工坊式教學、如何教學，以及它本身的侷限，這些關乎創意寫作學科健康發展的基本概念問題、理論問題及方法問題，國內的認知還存在許多盲點與誤區。因此，本文將就何謂創意寫作工作坊，創意寫作工作坊的組織形式、工作形式、教學形式等內容展開探討，同時也就上海大學創意寫作工作坊近年來的創意寫作教育教學實踐為例，分享與交流創意寫作工作坊在寫作教育方面的突破與侷限，以供方家指正，共同推進中國創意寫作學科的創建和深化。

註236：原名「創意寫作工作坊研究」，此處略有刪減。參閱許道軍，《創意寫作工作坊研究》，載《中國作家研究》，2015（1）。

註237：參閱D. G. Myers, The Elephants Teach—Creative Writing Since 1880, University of Chicago Press, 2006, Preface(xi)。

註238：Delaney, E.J., "Where great writers are made", The Atlantic (Fiction Issue),

2007（8）。

註239：D. G. Myers, The Elephants Teach—Creative Writing Since 1880, University of Chicago Press, 2006, 2頁。

一

創意寫作工作坊（Creative Writing Workshop）草創於愛荷華大學，也在愛荷華大學修成正果。一八九六年愛荷華（大學）作家工作坊（Iowa Writer's Workshop）開始孕育啟動，這是一個兼寫作、教學與學習功能的工作組織。一八九七年春季學期，愛荷華大學開設了詩歌寫作課程，這就是愛荷華作家工作坊開設的課程工作坊雛形。

一九二二年，愛荷華研究生院院長卡爾・西肖爾宣布高級學位班接受創意作品做為學位論文，學生可以憑藉創作而不是學術論文獲得學位，文學院也開始提供寫作方面固定課程，由駐校作家和訪問作家為創意寫作選修課程教學提供寫作指導，這是創意寫作工作坊邁向系統化、學科化的堅實一步。

一九三六年創意寫作工作坊詩人和小說家聚集在韋爾伯・施拉姆旗下，開始成為一個實體，創建了創意寫作系統（Creative Writing Program），創意寫作從此進入「系統時代」

（Program Era）。（註240）據「作家與寫作專案聯盟」（Association of Writers & Writing Programs，簡稱AWWP）二〇一〇年發布的資料，全美已經有八百二十二個創意寫作系統，超過三百個系統在研究生層次，三十七個可以授予博士學位。（註241）做為創意寫作系統的「發源地」，愛荷華創意寫作系統是美國最早的一個，也是最好的一個。（註242）

一九六七年，愛荷華作家工作坊「升級」為「國際寫作計畫」（International Writing Program，簡稱IWP），使作家間的交流合作走出美國，面向全世界，組成更大規模的工作坊。負責人保羅・安格爾在隨後的二十多年裡邀請了七十多個國家的一百多位作家來愛荷華進行創作交流，希望作家們明白「這個世界之所以有這麼多不同意見的聲音，是因為他們只是想真實地告訴別人民族語言的理念和情感」（註243），而這個理念也恰恰是自創意寫作工作坊發展而來。

在考察創意寫作工作坊歷史和創意寫作國家重要工作坊基礎上，我們傾向於這樣認為：創意寫作工作坊是以創意寫作實踐或創意寫作教育、研討等相關工做為導向，由若干參與者組合而成的活動組織。由於它是一個由作家領銜的組織或者是作家自身組建的「群體」（groups）（註244）或「團體」（community）（註245），因此這些工作坊的命名，大多與「寫作」和「作家」相關，有時候稱之為「寫作工作坊」，如奧德賽寫作工作坊（Odyssey Writing Workshop），更多的時候被稱為「作家工作坊」：它們有的被命名為「『作家們的』工作坊」，如愛荷華作家工作坊（Iowa Writer's Workshop）、哥譚作家工作坊（Gotham Writer's Workshop）等；有的被命名為「『作家的』工作坊」，如米爾福德作家工作坊（Millford Writer's Workshop）、梧桐山作家工作坊（Sycamore Hill Writer's Workshop）等；有的被命名為「『作家們』工作坊」，如特基城作家工作坊（Turkey City Writer's Workshop）、西克拉里恩作家工作坊（Clarion West Writer's Workshop）等；有的被命名為「作家群」，比如法典作家群（Codex Writer's Group）等；還有很多沒有直接出現「作家」、但實際上是作家群組合的工作坊，如瓦倫西亞八二六號（826 Valencia）、賴聲川表演工作坊、上海市華文創意寫作中心等。

和活躍於其他領域的工作坊一樣，創意寫作工作坊首先是一種由任務或目標驅動而聚集的群體、工作組織，它的基本工作方式——「工坊式寫作」——在現代影視劇本創作尤其是好萊塢電影工業中，發揮著特別重要的作用。在某些領域，工作模式也會因某個工作坊的特別貢獻而命名，比如「米爾福德方法」（Millford Method）。但與此同時，創意寫作工作坊既可以是以展開集體寫作、交流寫作技巧、籌謀寫作活動、商討學術或者做其他與寫作相關的事宜為目標的工作組織，也可以是包含上述工作但又承擔培養作家新人、教學寫作技巧的教育組織，比如上述的許多工作坊；同時還可以是更「小一級」的教學單位，相當於「班級」、「課程」等形式。

經常會出現這樣的情況，在一個「作家工作坊」之內，又出現了多個更小更具體的「課程工作坊」，比如愛荷華作家工作坊既孵化出了上一級的創意寫作系統，也培育出了多個以「課程」為形式的下一級工作坊，如詩歌工作坊（Poetry Workshop）、小說工作坊（Fiction Workshop）、翻譯工作坊（Translation Workshop）等，它們都是愛荷華作家工作坊提供的課程形式。哥譚作家工作坊更是包括了幾十個具體課程工作坊，並以課程的豐富而聞名。

東英吉利大學創意寫作課程（UEA Creative Writing Course）由馬措姆・布拉德比瑞和安格斯・威爾森兩位先生在一九七〇年創建，由於這個學校的創意寫作MFA被廣泛認為是英國最有聲望、最成功的學位，其候選位置競爭之慘烈，課程之艱難幾近「臭名昭著」，因此課程名聲反而超過工作坊。

不同作家工作坊（包括駐校作家／教師團隊）、課程、班級以及進階學位，包括入學、選課、培訓、提高、認證等各個環節組成的體系構成了「創意寫作系統」。相對於單個創意寫作工作坊、社會培訓機構或僅僅工作指向的工作坊，它不僅有穩定的創意寫作教師團隊（作家或駐校作家團隊）、常設的創意寫作工作坊課程（詩歌、小說、戲劇、散文或者翻譯等）、各個層次（大學生和研究生，知識型與技能型，長學期與短學期等），還有能提供各級學位（學士、碩士或博士），為學生提供更加系統的創意寫作訓練。如愛荷華創意寫作系統，它「提供英語專業藝術碩士頭銜，這個頭銜已是獲准在高校任教創意寫作的終端學位」，做為「工作坊」，「它又為那些具有天賦的作家提供與傑出作家一起工作和學習的機會。」（註246）

依據所培養的詩人和作家數量與品質以及影響力，愛荷華大學的藝術碩士創意寫作系統排在美國第一位。愛荷華創意寫作系統之所以赫赫有名，依舊與愛荷華創意寫作工作坊密切相關。值得一提的創意寫作系統還有休士頓創意寫作系統（University of Houston Creative Writing）、沃倫．威爾遜 MFA 作家培養系統（Warren Wilson Col-lege MFA Program for Writers）、石岸創意寫作 MFA 系統（Stonecoast MFA Program in Creative Writing）等。它們各有特色，如休士頓創意寫作系統是一個小說與詩歌研究生層次系統，設有文學與創意寫作專業哲學博士學位和英語創意寫作 MFA 學位，沃倫．威爾遜 MFA 作家培養系統是美國最古老的短期培訓寫作藝術碩士系統，而石岸創意寫作系統則主攻非虛構創意寫作、虛構寫作、詩歌寫作和通俗小說寫作四個文類，它也是美國兩個能頒授通俗小說學位的 MFA 系統之一。

福斯特非常贊同羅洛．布朗在《創意精神》中的觀點：沒有哪門藝術可以僅僅「在工作坊中就能學透」，作家需要更加系統的文學教育。（註247）創意寫作系統整合了各種寫作與教學資源，促成了學歷教育與技能教育的結合，擺脫了創意寫作工作坊教育「單打獨鬥」的局面。由於系統設置的豐富性與體系性，它也解決了創意寫作學科發展初期「文學技能教育」與「文學知識教育」不相容的難題，文化教育、文學教育與文字教育不再是寫作教育的「敵人」，也不必在吵吵嚷嚷、相互攻訐中證明自己的作用與地位；相反，它們現在成了創意寫作的基礎、後援甚至是深度的象徵，也是工作坊成員未來可持續寫作的保證。

註240：參閱（美）馬克・麥克格爾，《創意寫作的興起：戰後美國文學的「系統時代」》，14頁，桂林，廣西師範大學出版社，2011。

註241：參閱https://www.awpwriter.org/programs_conferences/guide_writing_programs；另有數據：二〇一一年全美已建立起八百五十四個創意寫作工作坊系統，超過二千個大學創意寫作課程系統。參閱Austin Allen, Amazon Publishing Leaps Forward, http://bigthink.com/ideas/39844, 2011-08-21。

註242：參閱The Workshop：Seven Decades of the Iowa Writers' Workshop，edited by Tom Grimes, Hyperion/New York，1999, preface.

註243：（美）馬克・麥克格爾，《理解愛荷華——「創意寫作」在美國的誕生和發展》，載《湘潭大學學報》，2011（10）。

註244：Heather Sellers, The Practice of Creative Writing—A Guide for Students, Hope College, Bedford/St. Martin's Boston, New York, 2008, p.29。

註245：Peter Elbow, Pat Belanoff, A Community of Writers—Paul Engle and the Iowa Writers' Workshop, University of Iowa Press，Iowa City, 1999。

註246：http://writersworkshop.uiowa.edu/about/about-workshop/philosophy。

註247：參閱Foerster, "Language and Literature", University of Iowa Studies, Iowa City,

University of Iowa, 1931, p.115。轉引自D. G. Myers, The Elephants Teach—Creative Writing Since 1880, University of Chicago Press, 2006, p.133。

二

許多創意寫作工作坊以鮮明的教學特色、卓越的教育成就而聞名。它們有的置身於創意寫作系統之中，有的隸屬高等院校的教學單位，有的則是社會培訓機構，獨立開展寫作教學。我們不妨以三個不同類型的工作坊為例，以管窺豹。

首先要提到的仍是愛荷華作家工作坊。這是一個集寫作活動、教學和學習（自學）三位一體的工作坊，教師、學生均獲得了不起的成就。它分為小說工作坊和詩歌工作坊兩個大方向，提供工作坊和研討會兩種課程形式，課程分為大學生和研究生兩個層次，其中以研究生層次課程最為著名。小說工作坊課程有五個分支，詩歌工作坊課程有四個分支，分別由專門作家和教學人員任教。在住校的四個學期中，學生都需參加一個研究生層次的小說或詩歌工作坊，每個工作坊包括十～十五名學生，在其中，他們互相品評彼此的作品。

愛荷華作家工作坊每年都邀請作家來訪，教授詩歌和小說寫作，詩人羅伯特・弗羅斯特和羅伯特・潘・沃倫等曾是這裡的駐校作家。據愛荷華大學網頁統計，有數十位赫赫有名的作家、詩人在這裡訪問教學。愛荷華大學發展了「愛荷華國際寫作計畫」後，這個工作坊更是跨越了國界，引來了更多的作家一起工作、交流、學習。當然，受益的不僅是那些受到邀請的作家本人，更重要的是那些在愛荷華大學學習寫作的學生。余光中、梁牧、王文心、白先勇、艾青、陳白塵、茹志鵑、王安憶、吳祖光、張賢亮、馮驥才、白樺、盛容、汪曾祺、北島、劉索拉、余華、徐子建等先後訪問愛荷華，有過一段美好的工作經歷和生活時光。

哥譚作家工作坊是美國最大的成人寫作教育學校，一九九三年創建於美國紐約城，現今同時在紐約和網路提供課程。這個工作坊的主任亞歷山大·斯蒂爾編輯了《小說寫作》、《小說走廊》和《電影寫作》三本書，相對於愛荷華作家工作坊師生們的創作成就，哥譚作家工作坊似乎遜色得多。

哥譚作家工作坊之所以深受學員歡迎，與它的課程設置有關，正如他們在網站介紹中所言，工作坊不僅提供寫作的各種技巧指導，更有學員在其他地方無法尋覓的綜合課程。歸納起來，紐約工作坊的寫作課程有以下幾類：

第一類是美國傳統高校能夠提供的創意寫作課程，比如虛構或非虛構類；第二類比較傾向創意文化產業的課程，這些課程，一般高校不開設；第三類則是傾向於生產類創意活動文本寫作，如出版技巧、劇本出售，近似於創意活動策畫或文案寫作課程；第四類課程則是與商業活動有關的工具類功能文本寫作，如商務寫作。最有特色的是關於創意寫作心理的課程，分別是「創意寫作一〇一（Creative Writing 101）」、「突破寫作障礙」（Jumpstart Your Writing）兩門。在學制上，哥譚作家工作坊分為一日制、六週制和十週制，分別為低級班、高級班和大師班提供不同層次的課程，它們既可相互獨立，也在訓練上循序漸進，這些跟一般高校創意寫作課程有很大不同。

哥譚作家工作坊最有特色的課程是關於創意寫作心理的課程，它們分別是「創意寫作一〇一」、「突破寫作障礙」。在創意寫作工作坊裡開設創意寫作心理研究的課程，把創意寫作心理問題突出到專門課程的高度，的確抓住了這個學科的關鍵。

「突破寫作障礙」課程針對的問題是喜愛寫作但憎惡障礙、為作家障礙所困擾，它要做的工作其實就是明確回答「寫作是否可以教授？」、「作家是否可以培養？」的學科根本問題。「創意寫作一〇一」是哥譚作家工作坊最受歡迎的四門課程之一，它像總論，關於所有課程的課程，它涉及如何寫作虛構和非虛構的要領和技巧，但著重點放在寫作心理的鼓勵和引導上面，「快樂寫作」、「觀察」、「想像」和「語言」的重要性，「展示」和「講述」的差異及技巧，但是更重要的是「個性」，即「寫你知道的，寫你想知道的，找到屬於你個人的腔調」。如何克服作家障礙，進行創意寫作，這個課程也給出了具體的建議和承諾，如提供向多個方向發展的寫作練習，為抓尋新 idea 而提供的集體 ideas，集體創作所擁有的支援與寬鬆環境，養成良好的寫作習慣，對自己強勢與弱勢的自覺等等。

許多創意寫作工作坊裡都設有故事工作坊，在所有故事工作坊當中，哥倫比亞學院（芝加哥）的故事工作坊（Story Workshop）名揚四海，然而比故事工作坊更為有名的是前文提到的「故事工作坊方法」（註248）。這個工作坊方法由約翰・舒爾茨教授於一九六五年研創，有意思的是，它最初為中小學的寫作課堂量身定做，最後卻被哥倫比亞學院（芝加哥）小說創作系的系列創作課程採用，後來哥倫比亞學院的小說創作系反過來成為著名的故事工作坊方法教學實驗基地。

「故事工作坊方法」總結起來大約有以下幾點：

（1）強調故事寫作的創造性。突破傳統故事敘述手法，從某個細節或者某個突發奇想中得到靈感後，可以根據自己的理念並結合一定的生活來進行創作。

（2）讓學生突破創作心理障礙和束縛，能夠大膽地想像，能夠持續地創作、寫作，而不是中途覺得不好就停止。

（3）不會有任何的限制，給學生充分的探索空間。

（4）不拘泥於一種寫作模式和文學寫作類型，宣導多方面去嘗試創作，不會有意識地去暗示或者要求學生一定要朝哪個方向發展。

（5）根據學生寫作類型，找來各種相關類型的作家、專家進行對口專業方面的指導，讓學生自己去發現自己究竟擅長哪方面創作。

（6）和影視相結合，從視覺、視角、流動等方面來理解和實踐文學創作（註249）

「故事工作坊方法」之所以行之有效，還在於兩個特別的輔助因素：

一是工作坊擁有學生製作並出版的三個刊物 Hair Trigger、F Magazine 和 Fictionary。學生為刊物寫稿、選稿，創作、編輯、出版、發行一系列，既是寫作，又是工作，從中得到很大的鍛鍊，這是一般的工作坊沒有的條件。

二是開設有美國最大的創意寫作發展計畫之一的「故事週」。在「故事週」裡，工作坊邀請優秀的作家、演員、出版商、編輯、教師等來此分享人生與創作經歷，還為工作坊學生「把脈」，考查學生究竟適合向哪個方向努力，進而工作坊為之提供量身定做的指導，這又比一般的「故事週」泛泛而談、開完會走人或者受益的是教師不一樣，這樣的「故事週」完全是為工作坊、為學生服務的。

註248：http://www.storyworkshop.com/.

註249：參閱 http://www.colum.edu/Academics/CreativeWriting.

三

D・G・邁爾斯認為，工坊制的起源差不多與「作家俱樂部」的傳統有關，它最初並不是高校的教學組織或為這個組織而準備的，「創意寫作並不是由一群想要見面討論自己創作的作家以正式的高校課程的形式建立的，它的存在也不能歸因於對一個制序機構的笨拙摸索。」(註250)這個論斷是公允的，並不是所有的創意寫作工作坊都以寫作教學為己任，有些時候，工作坊只是做為作家們一起商討、合作與工作的組織，可能看起來更像是「打油詩人俱樂部」或文學小團體。但是，即使在這樣的組織中，鍛鍊新手、提攜新人、發現新星也似乎是其工作的天然的一部分。當然，如果它們也存在「教學」行為的話，其形式更像師父帶徒弟。我們不妨以以下幾個工作坊為例，考察創意寫作工作坊形式的多樣性。

梧桐山作家工作坊位於美國佐治亞州迪卡爾布縣，是一個僅邀請科學小說、幻想小說和奇幻小說作家參加的工作坊，他們以創作和出版作品為目標，成員每週會面一次，品評故事，討論藝術，交流寫作技巧，也談談寫作生意，類似於沙龍的鬆散組合。

特基城作家工作坊位於德克薩斯州，是一個職業科幻小說作家工作坊。它被稱為「電腦科幻小說的搖籃」，因為這裡是那些有志於從事科幻小說創作者首次相遇的地方。「星雲獎」得主湯姆・李米是那個年代工作坊的最初組建者之一。赫赫有名的科幻小說作家布魯斯・斯特林在一九七三年加入工作坊時，是這裡最年輕的成員。《終結者》編劇（之一）哈蘭・愛麗森在特基城「發現」了斯特林，並張羅出版了他的第一個長篇故事。他們編譯了《特基城詞典》（The Turkey City Lexicon），這是一個討論科幻小說寫作時反覆用到的術語集合。其他作家工作坊作家談及科幻小說文類時，這些術語都被使用或採用。羅伯特・紹爾曾經描述的「所有言談辭彙之母」，比如「賽博朋克」就是魯斯・斯特林等作家的首創。

「未來作家」（Writers of the Future，簡稱 WOTF）是羅恩・哈伯德在一九八〇年代初發起的一個科學幻想小說（科學小說與幻想小說）大賽。做為科學幻想小說大師和這個小說類型的受益者，他所設立的這個大賽，帶有強烈的「回報」這個寫作領域的色彩。大賽沒有參賽費，但是對那些科學與幻想小說菜鳥作家來說，卻有最高的回報。之所以說提攜新人，是因為大賽明確要求參賽者不得在任何媒體上發表過「一部長篇小說或一部小長篇，或者超過三個短篇」。而參賽作品一旦出版，鐵定有高額報酬。而且，所有獲獎者與著作出版者都受邀參加長達一週的作家與藝術家工作坊和戛納電影頒獎儀式，大賽舉辦方為活動買單。屆時大夥穿上晚禮服、長袍（普通與會人員一般也都穿上盛裝），衣冠楚楚，步入「上流社會」。除了才華橫溢的科幻小說家、藝術家到場外，形形色色的好萊塢影星也時時光臨現場。

以大賽形式為活動方式的工作坊還有風城科幻小說大賽（Windycon）（註251），然而，即使是以大賽為名，它還是長年招收學員。阿爾文基金會（Arvon Foundation）是一個促進英國創意寫作的慈善組織，在德文郡、什普羅鎮、約克鎮和因佛內斯鎮四個地方提供住校創意寫作課程，同時也籌集資金，資助那些無力支付全額課程學費的人參加課程。阿爾文基金會也舉辦有兩年一度的「阿爾文國際詩歌大賽」，但影響不大。

以街道位置命名的瓦倫西亞八二六號更像一個社區志願者服務工作坊，它坐落於舊金山米申區，二〇〇二年由作家戴夫·艾格斯和與文學、社區教育都有關聯的退伍老兵教師尼尼伍·卡萊加里共同創建。

瓦倫西亞八二六號由一個寫作實驗室、一個臨街的學生喜歡的「海盜用品商店」（該商店部分資助八二六寫作系統）和兩個中學附近的衛星教室以及一千四百多名志願者組成。這些志願者包括出版過作品的作家、雜誌創始人、學術能力評估測試課程指導教師、電影文獻紀錄片製作人等。他們為社區免費提供這些服務：為舊金山周邊地區極缺乏教師的學校支教；幫助學生寫調研論文、大學入學考試文章或者口頭故事；在工作日夜晚和週末教授類似卡通製作、大學入學申請書等寫作技巧；每週花五天時間為那些寫作技巧參差不齊、興趣不一的學生進行免費的一對一輔導。

有的時候，完全談不上「寫作指導」，因為這些學生絕大多數來自拉丁美洲人佔絕大多數的街區，英語都說不利索。有的小孩做完了家庭作業後，會嘗試寫作，有的則乾脆從書架上取下一本書，安安靜靜地閱讀。除了這些寫作服務工作外，工作坊每週還提供多達四次的寫作工作坊活動，每次活動都安排一個作家與整個工作坊的學生進行圓桌討論，或者舉行以詩歌、新聞或者出版物的約稿寫做為主題的研討會。瓦倫西亞八二六號也出版過一大批學生撰寫的文學雜誌、報紙、書籍以及小冊子，每年最大的出版項目是「年輕作家著作項目」。

根據當年的《軍人重整法案》要求，大量退伍軍人獲得了接受高等教育的機會，退伍老兵進高校創意寫作系統，在專門為他們設置的工作坊裡寫作戰爭回憶錄，用以「軟化」自己的戰爭創傷，釋放自己的焦慮與對立情緒，最終慢慢融入社會。反過來，工作坊也深入監獄，深入社區，深入郊區學校，提高寫作技巧，培養作家或許倒不是主要目標，讓移民、黑人及其他族群有自我表達的習慣，讓那些少數族裔中的新作者以及女性作者有可以發出「聲音」的機會，做到教育「容納差異性」和文化多元化並存，或許才是工作坊的主要責任。瓦倫西亞八二六號的意義應該在此。

註250：D.G.Myers, The Elephants Teach—Creative Writing Since 1880, University of Chicago Press, 2006, p13.

註251：Windy是指芝加哥，芝加哥的一個別號就是「風之城」(Windy City)，con是指「會議」(convention)。對照Worldcon，即「世界科幻小說大會」(The World Science Fiction Convention)——芝加哥三個科幻大會之一，以及這個工作坊的大賽性質，我們把它翻譯為「風城科幻小說大賽」。

做為教學單位，創意寫作工作坊有別於傳統的地方在於，它「既是一個寫作又是一個教學寫作的綜合課程」（註252），「合作和溝通既是一種學習模式，也是一種互動的工作模式」（註253）。做為教育教學方法，創意寫作工作坊也發展出了一種現代教學模式，人們又稱之為「工坊式教學模式」。一些創意寫作工作坊在寫作教學探索中成就斐然，在某些時候，這個教學模式會以該工作坊直接命名，表示向它們所做的特別貢獻致敬，比如「克拉里恩方法」和上文談到的「故事工作坊方法」等。

美國創意寫作工作坊專家湯姆·基利指出，創意寫作工作坊就是「一個關於學生作品的編輯會議」（註254）。在這裡，你既是作者，又是讀者；你既與工作坊夥伴一起研討經典作品，也與大家一起像研究經典作品一樣，研究你自己的作品，指出不足，提出建議，發展優勢。一般情況下，每個講習班工作坊由十～十五人組成，哥倫比亞學院（芝加哥）故事工作坊只有七～十二個學生，以保證每個學期每個學生能夠有三次展示作品的機會。參加工作坊必須先通過考試，作品經過老師的審閱才有可能得到學習資格，然後成員間對彼此的作品進行討論。工坊教學的實踐性、合作性、自主性與創造性，極大地提高了學生寫作的積極性與技巧。

做為教學方法與教學模式，寫作工作坊的神奇之處已有人精彩描述了，《紐約客》的一位撰稿人露易絲·曼南德把創意寫作的教學理念概括為：「一群從未發表過詩歌的學生，能

夠教會另一群從未發表過詩歌的學生，如何寫出一首可以發表的詩歌。」（註255）

創意寫作工作坊如何教學，我們將另行探討，這裡只是想指出，凡事有利有弊，作家工作坊並非魔術箱：菜鳥走進去，作家走出來，它同樣存在著自身的問題。這些問題，既具有普遍性，所有的創意寫作工作坊在活動中都會面臨，也具有具體性，存在於現今教育教學體制之中。

具體來說，存在如下四組矛盾：

首先，作家個性形成與作家「批量生產」的矛盾。對一個作家而言，個性相對於技巧而言要重要得多。但在工作坊訓練當中，為了維持程式的連貫、合作的順暢，學生經常被暗示要壓抑自己的個性，以適應工作坊的節奏。約翰．奧爾德里奇曾批評愛荷華大學寫作工作坊是對現代個體的傷害，是把個體扔進流水線當中，生產某一類作家，甚至是「批量複製作家」，只能寫出「小而圓滑的批量複製的文學作品」（註256）。

其次，「無限創意」與程式控制的矛盾。工作坊運轉原理之一為程式控制法，所謂程式控制法即是對經常性重複出現的活動按照標準化程式來加以監測、控制，以維持活動結果的品質，達到控制目標和要求的一種現代管理方法。工作坊教學發展到今天，已經走向嫻熟精緻。有人曾這樣描述工作坊：「整個課堂就像一臺演出，教師角色是多面的，扮演著編劇、導演、演員等不同角色。」（註257）這不是特意描述創意寫作工作坊活動現場，但是這種描述完全適合創意寫作工作坊。雖然有「編」有「演」，工作坊的創意盡在「掌控之中」，但也因此與創意寫作所要求的無限創意形成矛盾。

再次，寫作規律與教學方法的矛盾。寫作之所以可以教授，是因為它有自己的原理、普遍形式、原型，寫作教學遵循了寫作的普遍規律，寫作是可以教授的。然而創意寫作工作坊並沒有統一標準的要求，具體實施因人而異，「多數情況下，工作坊模式的運作取決於課程的層次和寫作教師自己的決定」，「一些教師開始工作坊的教學時開有一個冗長的閱讀書單」，「也有教師視工作坊為關於技巧的課程」，「許多教師支持自由寫作實踐」，「另一些教師則研發一些策略比如練習、寫作激勵」，如此等等（註258），在這種情況下勢必會出現「寫作有時候可以教有時候又不可以教」的現象。

最後，人文精神的培育與寫作產業化的矛盾。在傳統的寫作中，縱使有些作家深諳作品暢銷的精髓，他也會祕而不宣，整體上作家們仍舊把寫作當作一個十分高級的精神活動，多問耕耘，少問收穫。但在現在的創意寫作工作坊中，如何投稿、出售、銷售作品，如何迎合出版商，如何迎合市場堂而皇之地做為寫作的一部分，甚至被當作課程加以教授。由於作家親眼見到了作品在文化創意產業中的巨大作用，在維護作家權益、提高作家福利的同時，他們會不會由此高估自己的寫作成果，或者重估寫作活動，造成人文精神的培育與寫作產業化的矛盾呢?讓人擔憂的是，這不是擔憂，已經是事實。

註252：Alan Ziegler, The Writing Workshop, Teachers & Writers Collaborative, 1981, 4頁。

註253：Linda Lonon Blanton , Linda Lee, Writing Workshop: Promoting College Success, Heinle & Heinle Pub, 1998, 7頁。

註254：Tom Kealey, The Creative Writing MFA Handbook, Continuum International Publishing Group Ltd, 2008, 171頁。

註255：Louis Menand, "Show or Tell: Should Creative Writing be Taught?" New Yorker, 2009(6).

註256：John W. Aldridge, Talents and Technicians : Literary Chic and the New Assembly-Line Fiction, New York, Scribner's, 1992, 28頁。

註257：黃越，《工作坊教學模式下的大學教師角色——以翻譯課堂教學為例》，載《大學教育科學》，2010（6）。

註258：Dianne Donnelly, Establishing Creative Writing Studies as an Academic Discipline, Proquest, Umi Dissertation Publishing, 2011, 77頁。

五

上海大學是中國最早引進與創建創意寫作學科的高校之一，與復旦大學保持著良性的互動與呼應。做為一個活動組織與教學單位，上海大學創意寫作工作坊在著名作家葛紅兵的帶領下，率先開始中國寫作教育的改革，嘗試在創意寫作工作坊教育中探索出一條新路。經過七年的努力，上海大學創意寫作工作坊已經成為集寫作、教學與學習三位一體的單位，在翻譯引進、理論創新、寫作實踐、教學探索、社區服務等多方面取得了成就，累積了經驗。在率先引進和運用創意寫作工作坊教學模式的時候，也首次遇到了創意寫作所面臨的中國問題，如下：

首先，它面對的是工作坊教師資格，也就是誰可以來教學的問題。創意寫作工作坊要求是作家教學、行家教學，對教師的要求非常高，而現在中國高校的實際情況是，寫作學教育教學師資幾乎是中國高校所有系科中最薄弱的一環，一些高校即使有自己的作家，也被迫轉向更有「學術性」的領域，放棄寫作教學。

另一方面，在全世界廣為盛行的駐校作家制度在中國高校的實施也面臨著許多實際困難，我們即使知道有龐大的作家閒置，其中有許多作家具備充分的寫作教學能力，也無法將他們以適當的「名份」、適當的「待遇」「引進」高校，來創意寫作工作坊安安心心、順順暢暢地教學。退一步講，即使作家將來可以「名正言順」地進工作坊進行寫作教學，也或許面臨一個「作家教學培訓」的問題，即作家會寫作，未必會教寫作，作家將寫作課上得一團糟的現象屢見不鮮。屆時，誰來教作家教學寫作？在上海大學創意寫作夏令營三十多位外聘寫作導師中，像王若虛、徐芳、路金波這樣會寫會教、深受學生歡迎的作家，畢竟是少數。

其次，它要面臨參與者資格，也就是誰可以來學習的問題。按照程序要求，參加創意寫作工作坊的學生需要提出申請，除了對寫作感興趣之外，還要有相匹配的寫作能力，否則工作坊活動的開展將會受到很大影響。在海外，某些高校創意寫作工作坊對學生的挑選幾乎達到「百裡挑一」的程度。（註259）但這種要求在中國高校難以實現，現有的選課系統只能辨別學生對工作坊是否有興趣，卻無法辨別學生的實際能力。同時，我們還要兼顧教育公平，沒有理由拒絕那些本不適合在工作坊學習的學生。

然而，隨著近年來就業壓力越來越嚴峻，新的問題接踵而至。一些天賦很高的學生，理應選擇適合他的工作坊課程，但是出於就業或者升學（考碩士研究生或者讀博士研究生）的考量，他們傾向於選擇「更有前途」的專業和課程。在他們看來，目前還沒有合適的事業單位或公務員職位等著創意寫作專業，與此同時，雖然「成為作家」的夢想美好，但是成為作家之路卻遙遙無期——實際上，成為作家是終身的事，這又造成了有天份、本應在工作坊深造的學生流失。

最後要面臨教材的問題。創意寫作工作坊也是寫作課程，是課程就需要寫作教材。然而創意寫作與傳統寫作的理念是如此不同，工作坊課程與傳統課程的差別是如此之大，一時難以找到與之匹配的教材，尤其是訓練方案。退一步，關於寫作的教程教材，不下數千部；進一步，合適的教材幾乎沒有。

到底什麼是創意寫作工作坊?工作坊模式如何科學開展?這在全世界都需要進一步探索。如比札羅所說的那樣，做為教學模式，創意寫作工作坊已經有百餘年歷史，然而它「只是做為創意寫作教學的被默認的教學法」，是一種「基本上未被修訂過的」古老方法，「沒有給予它精細而適當的研究」（註260）。儘管有許許多多的工作坊，但到底什麼樣的工作坊才是理想的、科學的工作坊，仍舊處於摸索之中，正如哈克所說的那樣：「那不是工作坊，那仍舊不是工作坊。」（註261）當然，我們不能因為英語國家也沒有解決這個問題而暗自慶幸，相反我們更缺乏實踐經驗和成功範例，研究因此更缺乏基礎。

進一步研究創意寫作工作坊活動的規律，更積極地進行創意寫作工作坊活動的探索，提高工作坊活動的科學性與效率，深入社區，努力寫作，為中國文化發展培養更多的創意寫作人才，提供更多適應時代、走向世界的作品，是中國創意寫作工作坊的艱鉅任務，也是光榮使命。（註262）

註259：參閱殷穎，《美國的「作家班」》，載《作家雜誌》，2005（10）。

註260：Bizzaro, "Research and reflections: The Special Case of Creative Writing", College English, 66(3)(Jan, 2004), 294～309頁。

註261：Dianne Donnelly, Establishing Creative Writing Studies as an Academic Discipline, Proquest Umi Dissertation Publishing, 2011, 77頁。

註262：參閱Tom Kealey, The Creative Writing：MFA Handbook, New York, Communication International Publishing Group, 2005。題目為本書作者所加。

附錄B　工坊活動Q&A

關於教學，你能告訴我些什麼？

我要告訴你有關教學的東西得寫另外一整本書，因此我這裡只能簡單地談一談。大學、系或者系統會給首次工作的教師提供一些培訓。務必要參加，因為這些培訓不僅精彩，而且有用。在你工作之前，或者在你開始第一個教學學期之前，有些培訓將持續整整一個學期，而其他培訓可能在第一個學期之前短短幾天就結束了。

在這些培訓期間，你將瞭解到有關你課程的具體目標。你會瞭解到你要教學的課程的每一個具體任務（比如，在麻塞諸塞大學，我們將教授個人隨筆、回饋作品、研究論文、說服性論文以及其他文體），你將會接觸一些實用的教學工具，比如小組練習、家庭作業、研討會、同伴回饋、課堂寫作等，你將會經常用到它們。當然，你也將會瞭解到教學風格和教學方法方面的資訊。

我們在麻塞諸塞大學有過很好的培訓，在這三天當中，最有幫助的是一個資深研究生教師講的Q&A課。這裡，我們將集中談論主導一個班級的方方面面。問題包括這些：

教學大綱應包括哪些內容？

我應使用何種寫作練習？

考勤制度將如何制訂？
將論文從十八頁升級到二十五頁需要多久？
我應做出何種類型的評價？
我應如何鼓勵課堂討論？
這個教材有用嗎？如果有用，哪些部分最有用？
我應提前多少星期制訂計畫？
完成課程論文需要幾個星期？

這些是關於創意寫作課程教學各方面的大致描述。一些更小但依舊很重要的問題包括：學生該稱我「基利老師」還是「湯姆」？座位如何排？在教學或者具體任務當中，是面向黑板，圍成一個圓圈，還是組成一個小組好？我如何安排一次文學之旅？我回答不了問題的時候該怎麼辦？在一個陽光燦爛的日子，當學生問：「我們能去外面上課嗎？」又將怎麼辦？

我的觀點？不要指望培訓會教會你所有事情，甚至不會教會你主導一個課堂實實在在所需要的一切。

我強烈鼓勵你去找一個經驗豐富的老教師，聽聽他會告訴你什麼。請他喝一杯咖啡，然後問一些具體問題。談到教學，優秀的教師總是很興奮，他們也願意與你分享經驗。請教一個老教師，看你能否坐到他的課堂裡。觀摩他的課你會學到很多，儘管你的解決辦法／目標會很不一樣，你還是能從教學過創意寫作的人那裡得到好的見解。

你如何平衡教學和寫作？

很好的問題。當我還是一個研究生的時候，一個老師曾對我們之中的一群人說：「教得越少越好，智慧教學，精力集中到你的寫作上面。」（這種觀點）我當時就有點不以為然，現在仍舊如此。但是，必須要指出的是：確保你計畫中的寫作時間，不允許你的教學責任佔用它。記住，在論文／故事／詩歌的寫作週裡你仍舊要教學，在其他週裡多安排你的寫作時間。

我強烈建議你一週內安排四到五段時間用於寫作。一些人喜歡安排連續寫作的計畫：每天早晨兩小時；或者每天晚上，從十點鐘開始寫作三小時，或者星期天一整天。嘗試觀察一下你最佳的寫作時間：我們當中有些人是早晨動物，有些人則是貓頭鷹。我建議你每週安排三段時間，每段時間約三個小時，在週末則安排一段較長的持續時間。選擇時間：比如說，星期一安排晚九點到夜裡，星期三、星期四上午八點，星期六從中午到下午五點。堅持這些時間，不要讓其他事情，比如教學的、個人的、班級工作等，佔用它們。你在學校寫作，要維持寫作的優先權，並保持這種優先權。

你能給我一些其他關於教學的小竅門嗎？

●爭取避免教星期一、星期三、星期五的課程。許多學校已經取消了這種課程，我不確定為什麼其他學校沒有這麼做。爭取上星期一到星期三的課程或者星期二到星期四的課程。為什麼？因為這種安排有助於你集中時間寫作，更重要的是，相對於三個小時四十五分鐘的課程，兩個半小時的課你更容易處理。為什麼這樣？因為是我說的。如果你願意，採用有難度的方式。

●教學大綱：從老教師那裡諮詢教學大綱。嘗試讓你的教學大綱不超過兩頁紙。簡單的課程介紹、教材介紹、課程目標陳述、課程要求要表述清楚，課堂紀律要交代清楚，並提供一個簡單的時間表。

●為什麼要一個簡單的進度表？你應在自己的筆記裡打一個關於整個課程的進度表草稿。嘗試堅持計畫。在許多情況下，計畫將會改變。我習慣給學生一整學期的進度表，然後我著手準備半學期的進度表，並且準備六週的課程。現在，我在教學大綱上只是簡單做一個頭三週的進度計畫。我告訴學生，每一節課的計畫需要提前三週制訂，但是在計畫之外我允許留有一些餘地。

●我喜歡在課堂休息時間將下幾週的計畫寫在黑板上。這意味著我已經將它們告訴並展示給了學生。這將減少你很多麻煩。

●每節課都帶著名冊。這有助於你記住學生們的名字（第二週結束時你就應該記住他們），也表示你對誰來上課、誰不來上課很在意。

●課程第一天：我要點名，分發教學大綱，解釋教學大綱，巡視教室，然後要求學生以某種方式介紹自己（務必諮詢老教師如何做這些事情）。我要介紹教科書，我要他們以某種方式在課堂寫作，這樣他們就會養成寫作習慣（諮詢老教師如何做寫作練習），我要清清楚楚地規定為下堂課準備的課外作業。一般情況下，我在第一天會讓他們早走，特別是因為他們大學生活的一開始有一大堆的事情要做。無論如何，我說得清清楚楚，在一學期剩下的日子裡我們將一起相處。

●課堂討論如何進行？不要害怕沉寂。依我看，你在課堂上提出一個問題，等待他們回答，甚至不得不等上整整一分鐘。保持沉寂，最後會有人起來回答的。如果你養成提出一個問題，停幾秒鐘，然後自己回答的習慣，學生會以為這個學期剩下的時間都會如此。實際上，他們會認為你喜歡這種提問模式。因此，提出你的問題，然後等待回答，不要害怕沉默。

●如果討論進行時遇到問題，不要害怕直接點名回答，經常他們僅僅是等待你的允許，回答問題。

●休息時間：如果你的課將持續一個半小時，允許有一個五分鐘的課堂休息時間。這也給了你自己一個休息時間，你可以重新組織下一半的課程。在這個休息時間裡允許學生上洗手間，或是僅僅活動一下身體。這些看起來沒什麼，許多教師不這麼做，但是你在一個半小時內只能往他們腦袋裡灌輸這麼多資訊，要讓他們的腦袋和身體休息一下。我始終在休息五分鐘之後開始第二個半場，這種暫停可以延長到十分鐘。學生會留意到你的用心。

●每節課嘗試完成三件事：一個關於寫作的講演、一個關於文本的討論和一個課堂寫作任務，小組作業，或者介紹一個新任務。每一個任務盡量不要超過二十五分鐘。保持課堂活動滾動前進，以避免學生感到厭倦，這也讓你在整學期的課堂中收穫很多東西。最重要的是，它鍛鍊了你的組織能力，而一個有組織能力的老師是一個有效率的老師。

●幫助改進學生寫作上的弱項和幫助他們糾正錯誤，是你的工作，但同時，發現和強化他們寫作上的優勢也是你的工作。兩點你務必都要做到，第二項跟第一項一樣重要。

●始終安排課內寫作時間，至少一週一次。這幫助他們實踐你所講的東西。這也許對他們並不是那麼重要，但是對你卻很重要，因為這種時間分割不讓你一堂課那麼集中緊張。找到有趣的寫作練習，或給予他們具體的與課程論文相關的寫作任務，或者乾脆直接讓他們以此為基礎寫作課程論文。

●結識你的同事教師、老教師和類似騙子的人。你可以從他們那裡得到啟發和回饋，交流教學計畫，或許最重要的是，在一整天或一週的教學之後，他們會幫你減壓。找到與你有同樣挑戰、同樣處境的同病相憐的人，會幫助你很多。試著將你的工作時間與其他教師保持同步，如果沒有學生來訪，那麼正好成為教師們的討論時間。

●照顧好自己。保證睡眠，健康飲食，留出時間給你自己、給你的寫作、給你自己的功課。如果你健康、快樂，那麼你的課堂氣氛必將同樣是健康、快樂的。

最後還有什麼想法要說嗎？

任何人都想上創意寫作課。它們經常是大學裡最時髦的課程，也經常有一大堆學生等待著這門課。這門課的動力是沒有問題的。

另一方面，沒有人願意選寫文章的課程。許多學生相信他們應該在這個名單之外，其他學生覺得寫作枯燥，還有許多學生相信他們不會成為一個好作者，他們害怕上這些課程。

這看起來令人沮喪，但也不盡然。不妨這麼看，如果你讓寫作課程充滿快樂、趣味，有時候出其不意，最重要的是，與學生相關、對學生有用，那麼他們將會特別地另眼相待。他們對課程的期望低，我不跟你爭辯你一定得迎合他們的低期望，但是我要說，如果你使學生上課感到快樂、有趣，充滿挑戰，而且課程與學生相關，那麼你將會讓他們吃驚。他們的許多朋友正在上一些枯燥的課，如果你的課超過他們的期望值，他們會做筆記，你也會得到他們的努力和興趣。

如果你相信，表達和致力於寫作對你而言有價值、很重要，那麼你教學的時候會覺得簡單輕鬆。如果你堅信寫作有價值，而且對你十分重要，那麼你的日子甚至會好過得多。

你不必做學生的朋友（同時你也不是他們的敵人），你是他們的老師、嚮導和導師，你也是他們寫作藝術和技巧上的同事。成為他們寫作的朋友，也成為他們課堂體驗的朋友。

做為一個教師，你對你寫作工作坊的學生有何期待？

重要的是學生花費時間創作並提交作品到工作坊。這些作品經過深思熟慮和反覆修改。花費時間分析同伴的作品並寫下中肯的評論也很重要。老實說，我希望學生們把寫作工作坊的課擺在所有課程的首位。理想的情況是，研究生們盡可能地堅持寫作。閱讀和保持某種文類的創作同樣重要。

你能告訴我有關寫作工作坊的事情嗎？

只能說一點。首先，有八～十六個學生，工作坊就可以隨地開班了。虛構與非虛構學生一學期要做兩次作品研討，而詩歌學生則可以將他們的作品提交到工作坊討論，五次或者更多。需要有兩到三節的介紹性課程，學生閱讀和討論出版的作品，或者完成一些簡單的寫作任務。但是，多半情況下，你得加入工作坊討論。

一個工作坊，正如我前面所說，就是一個關於學生作品的編輯會議。一位教授和其他學生討論一位作者的作品——長處和不足，並且提出改進的建議。同時，作者坐在一邊，聽取意見，做下紀錄。隨後，作者也可以問一下工作坊討論期間沒有涉及的特別問題。一般情況下，學生們或者教師會給（提交作品的）學生寫信，或者在手稿上寫下評論。

如何當好作者（假定你是作家）？

永遠不要當冒失鬼。這句話的意思是說，不要一開始就把你的故事或者詩歌帶進工作坊研討。為什麼呢？因為第一次工作坊活動只是為了讓大家彼此認識，此時的工作坊，就像一臺缺油的機器。一般情況下，儘管不是總是這樣，第一次工作坊活動只是一個學期以後課程的演習。因此，如果可以的話，收回你的作品，到第三次或第四次的時候，提交它們。

不要在上工作坊課的前夜寫東西然後第二天提交。我們在午夜或者之後都有非凡的創見，但是當白天來臨，靈感總會溜走。最好的寫作是再寫。記住，一個好的工作坊故事或者詩歌總是那些已經寫好並且擱置了一些時日再拿回工作坊給你編輯過目的作品。

你的作品帶到課堂上研討之前，你要複印它們。確保有足夠的時間去處理影印機故障之類的麻煩。

小組裡總是有懶惰鬼。他們不是不寫作，就是對作品三言兩語或不置一詞。如果有人對我的作品偷懶，我就對他們的作品偷懶。我只關注那些關注我作品的人。一般情況下，我第一次活動總是竭盡全力，然後根據情況做相應調整。留意那些害羞或性格內向的同學，他們在課堂上不一定高談闊論，但是能提供了不起的寫作洞見。

最後，或許最重要的是，當你的作品被研討的時候，你得是一個速記員。當我的作品被研討時，我喜歡記下所有的東西，或者差不多所有的東西。我會記下一個發言者的名字和他的意見，然後下一個。為什麼？兩個理由：第一，你需要有發言者的發言紀錄。這很重要，因為課堂上一個強有力的意見會擾亂你原有的思路或者更好的想法。當你有發言紀錄時，你可以從中選取有用的建議。第二，當我集中精力記下每一個人的建議時，我的注意力就不會集中在那些批評的或者消極的建議上。這是你的孩子，現在擺上桌面，總會有各式各樣令人吃驚的，有時甚至具有傷害性的意見。將它們全部記下，可以助你保持情緒穩定，精力集中到內容上，而不是批評上。

工作坊結束的傍晚，我喜歡閱讀每一個人的建議，然後我擱置它們一星期，讓它們在腦海裡自動彈回來，聽任我的下意識去組織它們（強調一些，拒絕其他），然後我坐下來重寫我的作品。

在工作坊活動結束的時候，你可能會得到一個提問或者澄清的機會。堅持這麼做。不要解釋你的故事，或者給你要做的事情找理由。類似於這樣的「呵呵，你這個傢伙顯然沒有看到……」的意見沒有幫助。不管你的詩或故事合不合這些聽眾的口味，你必須堅持自己的風格。問一些過去沒有問過的問題，或者問一個特別的學生，請教一下在過去討論中不經意提出的一個問題。

如何當好讀者（當你是讀者中的一員）？

不必完全讀明白。你會明明白白地讀懂二十世紀的詩歌、虛構或非虛構作品，但是另一些人會看出其他含意。不要將你的審美觀強加於其他人。一個工作坊就是擺在你面前的一部作品，努力去理解這部作品和作者要做到什麼。將你的建議限制在這些方面。無論如何，你要做的是提出改進意見，或者作者沒有注意到的問題。但是不要將你的風格強加於另一個作者。

一般情況下，工作坊無關是對還是錯，它只給作者提供種種選擇、建議，而不是命令，因此，避免與工作坊其他成員的個人爭執，提出觀點，而不是要個性。

記住一點，你的建議註定要被別人反對或者引起爭論，隨他去。如果你覺得有必要澄清或者強化你的意見，保持在最低限度。這裡不是法庭，你只需要提出建議。如果你已經陳述得明明白白、卓有成效，作者會做筆記。在工作坊裡，讀者到最後會學到很多東西，但是記住：工作坊首要是為作者服務。

不要與作者交談。做為基本規則，研討會上作者應該保持沉默。因此你不應這麼說：「金，我很納悶關於母親的資訊，你為什麼這麼快就結束了呢？」相反，你應向老師或全體同學提出問題。

不要花費時間去討論語法。一個拼寫錯誤或者用詞錯誤，很容易在底稿上標記出來，作者以後會看到。一個研討會一般十到十五分鐘，時間寶貴，這些錯誤沒有關係。注意力集中到結構、形式和作品的內容上。向作者提供選擇方案。如果語法錯誤在一部作品中從頭到尾都存在，你可以做為一個小小的建議提出來。

做出中肯的評價。是的，你可以指出作品的不足，但是指出一首詩或一個故事中好的一面同樣重要，而且確保你的評價集中到這裡。通常，一個恰當的、中肯的評價在研討會開始的時候就要提出來，如果一部作品好的一面在一開始沒有得到肯定稱讚，研討會通常會忽略。

寫信。我總是在自己的虛構工作坊中寫信。這些信可以手寫，當然列印更好。通常，如果是比較短的詩歌，意見可以寫在作品頁面。工作坊主導人喜歡給他偏愛的作品給提出建議。無論如何，你得是一個好的書信作者。作品好的地方，提出三個強化意見；作品不足的地方，提出三個改進意見。將時間花在這方面，當你寫了好的信件，你也會收到好的回信。

口頭評論要具體，如有可能提供例證。每次發言維持在三分鐘左右，不要少於一分鐘。要清晰簡明。寫信件或者做出書面評論應該包含你最好的建議中的一個。不要害怕給出你關於作品的整體印象——談一談它是什麼和它想要寫什麼，但是，你的評論的主要部分要具體，具有建設性和可操作性。

對研討會還有什麼要說的？

是的。我在UMass的同事，尼克．蒙泰馬拉諾，經常告訴我這些：當你是研討會上的作者，就好比駕駛一輛後座上擠滿一群乘客的小汽車，他們告訴你將去向何方。他們都能提供好的方向和駕駛建議，但是你如果全聽他們的，你將把車開到翻掉。確保聽取一些具體的意見。

誰最理解在作品裡要做什麼？誰能給予你洞見？誰能確保你最好的一面？這也是你不首先提交你的作品的另一個緣由。你可以觀察一個人如何對待別人的作品。在你學年結束的時候，誰最能理解和賞識你的作品，誰不能，你應該心中有數。

國家圖書館出版品預行編目 (CIP) 資料

故事工坊：創意寫作指導書 / 許道軍著 .
-- 第一版 . -- 臺北市：樂果文化出版：紅螞蟻圖書發行，
2017.3
面； 公分 . --（樂生活；38）
ISBN 978-986-94140-2-9(平裝)

1. 寫作法

811.1 105023627

樂生活 38
故事工坊：創意寫作指導書

作者 ／ 許道軍
總編輯 ／ 何南輝
責任編輯 ／ 韓顯赫
行銷企劃 ／ 黃文秀
封面設計 ／ 鄭年亨
內頁設計 ／ 沙海潛行

出版 ／ 樂果文化事業有限公司
讀者服務專線 ／（02）2795-3656
劃撥帳號 ／ 50118837 號　樂果文化事業有限公司
印刷廠 ／ 卡樂彩色製版印刷有限公司
總經銷 ／ 紅螞蟻圖書有限公司
地址 ／ 台北市內湖區舊宗路二段 121 巷 19 號（紅螞蟻資訊大樓）
電話：（02）2795-3656
傳真：（02）2795-4100

2017 年 3 月第一版　定價／ 320 元　ISBN 978-986-94140-2-9
※ 本書如有缺頁、破損、裝訂錯誤，請寄回本公司調換。